Los **JET** de Plaza & Janés

Biblioteca de

# EL ROSTRO
# DE LA
# TRAICION

Traducción de
**Eduardo Mallorquí**

PLAZA & JANES EDITORES, S.A.

Título original: *The Face of Trespass*
Diseño de la portada: Parafolio

Primera edición: marzo, 1995

© 1974, Ruth Rendell
© de la traducción, Eduardo Mallorquí
© 1995, Plaza & Janés Editores, S. A.
Enric Granados, 86-88. 08008 Barcelona

Printed in Spain – Impreso en España

ISBN: 84-01-46231-2 (col. Jet)
ISBN: 84-01-46351-3 (vol. 231/11)
Depósito legal: B. 8.090 - 1995

Fotocomposición: G. R. C. Graphic, S. L.

Impreso en Litografía Rosés, S. A.
Progrés, 54-60. Gavà (Barcelona)

L 463513

*Para Don*

Ahora que todo acabó, tengo paz para medir tu valía;
  aunque si mereces elogio o censura lo ignoro.
Quien desdeña al amado, desdeña al amante;
  pero... ¿qué hombre elogia lo que de sí apartó?

Si eres, ciertamente, vana y necia, la nada en forma humana,
  tanto más necio fui por adorarte.
Pero si eres la alta diosa por la que antaño te tuve,
  cuanto más sublime tu divinidad sea, más terrible mi pérdida es.

Querida necia, compadécete del necio que te creyó sabia;
  querida sabia, no te burles del necio que te dejó escapar.
Bien justo: el ciego ha perdido para siempre tu rostro;
  bien injusto: ¿cómo podía contemplarte mientras te besaba?

Por tanto... el pobre amor del necio y el ciego te he demostrado,
pues, vana o diosa seas, fue un necio quien te amó.

RUPERT BROOKE

# ANTES

Tras la cena, el nuevo miembro del Parlamento terminó su discurso de sobremesa y se sentó. Aunque estaba más que acostumbrado a hablar en público, el aplauso de aquellos hombres que habían sido sus condiscípulos, le produjo una ligera turbación.

El presidente de la asociación de ex alumnos de Feversham le ofreció un cigarro, y la pausa para encenderlo le permitió recuperar la compostura. Cuando exhaló la primera bocanada ya se sentía más a gusto.

—¿Qué tal lo he hecho? —preguntó al presidente.

—Has estado espléndido. Sin divagaciones ni pamplinas. Es todo un cambio, escuchar a alguien clamar contra las injusticias sociales. Casi da pena que ya no esté en vigor la pena de muerte: podrías montar una espléndida cruzada para abolirla.

—Espero no haber resultado pomposo —dijo sosegadamente el nuevo parlamentario.

—Querido Andrew, los de izquierdas siempre lo sois, pero no te preocupes. ¿Te apetece otro brandy o prefieres... circular?

Andrew Laud rechazó el brandy y se dirigió a una de las mesas, a la que se sentaba el director de su antiguo colegio. Pero antes de llegar, alguien lo tocó en el hombro y dijo:

—Felicidades, Andy, por el discurso y por el éxito en las elecciones.

Tras hacer rápidamente memoria, el parlamentario dijo:

—Jeff Denman... Gracias a Dios que al fin encuentro a alguien que conozco. Estaba temiéndome que no había venido nadie más que el viejo Scrimgeour, y ese tipo tan desagradable, Francis Croy. ¿Cómo estás? ¿A qué te dedicas?

Jeff sonrió.

—Estoy muy bien. Ahora que se me vienen encima los treinta años, mi familia comienza a acostumbrarse a la vergüenza de que me gane la vida conduciendo una camioneta, así que si alguna vez necesitas mudarte a vivir entre tus electores, puedes contar con mis servicios.

—Quizá lo haga. ¿Te apetece una copa? Toda la gente que veo aquí es tan joven... Apenas conozco a ninguno de los presentes. Pensé que vendría Malcolm Merrimer o aquel tipo, David no sé cuántos, con quien tenía aquellas discusiones tan feroces en el club de debates.

—Mal está en Japón —dijo Jeff, camino del bar—. Por cierto que, de haber estado aquí, Mal habría sido uno de tus electores. Lo cual me recuerda a alguien que no ha venido, pero que está empadronado en Waltham Forest. ¿Recuerdas a Gray Lanceton?

El parlamentario, que estaba de espaldas a su interlocutor, se volvió hacia éste con sendas jarras de cerveza en las manos.

—Debía de ser de un curso por debajo del nuestro. Un tipo alto y moreno, ¿verdad? ¿No hubo un cierto jaleo cuando su madre se volvió a casar y él amenazó con suicidarse? Tengo entendido que ha escrito una novela.

—*El vino del estupor* —dijo Jeff—. Era una obra evidentemente autobiográfica, propia de un Edipo hippy. Por un tiempo, vivió conmigo y con Sally en mi piso de Nottingh Hill, pero no escribió nada más y cuando comenzó a andar mal de dinero y necesitó un lugar en el que vivir gratis, se instaló en casa de Mal. Al parecer, tuvo un grave desengaño amoroso.

—¿Y vive en mi distrito?

Jeff sonrió:

—Dices «mi distrito» como el novio dice «mi esposa»: con timidez y gran orgullo.

—Ya. Llevo semanas pensando qué pasaría si perdía las elecciones y tenía que venir de todos modos a hablar ante vosotros. Me habría sentido como un perfecto estúpido. ¿Le gusta vivir allí?

—Dice que Waltham Forest le deprime. Estuve allí y me llevé una gran sorpresa al ver que, a sólo veinticinco kilómetros de Londres, aún existen rincones tan típicamente rurales. Vive en una cabaña de madera, al extremo de un camino de grava y tierra llamado Pocket Lane.

—Creo que lo conozco —dijo reflexivamente el parlamentario—. ¿Crees que votó por mí?

—Me sorprendería mucho que Gray supiese que había una elección, y más aún que hubiera votado. Ignoro lo que le pasó; pero se ha convertido en una especie de ermitaño y ya no escribe nada en absoluto. En cierto modo, es una de esas personas que tú te has comprometido a defender. Ya sabes: los marginales, los perdidos.

—Tendré que esperar a que solicite mi ayuda.

—Imagino que, Gray Lanceton aparte, ya tienes bastantes problemas. Ahí viene Scrimgeour trayendo al director a rastras. ¿Desaparezco?

—Sí, supongo que será preferible. ¿Qué tal si te llamo un día y almuerzas conmigo en la Cámara?

El parlamentario dejó la jarra y sus facciones asumieron la expresión entre atemorizada y fatua que, aunque generalmente reservada para los bebés y los ancianos, parecía igualmente adecuada para enfrentarse a aquellos pedagogos que en tiempos lo habrían aterrado, rebajándolo a la más absoluta de las sumisiones.

# 1

Era comienzos de mayo, alrededor del 5. Gray nunca estaba seguro de la fecha. No tenía calendario, jamás compraba el periódico, y había vendido la radio. Cuando deseaba saber el día en que estaba, le preguntaba al lechero. El lechero siempre aparecía a las doce en punto, aunque para saber la hora Gray no tenía problema, pues conservaba el reloj que ella le regaló. Había vendido muchas cosas; pero no quería desprenderse de él.

—¿Qué día es hoy?

—Martes —dijo el lechero, entregándole medio litro de leche homogeneizada—. Martes 4 de mayo y un día estupendo que te reconcilia con la vida. —Dio una patada a los helechos que crecían a centenares, curvados como pequeños signos de interrogación de color verde pálido—. Si quiere librar a su jardín de estos yerbajos, plante matas anuales. Los berros se dan bien aquí, y crecen como la maleza.

—Prefiero la maleza.

—Los helechos me ponen enfermo; pero sobre gustos no hay nada escrito. El mundo sería absurdo si todos pensáramos igual.

—El mundo ya es absurdo tal cual está.

El lechero, que tenía la risa fácil, se echó a reír estrepitosamente.

—Es usted tremendo, Mr. L. Bueno, debo emprender el largo camino sin retorno. Hasta la vista.

—Hasta la vista —dijo Gray.

Los árboles del bosque, que llegaban hasta muy cerca del jardín, aún estaban desnudos de hojas, pero sus pequeños brotes formaban una brillante capa verde que contrastaba con el azul del cielo. El tiempo era prematuro, absurdamente caluroso.

Bajo el sol, los troncos de las hayas brillaban con el color de pieles de foca. Aquélla era una buena metáfora, pensó Gray, diciéndose que, en el pasado, cuando era escritor, la habría anotado para usarla en el futuro. Quizá algún día, cuando se hubiera repuesto, y tuviera algún dinero, y hubiese olvidado a Drusilla, y... Era preferible no pensar en ello.

Acababa de levantarse. Tras dejar abierta la puerta principal para que entrara calor y aire en el húmedo interior, fue con la leche hasta la cocina y puso la tetera al fuego. La pequeña cocina se encontraba sucísima, y el suelo de piedra estaba cubierto por una lámina de linóleo curvada por los bordes, como una rebanada de pan seco. Esperó a que el agua hirviera. En torno a él había un mobiliario de cocina que debió de ser el último grito a finales del pasado siglo: una pila de loza, una cocina económica inutilizada, una bañera esmaltada con tapa de madera. El agua tardó un buen rato en hervir, pues la tetera se encontraba cubierta de mugre y el quemador de gas tampoco estaba demasiado limpio. Y el interior del horno estaba aún peor. Cuando lo abría, era como asomarse a una negra caverna. Muchas veces, durante el pasado invierno, sentado en la silla Windsor frente a la negra cueva del horno, en cuyo interior bailaban doradas llamas, sintió la tentación de apagar el fuego, meter la cabeza dentro y esperar. Esperar la muerte. «Hacer una barbaridad», como habría dicho Isabel.

Ahora no deseaba hacerlo. El momento había pasado.

No se suicidaría por Drusilla, del mismo modo que no lo hizo ni por su madre ni por Honoré, y llegaría a pensar en ella como pensaba en los demás: con exasperada indiferencia. Pero aún no. El recuerdo de ella seguía ocupando un lugar prominente de su cerebro, con él se acostaba por la noche, con él despertaba por la mañana, y a él se aferraba a lo largo de los interminables y vacíos días. Intentaba contrarrestarlo con tazas de té y libros de la biblioteca, pero aún le quedaba mucho para exorcizarlo completa y definitivamente.

El agua rompió a hervir y Gray preparó el té, vertió leche sobre un par de tabletas de cereal Weetabix y se sentó en la tapa de la bañera a desayunar. El sol estaba alto, y la cocina mal ventilada, ya que hacía alrededor de un siglo que la ventana no se abría. Las motas de polvo que flotaban en el chorro de sol, lo convertían en algo casi sólido que quemaba a Gray en el cuello y los hombros. Desayunó bajo el azote que asola el mediodía.[1]

Era la hora a la que ella, antaño, solía telefonearle. Aparte, naturalmente, de los jueves por la noche. Si bien había logrado acostumbrarse más o menos a no verla, aún no había resuelto lo del teléfono. El aparato lo ponía neurótico; es decir, más neurótico que el resto de las cosas. Por un lado, no deseaba en absoluto hablar con ella; por otro, lo deseaba fervientemente. Temía que ella lo telefonease, pero tenía la certeza de que no lo haría.

Cuando la tensión del desear y el no desear se hacía insoportable, dejaba el aparato descolgado. El teléfono vivía en la pequeña y horrorosa estancia que Isabel llamaba «salón». Gray pensaba en el aparato como en algo que «vivía» y no como en algo que «estaba» simplemente porque, aunque podía pasarse días y días sin sonar, al mirarlo le parecía ver algo vivo, vibrante, casi exultante. Y cuando los jueves por la noche quitaba el receptor de la horquilla, le parecía mutilado, frustrado, humillado por su desconexión, con la boca y el oído colgando inútil-

1. Referencia a *Salmos* 91.3. *(N. del T.)*

mente del cable. Sólo entraba en el «salón» para contestar al teléfono —llamar era algo que, económicamente, no podía permitirse— y a veces dejaba el aparato descolgado durante varios días seguidos.

Terminó el desayuno y, mientras se servía una segunda taza de té, se preguntó si seguiría descolgado. Abrió la puerta del «salón» para verificarlo. El receptor estaba sobre la horquilla. El sábado o el domingo debía de haberlo colgado, convirtiéndolo de nuevo en un pequeño Buda que lo miraba inescrutablemente.

Desde el invierno, la memoria de Gray se había deteriorado considerablemente. Como los viejos, recordaba el pasado pero no el pasado inmediato; como los viejos, olvidaba la fecha y las cosas que debía hacer. Y no es que estas últimas fueran muchas. No hacía casi nada.

Abrió la ventana que daba al verdeante y soleado bosque y bebió el té, sentado en un sillón tapizado de viejo, viejísimo plástico, quizá uno de los más antiguos prototipos del material, un tejido marrón totalmente raído en los brazos y en el asiento. Sólo había otro sillón. Entre ambos, una mesita baja con patas de hierro forjado y tablero moteado por las quemaduras de los cigarrillos que Gray fumaba en los tiempos en que tenía dinero para comprarlos, y marcado por los blancos círculos que dejó la base de la caliente tetera. En el centro de la habitación había una sucia alfombra turca, tan desgastada que se arrugaba al pisarla. Aparte de aquello, lo único que contenía el cuarto eran los palos de golf de Mal, apoyados contra la pared, bajo la repisa del teléfono, y el calefactor contra el que ella rompió la botella de perfume y que, luego, durante el invierno, cada vez que se encendía mezclaba el aroma de Drusilla, evocador y agónico, con el tufo del combustible.

Desechó el recuerdo. Terminó su té, lamentando no tener un cigarrillo o, mejor aún, toda una cajetilla de veinte cigarrillos. Casi completamente oculta por la bolsa de golf con la cual la cubría, vio la tapa gris de su máquina de escribir. Desde que se instaló en aquella cabaña que Mal llamaba choza, prácticamente no la había usado. O sólo la usó para algo cuyo recuerdo le perturbaba aún más que el de Drusilla, aunque uno y otro estaban inextricablemente unidos, y pensar en lo uno le llevaba a pensar en lo otro. Era mejor fantasear sobre la fiesta de Francis, en largarse de aquel agujero e ir a Londres, aunque sólo fuera por el fin de semana, y en conocer a alguna muchacha que sustituyese a Drusilla... «con ojos igualmente sabios, pero más amables; y labios igualmente suaves, pero más sinceros... Me atrevo a decir que con una así me conformaría».[1] Y también debía conseguir dinero, y una habitación alquilada, y salir de una vez de aquella agobiante depresión, de aquel limbo. Quizá incluso volviera a escribir...

El teléfono hizo el desagradable «clic» que precedía en diez segundos al timbrazo de llamada. En diez segundos había tiempo para pensar, para ansiar que sonase, deseando al mismo tiempo que el clic no procediera del teléfono, sino del exterior, o de las viejas y semipodridas tablas del suelo. El sonido del teléfono todavía le sobresaltaba. Aún no había logrado controlar aquella reacción, aunque había aprendido a considerarla como un convaleciente considera las jaquecas y los temblores que aún lo afligen. Pasará. El médico y el sentido común se lo decían, así que, hasta entonces, debía soportarlo como inevitable secuela de una larga enfermedad.

Naturalmente, no era Drusilla. La voz no era ronca y suave, sino estridente. Isabel.

—Tienes voz de cansado, cariño. Espero que comas como es debido. Sólo llamo para saber cómo te va.

—Como siempre —dijo él.

—¿Trabajas mucho?

Gray prefirió dejar sin respuesta aquella pregunta. Isabel estaba al corriente de que, en los últimos tres años, él no había trabajado ni un solo día. Todos lo sabían. No se le daba bien mentir. Pero aunque mintiera y dijese que

1. La cita corresponde a *The Chilterns*, de Rupert Brooke. *(N. del T.)*

estaba trabajando, no servía de nada. Decían qué estupendo y luego le preguntaban cuándo terminaría y de qué iba la novela. Si respondía la verdad, o sea que no estaba haciendo nada, le decían que no debía descorazonarse o le proponían buscarle un empleo. Por eso no dijo nada.

—¿Sigues ahí, cariño? —preguntó Isabel—. Ah, vaya. Creí que se había cortado. Esta mañana he recibido una carta de Honoré. Encantadora. Se porta maravillosamente con tu madre, ¿verdad? Parece que a un hombre tiene que costarle más que a una mujer cuidar de un inválido.

—No veo por qué.

—Lo verías si tuvieras que hacerlo, Gray. Para ti, ha sido una bendición que tu madre volviera a casarse, y con un hombre tan estupendo. Imagina que fueras tú quien tuviese que cuidar de ella.

Aquello resultaba casi cómico. Él apenas era capaz de cuidarse de sí mismo.

—Ésa es una hipótesis bastante inverosímil, Isabel. Mamá se casó con Honoré cuando yo tenía quince años. Es como pedirme que imagine que mi padre sigue vivo, o que mamá nunca tuvo una trombosis.

Como siempre que, a su juicio, la conversación «se ponía seria», Isabel cambió de tema.

—¿Sabes una cosa? Me voy a Australia.

—Estupendo. ¿A hacer qué?

—Mi amiga Molly, aquella con la que tuve la agencia de mecanógrafas, vive ahora en Melbourne y me ha escrito invitándome. He decidido aceptar, ahora que aún puedo. Me iré a comienzos de la primera semana de junio.

—Supongo que no nos veremos antes de que te vayas —dijo Gray, deseando fervientemente que así fuera.

—Bueno, si tengo un ratito, quizá me pase por ahí. Vives en un sitio tan bonito y tranquilo... No sabes cómo te envidio. —Gray apretó los dientes. Isabel vivía en un piso situado en una concurrida calle comercial de Kensington. Tal vez... Me encanta pasar la tarde tranquilamente en tu jardín... quizá fuera más propio decir tu selva —Añadió jovialmente.

—¿Vas a dejar desocupado tu piso?

—¡No, qué va! Saldré yo y entrarán los decoradores. Les he encargado unas reformas monumentales.

Gray se arrepintió de haber hecho la pregunta, porque a continuación Isabel se lanzó a una detallada descripción, saturada de adjetivos, de los cambios y los trabajos eléctricos y de fontanería que se realizarían durante su ausencia.

Depositando el receptor sobre la repisa, Gray pensó que al menos aquello evitaba que Isabel lo sermoneasе o le recordara los días en que su futuro parecía prometedor. No le había preguntado por sus finanzas ni si se había cortado el pelo. Mientras en el auricular seguía sonando el animado bla-bla-bla, él se miró en el espejo victoriano, un cuadrado de cristal sobre el que parecía como si alguien hubiera echado el aliento o quizá escupido. Rasputín en su juventud, pensó. Entre una cabellera que le llegaba hasta los hombros y la descuidada barba —había dejado de afeitarse por Navidad— se veían unos ojos melancólicos; la tez estaba moteada a causa, probablemente, de una alimentación que, a alguien menos saludable, le habría producido escorbuto.

El rostro del espejo se asemejaba muy poco a la foto que aparecía en la solapa de *El vino del estupor,* en la cual su aspecto era el de un moderno Brooke.[1] De Brooke a Rasputín en cinco meses, se dijo, y a continuación cogió el receptor para escuchar el final de la perorata de Isabel.

—... y pondré cristales dobles en las ventanas de to-

---

1. Poeta británico (autor de los versos que encabezan esta novela y de los que se citan unas páginas atrás), nacido en 1887 y muerto en 1915. Su gran y precoz talento, su atractivo físico, su brillante y aventurera vida, y su prematura muerte durante la Primera Guerra Mundial lo convirtieron en el período de entre guerras en un héroe romántico, símbolo de la juventud británica inmolada en la contienda. *(N. del T.)*

das las habitaciones —concluyó la mujer, ya con poco aliento.

—Me muero de ganas de verlo. Y, si no te importa, ahora me despido, Isabel. Tengo que salir.

A la mujer, que habría podido seguir hablando durante horas, siempre le fastidiaba que la interrumpieran.

—Sí, bueno, pero precisamente iba a decirte...

A través del auricular, Gray escuchó el ladrido de la perra de su tía.

—Adiós, Isabel —dijo, firme. Luego, cuando ella hubo colgado, él hizo lo mismo, lanzando un suspiro de alivio. Metió en una bolsa los libros de la biblioteca y partió hacia Waltham Abbey.


Cambiar un cheque por dinero constituía el traumático momento estelar de la semana de Gray. Llevaba medio año viviendo de lo que había cobrado en concepto de derechos de autor el noviembre anterior, doscientas cincuenta miserables libras, extraídas a razón de cuatro libras semanales. Pero eso no incluía las cuentas de gas y electricidad, ni los gastos de Navidad en casa de Francis. Ya no podía quedar mucho. Probablemente, estaba en números rojos, y ése fue el motivo de su nerviosismo mientras esperaba en el banco, temiendo que el cajero, tras dirigirle una desdeñosa mirada, se levantase y se perdiera en las entrañas del local para consultar con más altas autoridades.

Aquello no había sucedido nunca, y tampoco sucedió entonces. El cheque fue sellado, y Gray recibió cuatro billetes de una libra. Gastó una comprando pan, margarina, y carne y pasta enlatadas. Luego se encaminó a la biblioteca pública.

Como tantas personas hacen cuando deciden retirarse temporalmente del mundo, al instalarse en la choza Gray decidió leer todos los libros para los que no había tenido tiempo: a Gibbon y a Carlyle, *La historia de Roma* de

Mommsen, *El auge de la república holandesa,* de Motley... Pero al principio no tuvo tiempo, porque ella ocupó todos sus pensamientos, y luego, cuando Drusilla se fue, cuando él la echó, Gray recurrió a la anestesia de los títulos favoritos y más apreciados de siempre. Pensó que, al cabo de cuatro meses de abstinencia, muy bien podría releer *Lo que el viento se llevó,* así que ése fue uno de los títulos que escogió, junto con *Cuentos de fantasmas,* de Montague R. James. La semana siguiente sería *Jane Eyre, Sherlock Holmes* y alguna de las novelas de Austin Freeman protagonizadas por el doctor Thorndyke.

La bibliotecaria era nueva. Le dirigió el tipo de mirada indicadora de que le gustaban los hombres desaseados y barbudos que no tenían nada mejor que hacer que holgazanear en la biblioteca. Gray se disponía a devolver la mirada, pero no llegó a hacerlo. Era inútil. Siempre lo era. La chica tenía manos regordetas y se mordía las uñas. Un cinturón de grasa le rodeaba las caderas y, mientras buscaba entre los libros, Gray había escuchado su risa estridente. Sus labios eran suaves; pero no, él no se conformaba con una mujer como aquella.

Los libros y las latas pesaban bastante, y el camino de regreso hasta la choza era largo. Pocket Lane era un profundo túnel que atravesaba el bosque, un túnel que no llevaba a ninguna parte. El letrero indicador anunciaba que la distancia hasta Londres era de veinticinco kilómetros, hecho que nunca dejaba de asombrarlo. Aunque vivía en pleno campo, el corazón de Londres se encontraba sólo a veinticinco kilómetros. Y la tranquilidad era mayor que en el campo propiamente dicho, ya que no había hombres que trabajasen las tierras, ni pasaban tractores, ni rebaños de corderos. El más profundo y nítido de los silencios lo rodeaba, roto sólo por el trino de los pájaros. Le asombraba que hubiese gente que viviera allí voluntariamente, que comprara casas o pagase alquileres, gente a la que le *gustase* la zona. Con la bolsa al hombro, pasó ante la primera de las casas, la granja de los Willis, así llamada pese a que en ella no se hacía ninguna labor agropecuaria, con sus exquisitas praderas y cuidados parterres en los que los tulipanes uniformados de rojo y dorado formaban ordenadas filas, como en una parada militar. Luego estaba la cabaña de Miss Platt, la hermana agraciada de la choza, demostración palpable de lo que la pintura y los constantes cuidados podían hacer por la madera vieja; por último, antes de que el sendero de tierra comenzase y el bosque se cerrara en torno a él, estaba la hermética vivienda de Mr. Tringham. Nadie acudía a visitarlo, ninguna cortina se movía. Quizá habían muerto todos en aquella casa ¿quién podía saberlo? A veces se preguntaba cuánto tardarían en encontrarlo a él si se moría. Bueno, siempre estaba el lechero...

Las matas de espinos, verdes y llenas de retoños, terminaban al extremo del camino de grava, y los altos árboles se cerraban sobre Pocket Lane. Sólo los helechos y las zarzas lograban crecer a la sombra de aquellos árboles, en la mezcla de mantillo y arcilla que sus raíces habían privado de nutrientes. En aquel preciso lugar era donde Drusilla dejaba aparcado su coche, metiéndolo bajo las ramas bajas, escondiéndolo de las miradas de los vecinos. La dominaba el permanente temor a los espías, a los observadores ocultos que sólo existían en su imaginación, ansiosos de informar a Tiny de todos sus movimientos. Nadie llegó a enterarse nunca. Pese a todas las cicatrices que a él le quedaban de sus citas, de su amor, era como si nada de ello hubiese ocurrido. La jugosa hierba primaveral había crecido sobre las rodadas de los neumáticos de su coche, y las frágiles ramas rotas por el paso del automóvil habían sanado y se encontraban cubiertas de hojas.

No tenía más que levantar el teléfono, llamarla, y ella volvería a él. No quería pensar en ello. Pensaría en *Lo que el viento se llevó*, y en prepararse una taza de té, y en qué cenaría. Si iba a pensar en llamarla, era mejor hacerlo después de las seis cuando Tiny estaba en casa y sería imposible hacerlo, y no ahora, que la llamada era factible.

Dicen que los helechos son una cama confortable, y es

cierto. Gray se tumbó a leer sobre ellos, yendo de cuando en cuando a la choza a por más té, y así estuvo hasta que el sol se ocultó y el cielo, entrevisto a través de las ramas de los árboles, tomó un tenue tono dorado. Los pájaros y sus trinos susurrados desaparecieron antes que el sol, y el silencio se adueñó del bosque. Una ardilla avanzó hasta el extremo de una rama y se puso a mordisquear un infortunado tallo. Hacía tiempo que Gray había dejado de preocuparse por si era una locura hablar con las ardillas, con los pájaros y, en ocasiones, hasta con los árboles. Poco le importaba estar loco o cuerdo. ¿Qué más daba?

Dirigiéndose al animal, le dijo:

—Apuesto a que tú no andarías bebiendo té o, en tu caso, comiendo plantas si supieras que, a menos de seis kilómetros, había una hermosa ardilla hembra suspirando por ti. No: tú irías directamente a telefonearla. No tienes la cabeza llena de líos, como los humanos, y no permitirías que un montón de trasnochados principios se interpusieran entre ti y la mejor hembra del Essex metropolitano. En especial, si la ardilla hembra tuviese guardadas una tonelada de suculentas nueces. ¿Tengo o no tengo razón?

La ardilla quedó inmóvil, con el tallo entre las mandíbulas. Luego saltó y comenzó a ascender por el tronco de una enorme haya. Gray no se acercó al teléfono. Se abstrajo en el viejo Sur hasta que la oscuridad le impidió leer y el frío seguir tumbado en el suelo. Por encima de él, el cielo tenía un tono añil, pero hacia el suroeste, sobre Londres, era de color rojo encendido. Permaneció junto a la puerta, mirando hacia el mudo resplandor de Londres, como hacía siempre a aquellas horas cuando el tiempo era bueno.

Al fin entró en la casa y abrió una lata de espaguetis. Por la noche, parecía como si el bosque dormido se removiese en su sopor y abrazase a la choza, tomándola entre sus enormes brazos cubiertos de hojas. Gray se sentó en la silla Windsor de la cocina, bajo la desnuda bombilla y estuvo dormitando y pensando en Drusilla muy a su pesar. Al final leyó un tercio de *Lo que el viento se llevó* y se quedó dormido. Lo despertó un ratón al pasarle sobre el pie. Se levantó y, cruzando la oscuridad silenciosa, subió a su dormitorio.

Acababa un día típico, que sólo se diferenciaba de los ciento cincuenta y tantos que lo precedieron en que el tiempo había sido cálido y soleado.

## 2

Gray pensaba que, realmente, los de Correos deberían concederle una gratificación por el poco trabajo que les daba. El cartero no tenía que hacer el largo recorrido de Pocket Lane hasta la choza más de una vez a la semana, y lo que principalmente le llevaba eran las facturas y la carta semanal de Honoré. Ésta había llegado el jueves anterior, junto con la factura del gas de nueve libras que Gray no pagaría hasta conocer con exactitud cuál era su situación económica. Se sentiría mucho más seguro cuando recibiese de sus editores la liquidación de los derechos de autor, que, por cierto, se estaba retrasando. Debía de ser ya el 12 o el 13 de mayo, y la liquidación estaría sin duda a punto de llegar.

Ahora, debía escribir a Honoré; después saldría a comprar. «M. Honoré Duval, Petit Trianon», Dios, no podía escribir aquel nombre sin sentir retortijones. «Bajon», seguido por el número del distrito postal, «France». Escribió primero el sobre, mientras pensaba qué podía decirle, lo que siempre constituía una tarea difícil.

Consumió dos tazas de té antes de empezar a escribir. *«Cher Honoré, je suis très content de recevoir votre lettre de jeudi dernier, et inclus les nouvelles de maman...»*. Su francés era malo, aunque no peor que el inglés de Honoré. Como su padrastro insistía en escribirle en un idioma de cuya gramática y sintaxis no tenía ni la menor idea —Gray estaba seguro de que únicamente lo hacía por molestar— él le pagaba con la misma moneda. A continuación, unos cuantos comentarios sobre el tiempo. ¿Qué más podía decirle? Ah, sí, lo de Isabel. *«Imaginez-vous, Isabel va visiter Australie pour un mois de vacances... Donnez mes bons voeux à maman, votre Gray.»*

Con aquello su padrastro se quedaría contento por un tiempo. Gray cogió *Lo que el viento se llevó* y los cuentos de fantasmas y partió hacia el pueblo, donde echó la carta al buzón, compró doscientos gramos de té, un paquete gigante de Weetabix (que era la oferta de la semana) y dos latas de albóndigas suecas. Sólo tenían un ejemplar de *Jane Eyre*, y estaba prestado. Dirigió una furiosa mirada a la gruesa bibliotecaria, sintiéndose ridículamente defraudado, al borde de la paranoia ¿Acaso no se daban cuenta de que él era uno de sus mejores clientes? De estar viva, Charlote Brontë habría visto reducido sus ingresos a causa de la incompetencia del personal de la biblioteca.[1]

Escogió *El hombre de la máscara de hierro*, de Dumas, y *Herries el rufián*, de Hugh Seymour Walpole, dirigió una mirada de desagrado a la grisácea mole de la abadía y, malhumorado, echó a andar por Pocket Lane. Un cigarrillo le habría venido de perlas para hacer más llevadera la caminata. Quizá, reduciendo el consumo de leche y té, ahorraría lo suficiente como para comprarse cuarenta cigarrillos a la semana. Realmente, aquella vida era absurda. Y le sería tan fácil poner remedio a la situación... Bueno, quizá no tanto, pero algo podría hacer. Conseguir un trabajo manual, por ejemplo, o hacer un cursillo para obtener un puesto de telefonista en Correos.

1. En Gran Bretaña y otros países, los autores cobran un canon por cada vez que en una biblioteca pública se hace uso de un libro suyo. *(N. del T.)*

La mitad de los telefonistas londinenses eran escritores fracasados, amantes desdeñados, poetas incomprendidos, intelectuales *manqués*. Sólo hacía falta un poco de energía, una brizna de empuje...

El sol calentaba demasiado para la estación y, sumado a la humedad del bosque, resultaba sofocante. En las sombras de entre los arbustos zumbaban nubes de mosquitos. Los gorriones gorjeaban y, de cuando en cuando, se escuchaba el grito de un arrendajo. El sendero era un lugar silvestre, un ejemplo de naturaleza intacta, pero tenía algo de polvorienta habitación cerrada. Y, fuera la época del año que fuese, el suelo estaba siempre cubierto de una parda capa de hojas en descomposición.

Era viernes, día de pago, y el lechero, tras completar su recorrido, apareció por el camino de regreso de la choza.

—Bonito día, Mr. L. Da gusto estar vivo. ¿Le importaría abonarme cuarenta y dos peniques?

Gray le pagó, y se quedó con una libra ochenta peniques que debían durarle hasta que a la semana siguiente volviera al banco.

—Vaya par de buenos libros trae ahí —comentó el lechero—. ¿Estudia usted en la universidad a distancia?

—No: en la universidad de las hojas secas —dijo Gray.

—¡La universidad de las hojas secas! Es usted tremendo. ¿No quiere saber qué día es hoy?

—Claro. Usted es mi calendario.

—Bueno, pues es viernes, 14 de mayo. Y, por si no lo sabe, tiene usted visita. Frente a su casa hay aparcado un coche rojo, uno de esos minis. ¿Espera a alguna chica guapa?

Isabel.

—Es mi hada madrina —dijo Gray, taciturno.

—Pues que haya suerte, ceniciento. Hasta la vista.

—Hasta la vista. Y gracias.

Maldita Isabel. ¿Qué demonios querría? A una dama de Kensington que contaba sesenta y dos años no podía ofrecérsele raviolis ni Weetabix a las tres de la tarde. Hacía meses que no tenía dulces de ningún tipo. Y lo más probable era que Isabel hubiese llevado a su perra labrador, *Dido*. A Gray no le desagradaba en absoluto el animal —a decir verdad, le gustaba más que su dueña—, pero Isabel tenía la molesta costumbre de olvidarse de llevar merienda para su perra, y entonces saqueaba las escasas reservas de carne enlatada de Gray.

La encontró acomodada en el asiento contiguo al del conductor del Mini, con la portezuela abierta. La labrador estaba escarbando entre los helechos, lanzando de cuando en cuando un mordisco a las moscas que revoloteaban a su alrededor. Isabel fumaba un cigarrillo.

—Vaya, al fin apareces, cariño. He intentado entrar por detrás, pero no dejaste ninguna ventana abierta.

—Hola, Isabel. Hola, *Dido*. Cuando hayas terminado de hacer hoyos, puedes plantar berros. El lechero me lo aconsejó.

Isabel le dirigió una mirada recelosa.

—A veces pienso que pasas demasiado tiempo solo, cariño.

—Tal vez —dijo Gray. *Dido* se le acercó, se alzó sobre los cuartos traseros y, poniéndole las patas llenas de barro junto al cuello, le lamió la cara. Gray pensó que tenía una cara bonita, mucho más agradable que la de la mayoría de los humanos (con una excepción, siempre con una excepción). Tenía el rosado morro frío como el hielo, y profundos ojos pardos. Ojos piadosos, pensó Gray, algo muy curioso para pensarlo de un perro—. Voy a preparar té. *Dido*, que para las cosas de comida era muy sensible, meneó la peluda cola.

Isabel siguió a su ahijado al interior de la choza e hizo como si no viese los platos sucios ni las moscas, los ojos fijos en Gray.

—No te preguntaré por qué no te cortas el pelo —comentó jovialmente al tiempo que se sentaba en el escalón inferior, al que previamente quitó el polvo con su pañuelo.

—Estupendo. —Gray puso la tetera al fuego.

—Aunque deberías darte cuenta de que ya no eres ningún adolescente. El pelo te llega por los hombros.

—Como no vas a preguntarme por qué no me lo corto, ¿qué tal si hablamos de otra cosa? No tengo pastas de té; pero hay pan. —Recordó que también tenía margarina y añadió—: Y Stork.

—No te preocupes: he traído una tarta.

Isabel se puso trabajosamente en pie y fue hacia el coche. Gruesa y menuda, llevaba pantalones color turquesa y suéter rojo. Gray pensó que se parecía a uno de los gnomos del jardín de Honoré. Isabel regresó fumando un nuevo cigarrillo.

—No te ofrezco porque me dijiste que habías dejado de fumar.

La experiencia debería haberle indicado a Gray que la tarta no sería casera, helada y con mazapán, como la que él soñaba. Sacó de su envoltorio el pastel, que era comprado. Como llevaba su propia bandeja de papel de estaño, no se molestó en ir a por platos. La perra entró y metió el morro entre las manos de Gray y la tapa de la bañera.

—Vamos, querida, no molestes. —Isabel siempre llamaba a su perro de turno «querido», apelativo cariñoso que sólo utilizaba para los caninos—. ¿Y si pasamos al salón? Me gusta tomar el té sentada como es debido.

El teléfono seguía como lo dejó la noche anterior: descolgado. Los jueves, Tiny iba a sus reuniones masónicas y, caso de que Drusilla telefonease, lo más probable era que lo hiciera ese día. Quizá lo hubiese intentado. Quizá lo intentaba muchos jueves por la noche. Gray depositó el receptor sobre las rodillas de Buda, preguntándose qué haría o diría si Drusilla telefonease en aquellos momentos, estando Isabel presente. Le dió la sensación de que, quizá a causa del calor, olía tenuemente a *Amorce dangereuse*. Isabel lo observó manipular el teléfono. Guardó un silencio preñado de curiosidad que resultaba casi tan difícil de aguantar como sus preguntas.

Advirtió que la mujer había llegado provista de una caja de pañuelos de celulosa, como si padeciera un fuerte catarro. Isabel no lo padecía. Limpió el asiento del sillón con un pañuelo, se puso otro sobre el regazo y, por último, le preguntó a su ahijado cómo le iban las cosas.

Gray había renunciado a apaciguar a los ancianos, pues ello requería de demasiadas mentiras, de subterfugios excesivamente complicados. Quizá la vida le habría sido más sencilla de haber mentido a Isabel y a Honoré, diciéndoles que estaba escribiendo otra novela, que la casa estaba sucia porque no había encontrado asistenta, que vivía en Pocket Lane porque le gustaba. Pero como poco le importaba la aprobación de gente que él reprobaba, contestó que sus cosas, simplemente, no iban. Ni bien ni mal.

—Pues qué lástima, cariño. De niño eras un encanto, y siempre sacabas notas tan maravillosas... Y cuando acabaste los estudios, tu madre y yo esperábamos grandes cosas de ti. No pretendo herirte, pero... si por entonces alguien me hubiera pedido que predijese tu futuro, habría contestado que, a estas alturas, ya estarías en la cima.

—No me hieres en absoluto —dijo Gray, sin mentir.

—Y luego escribiste aquel libro. No es que a mí me gustase. Los libros que no tienen un argumento concreto me horrorizan. Pero todos los que saben de esas cosas te auguraron una espléndida carrera. Y, dime, ¿en qué se han convertido esos presagios tan felices?

—En Pocket Lane y en albóndigas suecas —replicó Gray.

Afortunadamente, *Dido* dio un lametón a su plato, y eso distrajo a Isabel.

—Quita la cabeza de la mesa, querida. La tarta no les sienta bien a los perritos. —Isabel encendió un nuevo cigarrillo del que inhaló una larga bocanada—. Lo que necesitas es encontrar algo que te interese de veras, que te saque de ti mismo.

—¿Como qué?

—Pues la verdad es que a eso he venido. No, quiero

serte sincera. He venido a pedirte un favor; pero es algo que también a ti te hará bien. Admitirás que necesitas algo de lo que ocuparte, ¿no?

—No aceptaré un empleo, Isabel. Al menos, no uno de los que tú recomiendas. No voy a convertirme en chupatintas, ni en vendedor, ni en encuestador, quede eso claro desde el principio.

—No es nada de eso, cariño. No es una cosa remunerada. En ese sentido, no es un empleo. Lo único que quiero es que me hagas un favor. Será mejor que vaya al grano. Lo que quiero es que me cuides a *Dido* mientras estoy en Australia.

Gray no dijo nada. Observaba una mosca posada sobre una miga de pastel en la alfombra, comiendo o poniendo huevos. *Dido* también estaba pendiente de ella y luego siguió con la mirada el vuelo del insecto cuando éste comenzó a describir círculos en el aire.

—Compréndelo, cariño. Desde que era cachorra, nunca la he dejado sola, y ya tiene cinco años. No podría meterla en una residencia canina porque se pondría tristísima, y sabiendo que estaba tristísima, yo no podría divertirme.

Londres, Kensington... Qué forma tan fácil de escapar.

—¿Te refieres a que vaya a tu piso a cuidarla?

—No, cariño. Ya te dije que iban a estar los decoradores. Quiero que cuides de ella aquí. El sitio le encanta y, como tú no trabajas, no estará sola. Puedes sacarla a pasear. Lo pasaréis divinamente.

A Gray la perspectiva no le desagradaba. *Dido* le gustaba más que la mayoría de las personas. E Isabel pondría la comida y, posiblemente, incluso algún dinero en efectivo.

—¿Por cuánto tiempo?

—Sólo cuatro semanas. Me marcho el lunes 7 de junio. El avión sale de Heathrow a las tres y media. He pensado que puedo traerte a *Dido* el domingo por la noche.

—¿El domingo, 6?

33

—Exacto.

—Lo siento, Isabel —dijo Gray, firme—. No puedo. Tendrás que buscar a otro.


No pensaba renunciar a la fiesta de Francis, y mucho menos por Isabel. La fiesta de Francis era lo único que le hacía cierta ilusión, la única perspectiva que lo ayudaba a ir tirando. Lo tenía todo planeado de antemano: iría el domingo por la mañana, pasearía alrededor del parque y por el mercadillo de Bayswater Road, y llegaría a casa de Francis a eso de las cuatro, con tiempo para ayudar a la preparación de la comida y a subir las cajas de bebidas. No le importaba, ya que así tendría acceso a los excelentes libros de Francis y se aseguraría de que le reservaban una cama para pasar la noche. Bueno, no la noche, sino el período entre las cinco de la mañana hasta que despertase, a eso del mediodía. Había fantaseado sobre la fiesta. Personas reales con las que hablar, comida y cigarrillos en abundancia, chicas nuevas... Quizá una de ellas fuese la mujer que le hiciera olvidar y con la que incluso podría compartir la cama, o el sofá, o el pedazo de alfombra. La idea de renunciar a aquello por algo que no fuese la más severa de las enfermedades, o la muerte de su madre, o algo igualmente apocalíptico lo ponía casi enfermo.

—Lo siento, pero ese domingo lo tengo comprometido.

—¿En qué, si nunca haces nada?

Gray vaciló. Si bien había decidido no hacer nada por tranquilizar a los ancianos, tampoco era cuestión de trastornarlos. Podría decirle a Isabel que iba a cenar con sus editores, pero eso era poco verosímil un domingo por la noche y, además, como él llevaba tres años sin publicar nada, Isabel no se lo creería. Optó de nuevo por la verdad.

—Me voy a una fiesta.

—¿En *domingo*? Cariño, eso resulta de lo más extraño, ¿no? A no ser que vayas a hablar con alguien que, no sé, pueda echarte una mano.

—Sí, es posible que algo así suceda —dijo Gray, pensando en la hipotética muchacha. Pero, no queriendo pecar de jesuítico, añadió—: La fiesta es simplemente para divertirnos, sin más. Pero quiero ir. Lo siento, Isabel. Comprendo que lo consideres egoísta e incluso inmoral (sí, así es), pero ¿qué quieres que le haga? No renunciaré a la fiesta por ti, ni por *Dido*, ni por nadie.

—Muy bien, cariño, como quieras. Me las arreglaré para traer a *Dido* a la mañana siguiente. Podemos estar aquí a eso de las doce, y luego iré directamente al aeropuerto.

Cristo, pensó él, a aquello se le llamaba insistir. No era extraño que Isabel hubiera amasado una fortuna convenciendo a ejecutivos de que contrataran a sus mecanógrafas analfabetas. Pacientemente, explicó:

—Isabel, no será un cóctel en el que respetables personas de mediana edad comen canapés y beben martinis de seis a ocho. Se tratará más bien de una orgía de toda la noche. No me acostaré antes de las cinco o las seis y, naturalmente, no me apetecerá lo más mínimo levantarme a las nueve para estar aquí cuando tu perra y tú lleguéis.

—¡Eres de lo más sincero! —Isabel volvió la cabeza y carraspeó, intentando inútilmente ocultar su profundo sonrojo—. Creo que para ciertas cosas no está de más un mínimo de decoro. No te habría costado tanto poner una excusa.

Ni siquiera desean que seas sincero. Saben que te gusta el sexo y la bebida —en realidad, creen que te gustan mucho más de lo que en realidad te gustan—, pero parten de la base de que debes ocultar ese hecho poniendo pretextos victorianamente respetables, convirtiendo una juerga en Westbourne Grove en una conferencia en el hotel Hyde Park.

—¿Me invitas a un cigarrillo?

—Claro que sí. Te habría ofrecido, pero creí que

habías dejado de fumar. Mira, cariño, ¿qué te parece si, simplemente, traigo a *Dido* a las doce y la dejo aquí, la encierro por ejemplo en la cocina hasta que llegues?

—Muy bien, hazlo. —Evidentemente, no había escapatoria—. Yo volveré a eso de las tres. Supongo que por estar tres horas sola no le pasará nada.

—Nada en absoluto. Le dejaré agua y, a ti, latas y dinero para aguantar todo el mes.

Isabel inició la interminable retahíla de instrucciones para el mejor cuidado de *Dido*. Mientras tanto la perra, sin que su ama la viese pero sí Gray, arrambó con los restos de la tarta que quedaban sobre la mesa.

—¿Qué tal si me das una llave?

Cuando se instaló en la choza había tres llaves. Una la llevaba consigo, la otra, colgaba de un clavo sobre la pila de la cocina, y la tercera... Probablemente, Drusilla la había tirado, junto con el resto de los recuerdos de su relación con él. Gray fue a la cocina y cogió la llave de repuesto.

—La encerraré en la cocina porque, aunque *normalmente* es muy limpia, puede que al estar en un lugar desconocido tenga un pequeño accidente.

Gray replicó que los pequeños accidentes apenas afectarían el mugriento estado de la choza, pero aprobó la idea de Isabel, pues la ventana de la cocina no se abría.

—No creo que le pase nada por estar sola; pero cuando llegues, hazle mimitos y sácala a dar un buen paseo. Dejaré la llave en el clavo ¿vale?

Gray asintió con la cabeza. Mientras Isabel usaba varios pañuelos de celulosa para limpiarse los labios y el regazo, él tendió la mano hacia la perra, que inmediatamente fue hasta él, le lamió los dedos y se sentó a su lado, recostándose contra sus rodillas. Gray acarició su suave y dorado pelaje como si fueran los hombros de una mujer. El contacto con él y el pulso de la sangre, le producía una sensación extraña, en cierto modo nueva. No eran carne ni sangre humanas; bajo aquel hermoso cráneo no existía ningún universo intelectual. Pero el simple cálido, y la presión de lo que parecía auténtico afecto, provocó en él una súbita y aguda sensación de dolor, recordándole la angustiosa soledad en que vivía. En aquellos momentos Gray estaba al borde de las lágrimas por su pérdida, por su invencible apatía, por las posibilidades desperdiciadas, por su desdicha personal.

Sin embargo, cuando habló lo hizo con su voz de siempre:

—Lo pasaremos estupendamente, ¿verdad, *Dido*, preciosa?

*Dido* alzó la cabeza y le lamió la cara.

## 3

A muy temprana hora, quizá a las ocho, Gray escuchó el sonido de una carta cayendo sobre la alfombrilla de la puerta principal. No podía ser otra de Honoré, aún no. La factura eléctrica —excesivamente reducida para hacer estragos en su cuenta bancaria— estaba pagada; y aún era pronto para que le llegase el último aviso de cobro del gas. No podía ser otra cosa que la liquidación de derechos enviada por sus editores. Ya era hora. No se trataría de ninguna fortuna, pero, aunque sólo fueran cien libras, o cincuenta... Un pequeño capital así constituiría el estímulo suficiente para irse de Pocket Lane, alquilar una habitación en Londres, conseguir un empleo en un bar, de lavaplatos o algo así, hasta que estuviera en condiciones de volver a escribir.

Una pálida luz, que fluctuaba debido a las ramas de las hayas agitadas por el viento, llenaba el dormitorio. Gray permaneció tumbado, pensando en Londres, en Notting Hill, yendo con el pensamiento de Landbroke Grove hasta Kensal Green, con gente en la calle durante toda la noche. Nada de ramas, ni de barro, ni de hojas en descomposición por doquier. No más días vacíos e interminables. Aunque no creía que fuera a dormirse de nuevo, cayó en una especie de sopor y soñó; no con Londres, como hubiera sido lógico, sino con ella. En las semanas siguientes a su separación, Gray había soñado con Drusilla todas las noches, hasta el extremo de temer dormirse a causa de aquellos sueños. Y seguía teniéndolos con frecuencia, una o dos veces por semana. Ahora ella estaba con él en la habitación, en aquella misma habitación, y el viento le agitaba el cabello, que no era dorado, ni castaño, ni rojizo, sino una mezcla de los tres. Y sus ojos, del color del cristal ahumado, le miraban fijamente. Drusilla tendió una mano llena de anillos y dijo:

—Hablemos de ello. Hablando no hacemos nada malo.

—Ni bueno.

Ella no lo escuchó. Quizá él no lo hubiera dicho en voz alta. En los sueños, nunca se sabe.

—Son cosas que se hacen —dijo Drusilla—. Montones de parejas en nuestra situación lo han hecho. Dirás que a todas las atraparon. —Gray no replicó, limitándose a mirar aquellos ojos—. Así es, pero de las que no fueron descubiertas no sabemos nada. Y a nosotros no nos descubrirán.

—¿A *nosotros*?

—Sí, querido Gray, sí...

Ahora ella estaba más cerca, y su cabello le rozaba la piel. Él la rodeó con los brazos, pero su carne estaba ardiendo y sus cabellos eran llamas. Se estremeció, apartándose del fuego, gritando, y así salió del sueño.

—No podría hacerlo... Soy incapaz de matar a una mosca.

Después de aquello ya no pudo seguir en la cama. Temblando debido a su presencia —¿acaso una mujer soñada es menos auténtica que una real?— se levantó y se puso unos raídos vaqueros y una camiseta. Poco a poco, su cuerpo fue dejando de temblar. Regresó a la realidad, a la dura luz, la soledad y la triste y desesperanzada seguridad de estar sin ella. Miró el reloj. Las once y media. Se preguntó de qué día.

Lo primero que vio al bajar fue el rostro blanco y pardusco de una vaca, mirándolo a través de la ventana de la cocina. Abrió la puerta trasera y salió al espacio lleno de maleza y plantas espinosas que constituía el supuesto jardín. Estaba lleno de vacas que pastaban en torno a la ropa grisácea que él había tendido el domingo. En el bosque no había cercas, y los granjeros dejaban que el ganado pastara a su antojo, lo cual constituía un permanente motivo de mortificación para aquellos propietarios que se esmeraban en cuidar sus jardines. Gray se acercó a las vacas, acariciando los morros de algunas, que al tacto eran parecidos al de *Dido*, y les echó un discurso en voz alta sobre las virtudes de la anarquía y el desdén hacia la propiedad. Entonces recordó la carta, la liquidación de derechos, y fue a recogerla. Pero antes de hacerlo, el sello del sobre —la maldita Marianne[1] esparciendo flores o algo así— le indicó que no era lo que esperaba.

«Mi querido hijo... (Aunque estaba acostumbrado, aquel tratamiento aún le producía escalofríos.) Mi querido hijo, intenté llamarte por el teléfono la última noche, pero la línea estaba ocupada y el viernes otra vez y también estaba ocupada. ¡Qué alegre es la vida que llevas con los amigos tuyos! No tienes que tener inquietud, pero tu mamá otra vez no está bien y el doctor Villon dice que tiene otro ataque de parálisis. Aquí hay mucho trabajo para mí, aunque estoy acostumbrado a ser un pobre enfermero y trabajar todo el día y toda la noche haciendo cuidados a tu mamá.

»Sería bueno que tú vinieras. No digo que hoy, pero tienes que estar listo para venir si tu mamá sigue no bien. Cuando ocurra eso yo hablaré contigo por el teléfono para decirte que ahora es cuando tienes que venir, mi hijo. Dirás que no tienes dinero para pagar el tren o el

---

1. Marianne es la joven, vestida de rojo, blanco y azul, símbolo de la República francesa. *(N. del T.)*

avión, pero yo te mandaré el dinero no en una carta porque eso está contra la ley; pero a tu banco que está en Midland en Waltham Abbey como me has dicho y podrás recogerlo cuando tú tengas que venir. Yo arreglaré todo. Tú dirás que es cosa rara que Honoré te mande dinero cuando tiene tanto cuidado con los pequeños ahorros suyos, pero el viejo Honoré rompe la costumbre de que no manda dinero a un hijo que no trabaja nada, y haré los arreglos para que el banco tuyo reciba treinta libras a tu nombre.

»No estés destranquilo. El doctor Villon dice que el buen Dios aún no se lleva a tu mamá y no hace falta que venga el padre Normand, pero que es cosa mejor que yo te lo diga a ti porque eres el único hijo que tiene ella. Ten calma, mi muchacho. Tu amante papá, Honoré Duval. P. S. Le dejé al alcalde prestada la traducción francesa de tu libro que tú me diste y lo leerá cuando tenga ocio. A ti te gustará tener la crítica de un hombre con cultura y razón como el alcalde es. H.D.»

Gray sabía que los únicos méritos que el alcalde de Bajon podía aducir como crítico literario era el hecho de que una tía abuela suya había servido en casa de un primo de Baudelaire. Arrugó la carta y la tiró detrás de la bañera. A Honoré le constaba que él sabía leer francés sin la menor dificultad, pero se obstinaba en escribirle en el horrendo inglés de comedor que aprendió siendo camarero en Chaumont. Gray no creía que la vida de su madre corriera verdadero peligro, y no estaba dispuesto a confiar en la palabra del doctor Villon que, como el alcalde, era amigo de Honoré, y juntos frecuentaban la taberna de Bajon, el Écu d'Or.

No llegaba hasta el extremo de decir que le era indiferente que su madre viviera o muriese, y desde luego estaba dispuesto a volar a Francia caso de que ella se encontrase de veras al borde de la muerte; pero lo cierto es que apenas sentía nada hacia ella. Resultaría falso decir que aún la quería. Para él constituyó un gran golpe el hecho de que, mientras recorría Francia con Isabel, su madre se encaprichase —Gray no estaba dispuesto a admitir que se había enamorado— de uno de los camareros del hotel de Chaumont. Por entonces él tenía quince años, su madre cuarenta y nueve y Honoré, probablemente, unos cuarenta y dos. Ni siquiera ahora Honoré reconocía su verdadera edad; fingía ser un pobre viejo al que le pesaban mucho las tareas de enfermero. Se casaron a toda prisa, pues —a Gray le constaba— Honoré tenía muy presente que el coche en que viajaba su novia era de su propiedad y, mucho más importante, que la mujer poseía igualmente una gran casa en Wimbledon Common. Dejando aparte lo que opinasen los parientes de la novia, el matrimonio, aparentemente, había salido bien. Vendieron la propiedad de Wimbledon Common y Honoré hizo construir una casa de campo en su Bajon-sur-Lone natal, donde habían vivido desde entonces. Al casarse, Madame Duval se convirtió al catolicismo, otro hecho que a Gray le resultaba difícil de perdonar. Personalmente no se consideraba religioso, debido en gran medida a que su madre le imbuyó el agnosticismo casi desde la cuna. Pero eso se terminó cuando volvió a casarse. Ahora tomaba el té con el cura e iba a que le pusieran ceniza en la frente el *mercredi-des-cendres.* Al menos, lo hizo mientras estuvo bien. Sufrió el ataque hacía cuatro años. Entonces Gray fue a visitarla, pagándose el viaje con el dinero que ganaba vendiendo cuentos, y volvió cuando el segundo ataque, utilizando en aquella ocasión parte del sustancioso anticipo que le habían dado por su novela. A veces se preguntaba qué haría cuando el *attaque de paralyse* se repitiera, quizá fatalmente. Ahora lo sabía. Honoré le soltaría el dinero.

Honoré *ya* lo había soltado. Resultaba agradable pensar que el dinero ya estaba allí, aguardándolo, haciendo que su espera de la liquidación por derechos de autor fuera menos angustiosa. Se preparó una sopa de sobre y se la tomó junto a la puerta principal, mientras observaba a las vacas, que habían comenzado a alejarse en busca de mejores pastos. A las doce en punto llegó el lechero.

—He puesto mi propia vaquería —dijo Gray, sintiéndose obligado a estar a la altura de su reputación de gracioso—. Si no se anda usted con ojo, se encontrará sin empleo.

—¿Su propia vaquería? Eso sí que tiene gracia. Esos animales no son vacas, sino bueyes, ¿no se había dado cuenta?

—Soy un simple londinense, y a mucha honra.

—Bueno, de todo tiene que haber en el mundo. Si todos fuésemos iguales, no tendría gracia. Ah, por si acaso: hoy es jueves 20 de mayo.

—Gracias —dijo Gray—. Hasta la vista.

—Hasta la vista —se despidió el lechero.

Gray hizo una limpieza a fondo, la primera en cuatro o cinco días, leyó el último capítulo de *Herries el rufián* y luego echó a andar hacia el pueblo. Al principio de la semana había llovido, y la tierra estaba blanda y batida por las pezuñas de los veintitantos bueyes, que habían dejado tras de sí humeantes bostas de un olor acre. Alcanzó a los bueyes cuando éstos llegaban a la entrada de la granja. Apenas sabía nada de Willis, el propietario, salvo que tenía una esposa con cara de hacha y un Jaguar rojo. Pero los bueyes viven en granjas y, evidentemente, aquellos querían entrar en esa granja; era obvio que se trataba del lugar adecuado. Abrió las puertas, caprichosamente adornadas con ruedas de carreta, y observó como los cachazudos animales abandonaban el camino de grava y se metían por el césped de Mr. Willis, una inmaculada, brillante y cuidadísima alfombra verde sobre la cual el sistema de aspersión lanzaba una fina lluvia de gotas de agua. Divertido, Gray se recostó en la jamba de la puerta y siguió con interés las evoluciones de los animales.

Tres de ellos comenzaron a comer tulipanes. Por sus bocas asomaban tallos y flores color bermellón. A Gray le pareció divertidísimo, propio de una película de Disney. El resto de los animales se repartió por la pradera, y uno de ellos se dirigió a la parte posterior de la casa. Gray iba a reanudar su camino, cambiándose los libros de mano, cuando se abrió la ventana de un dormitorio y una voz le gritó:

—¿Ha abierto usted la puerta?

Mrs. Willis. Cara de hacha.

—Sí. Querían entrar. ¿No son de ustedes esos animales?

—¿*Nuestros*? ¿Desde cuando tenemos ganado? ¿No se da cuenta de lo que ha hecho, so estúpido? ¡Mire, fíjese!

Gray miró. Las ochenta pezuñas hendidas habían causado enormes estragos en la exquisita pradera.

—Lo siento, pero no es más que hierba. Ya se curará, o como se diga.

—¡Que se curará! —bramó Mrs. Willis, agitando los brazos en su dirección—. ¿Está usted loco? ¿Sabe lo que le ha costado a mi marido tener la pradera en condiciones? ¡Años y años de trabajo y cientos y cientos de libras! ¡Tendrían que obligarlo a pagar por lo que ha hecho, maldito melenudo! ¡Y lo hará, aunque para eso mi marido tenga que llevarlo ante los tribunales!

—Váyase a la mierda —replicó Gray, dándose media vuelta.

Echó a andar, seguido por los reproches, las amenazas y el ultraje en respuesta de sus postreras y groseras palabras. Se sentía disgustado y de mal humor, estado que no mejoró en absoluto cuando, al llegar al banco cinco minutos antes de que cerraran, se encontró con que el saldo de su cuenta era sólo de dos libras y cuarenta y cinco peniques. Retiró la cantidad, recordando que las treinta libras de Honoré llegarían en cualquier momento. Sin embargo, no era cuestión de derrochar dinero en exquisiteces enlatadas. En la biblioteca, devolvió *Herries el rufián* y *El hombre de la máscara de hierro* y cogió *Antony Absolute, El prisionero de Zenda* y *No hay orquídeas para Miss Blandish*, los tres títulos en edición de bolsillo. Pesaban poco y, precisamente el día en que no necesitaba que nadie lo llevase, se ofrecieron a hacerlo.

Apenas había enfilado Pocket Lane cuando el coche de Miss Platt se detuvo junto a él.

—Cómo me alegro de verlo, Mr. Lanceton. Precisamente quería invitarlo a mi fiesta del martes de la semana que viene no, la otra.

Gray montó en el coche.

—¿Su qué? —preguntó. No pretendía ser descortés porque, aunque la conocía poco, Miss Platt le era simpática. Sin embargo, la idea de que una septuagenaria fuera a dar una fiesta en aquellos contornos era una noticia casi asombrosa.

—Irán unos cuantos amigos y vecinos. Tomaremos unas copas y unos sandwiches. Será a eso de las siete, el 8 de junio. Voy a mudarme, ¿sabe? He vendido la casa y el día 9 me marcho de aquí.

Gray murmuró que lo lamentaba. Pasaron ante la granja, abandonada ya por las reses. Mrs. Willis estaba en la pradera, pasando el rastrillo por el césped dañado.

—Sí, la vendí el mismo día que puse el anuncio. La cantidad que el agente inmobiliario me aconsejó que pidiera me pareció desmesurada: ¡quince mil libras por una cabaña! ¿Se lo imagina? Pero el comprador las pagó sin pestañear.

—Es mucho dinero —reconoció Gray. Apenas daba crédito a sus oídos. La casa de Miss Platt era como la choza, sólo que algo más cuidada. Quince mil...

—En esta zona, el precio de las casas se ha triplicado en los últimos años, puesto que ya no dejan construir, y está tan cerca de Londres... He comprado el piso de encima del de mi hermana en West Hampshire, porque ya no puede vivir sola. Pero me parecerá espantoso, después de vivir en un lugar tan espléndido como éste, ¿no cree?

—Yo no diría tanto —replicó sinceramente Gray—. Estará usted estupendamente.

—Esperémoslo. Pero ¿vendrá a mi fiesta?

—Me encantaría. —De pronto se le ocurrió algo—. ¿Irán los Willis?

—No los he invitado. ¿Son amigos suyos?

—Creo que Mrs. Willis me la tiene jurada. Dejé entrar unos bueyes en su jardín.

Miss Platt se echó a reír.

—No me extraña que no les caiga bien, amigo mío. No, sólo seremos yo y mi hermana, y Mr. Tringham, y unos cuantos amigos de Waltham Abbey. ¿Ha tenido usted noticias de Malcolm Warriner?

Gray replicó que por pascua había recibido una postal con una foto del Fujiyama, le dió las gracias a Miss Platt por llevarlo, y se apeó. Preparó té y se sentó en la cocina a leer *El prisionero de Zenda* comiendo pan con margarina. Hacía viento y el cielo se había encapotado. La habitación, pese a la hora temprana, quedó en penumbra. Gray encendió el horno y lo abrió para calentarse un poco.

Hasta que el teléfono comenzó a sonar no recordó que el lechero había dicho que era jueves, la noche que él siempre descolgaba el receptor. Su reloj marcaba las siete y diez. Tiny habría salido hacia su reunión masónica hacía una hora. Todos los jueves por la noche, ella intentaba llamarlo, pero no lo conseguía porque el teléfono siempre estaba descolgado. Esta noche no lo estaba, y Drusilla al fin lo había logrado. Porque, naturalmente, era ella. Ella le hablaría, él contestaría y, al cabo de media hora, Drusilla estaría allí. Gray avanzó hacia el «salón», hacia el teléfono, a paso lento y premeditado, como quien camina hacia un destino que le horroriza, pero que desea. El corazón le latía atropelladamente, hasta causarle dolor. Drusilla habitaba aquel teléfono como un genio dentro de una lámpara, esperando ser liberada por su toque, para luego salir y llenar la habitación, rojo-dorada, verde botella, *Amorce dangereuse*.

Tan seguro estaba que no dijo «Diga» ni dio el número de Mal, sino que contestó con lo que siempre decía cuando sabía que era ella quien llamaba.

—Hola. —Su tono era torvo, resignado, añorante. Su voz, baja.

—¿Gray? —preguntó la voz de Francis—. Deseo hablar con Graham Lanceton.

¿Alivio? ¿Frustración? Gray ignoraba lo que sentía. Quizá fuera el aviso de un infarto.

—Soy yo, majadero. ¿Por quién me habías tomado? ¿O crees que tengo mayordomo?

—No parecía tu voz.

—Pues lo era. Lo es.

—No sé, pero me da la sensación de que ese chamizo en el que vives te está afectando a la cabeza. Mira, llamo por lo de la fiesta. ¿Podrías venir el sábado?

Hacía diez minutos, la proposición le hubiera entusiasmado.

—Como quieras —replicó.

—El sábado por la mañana tengo que ir a recibir a una vieja pariente en la estación Victoria, y quiero que alguien esté aquí cuando vengan los electricistas a montar la instalación para la fiesta. Unos efectos de relámpago de lo más psicodélico.

—Estaré ahí a eso de las diez. —El corazón se le normalizó.

Al colgar el teléfono, se sintió débil, enfermo. Se sentó en el sillón tapizado de plástico, en la penumbra, y miró el silencioso y hermético teléfono, el indiferente y presuntuoso aparato que ahora se había encerrado en sí mismo como una anémona de mar, haciendo caso omiso de Gray, sin devolver su mirada, como si durmiera.

Cristo, si empezaba a conferir personalidad a los objetos, mal iba. A aquello se llamaba neurosis y sólo podía conducirlo a un hospital mental y a la terapia de electroshocks o algo así. Y, antes que eso, cualquier cosa. Era preferible marcar ahora mismo el número de Drusilla, hablar con ella, dejar claro de una vez por todas que no volvería a haber contacto alguno entre ellos.

Pero eso ya lo habían dejado claro en Navidad, ¿no?

—Si me llamas, te colgaré el teléfono.

—Ya veremos —había replicado ella—. No serías capaz de hacerlo.

—Entonces, no me pongas a prueba. Te lo he dicho: estoy harto de ti. Si no puedes dejar de darme la lata con esa obsesión tuya, y es evidente que no puedes, es imposible que sigamos.

—Hago lo que me da la gana. Siempre lo he hecho.

—Me parece muy bien, pero yo no tengo por qué hacer lo que *a ti* te dé la gana. Adiós. Lárgate de una vez, por favor. No volveremos a vernos.

—En eso tienes toda la razón —dijo ella.

Así que habían llegado a un acuerdo, ¿no? Durante poco menos de dos años, te he amado con pasión y lealtad y se terminó... Pero, si habían llegado a un acuerdo, ¿a qué venían sus esperanzas y miedos? ¿Por qué dejaba el teléfono descolgado? Porque Drusilla tuvo razón al decir que, si ella lo llamaba, él no sería capaz de resistirse. Porque él tenía la vanidosa certidumbre de que cinco meses no eran bastante para que ella dejase de amarlo. Pero, siendo mujer, quizá no quisiera arriesgarse a la humillación de telefonearlo y ser rechazada. Él sí podía telefonearla...

Tiny no regresaría antes de las once. Ella estaba sola en casa; él solo allí. Era ridículo. Estaba enfermando, arruinando su propia vida. Impulsivamente, se levantó del sillón y fue al teléfono.

Cinco-cero-ocho... Marcó los tres primeros dígitos rápidamente; pero se detuvo antes de marcar el resto del número, las otras cuatro cifras. Tras una larga pausa, marcó tres de ellas. Metió el dedo en el orificio del nueve, lo dejó allí, temblando, y luego lo sacó murmurando «Dios mío». Luego golpeó con el borde de la mano el receptor, que cayó contra la bolsa de golf.

Era inútil. Si Drusilla volviese a él, quizá durante una noche, o durante una semana, olvidaría su obsesión, pero luego todo comenzaría de nuevo, las insinuaciones y pullas, el reiterado tema que llenaba los intervalos entre una sesión de sexo y otra. Y él no podría darle largas como durante el verano y el otoño pasados, porque al final tendría que reconocer que no era capaz de algo así. Tendría que decirle que, si no había otra alternativa que hacerlo o dejarla de ver, prefería no verla nunca más.

Salió por la puerta principal y permaneció entre los helechos aplastados por los bueyes. Las negras ramas se recortaban contra el cielo encapotado. Allí, a su espalda, estaba Loughton, Little Cornwall, Combe Park. Resultaba irónico, pensó con cansancio, que él añorase a Drusilla y Drusilla lo añorase a él, que sólo estuvieran separados por seis kilómetros, que el teléfono pudiera ponerlos en contacto en un segundo; que ninguno de ellos sintiera remordimientos por traicionar a Tiny ni por cometer adulterio y, sin embargo, que pudieran volverse a ver, porque ella no dejaría de exigir lo que él no estaba dispuesto a hacer, y él no podía, bajo ningún concepto, acceder a hacerlo.

## 4

Aquella noche apenas durmió, debido probablemente a que, al poner la cabeza sobre la almohada, no siguió su habitual método de inducción del sueño, el recurso del escritor de contarse a sí mismo una historia. En vez de ello, hizo lo que solía hacer durante las insomnes noches de enero: pensar en Drusilla y en el día en que se conocieron.

Sin embargo, no había sido aquel su propósito. Permaneció acostado, pensando en las extrañas consecuencias de los hechos fortuitos, en cómo un pequeño cambio en la rutina diaria puede marcar indeleblemente el curso de toda una vida. Así había ocurrido cuando su madre e Isabel, despertadas de madrugada por una llamada telefónica —número equivocado, naturalmente— e incapaces de dormirse de nuevo, partieron antes de lo previsto y llegaron a Dover a tiempo de abordar el primer barco. A causa de ello, por la noche ya habían llegado a Chaumont, aunque según sus planes debían haberlo hecho la noche siguiente, en la cual Honoré hubiera estado fuera disfrutando de su día libre. ¿Quién hizo aquella llamada telefónica? ¿Qué despistado y confuso árbitro se había equivocado al marcar un número telefónico a las cuatro de la mañana, dando así lugar a un matrimonio y a un cambio de nacionalidad?

En su propio caso, conocía la identidad de tal árbitro. Jeff había cogido los últimos veinte folios de papel de escribir —¿Para qué? ¿Para extender facturas de mudanzas? ¿Para hacer un inventario de enseres domésticos?— y él, Gray, tuvo que ir a la papelería Ryman a comprar una resma. En la tienda de Notting Hill se habían quedado sin folios. ¿Por qué no se había limitado a cruzar el parque para ir a la tienda de Kensington High Street? Porque en ese momento los semáforos se pusieron en rojo, el autobús 88 se detuvo y él subió a su interior. Así que fue el semáforo lo que decidió su destino, o el encargado de compras que no había renovado el stock de folios, o Jeff, o el cliente de la empresa de mudanzas de éste, que necesitaba un inventario de mesas y sillas antes de poder trasladarse. ¿Quién podía saberlo? Era inútil seguir, porque de aquel modo, remontándose y remontándose, llegaría a Adán y Eva.

El 88 lo llevó Oxford Street abajo y él acabó en la tienda de Ryman de Bond Street. Llevar una resma de papel en blanco bajo el brazo siempre le hacía sentir bien. Lejos de ser un agobio, la perspectiva de llenar aquellas constituía todo un reto. Y por estar enfrascado en tales pensamientos y mirando al suelo y no hacia el frente, tropezó con ella sin siquiera verle el rostro, embistió a la muchacha que caminaba hacia él e hizo que los paquetes que llevaba cayeran al suelo y una botella de perfume se rompiese contra el borde del escaparate de una tienda.

A Gray le parecía estar oliéndolo, el mismo aroma que durante tanto tiempo había permanecido en la choza. Entonces se alzó en una fragante nube que saturó el frío aire de enero.

—¿Por qué no mira por dónde va?

—Lo mismo le digo —replicó él, no muy cortésmente. Luego, al advertir lo bella que era, se suavizó—: Lamento lo de su perfume.

—Pues, además de lamentarlo, lo mínimo que debería usted hacer es comprarme otro frasco.

Él se encogió de hombros.

—De acuerdo. ¿Dónde lo venden? —preguntó en la creencia de que ella rechazaría su oferta diciendo que no tenía importancia. Mientras ambos recogían los paquetes caídos, Drusilla le dió la sensación de que le sobraba el dinero. Abrigo de zorro rojo, del mismo color que su cabello, botas de cuero color crema —que no costarían menos de treinta libras— y el bulto de diversos anillos bajo los finos guantes de piel.

—Ahí dentro —replicó ella.

A Gray no le importó. Por aquel entonces, aunque no era rico, tenía más dinero del que había tenido nunca ni tendría después. Con el paquete de folios bajo el brazo, entró con ella en la caldeada tienda atestada de gente.

—¿Cuál es la marca del perfume?

Se encontraban ante una larga hilera de mostradores de perfumería.

—*Amorce dangereuse.*

Costó casi seis libras. El precio era tan exorbitante y ella aceptó el perfume de una forma tan natural e infantil —humedeció con él no sólo su propia muñeca, sino también la de Gray— que él se echó a reír. Pero su risa se cortó bruscamente cuando ella acercó su rostro al suyo y, poniéndole una mano en el brazo, preguntó en un susurro:

—¿Sabe lo que significa el nombre de este perfume?

—Cebo peligroso, atracción peligrosa.

—Muy bien. Aprobado.

—Vamos. La invito a un café, a una copa, o a lo que quiera.

—No puedo. Tengo que irme. Consígame un taxi.

A Gray no le hizo demasiada gracia aquel modo imperioso de pedir las cosas, pero detuvo un taxi e indicó al chófer una dirección de la City que ella le había dado. Mientras sostenía la portezuela mirando con irónica expresión a la joven que tan mandona se mostraba, ella se despidió diciendo con absoluta naturalidad algo que a él lo dejó atónito:

—Mañana a las siete en New Quebec Street. ¿Le parece bien?

A él no sólo le pareció bien, sino fantástico, y también absurdo. El taxi se perdió entre el tráfico. La mano de Gray olía a *Amorce dangereuse.* Mañana a las siete en New Quebec Street. Ignoraba dónde estaba New Quebec Street, pero lo averiguaría y acudiría a la cita. No le vendría mal una aventura.

¿Era así como lo consideró al principio, como una aventura? Recordaba que sí, y también pensó que lo más probable era que ella no acudiese. Citas como aquella, que daban a los interesados treinta horas para reflexionar, solían quedarse en nada... Pero así fue como sucedió. Jeff había usado sus últimos folios y, al hacerlo, como por mandato divino, lo envió a él a Bond Street y a conocer a Drusilla. El amable Jeff, incapaz de matar a una mosca, le había destrozado la vida. Por consiguiente, en justicia debiera ser también Jeff quien lo salvase; pero nadie más que el propio Gray podía hacerlo.

Realmente, su vida había quedado destrozada. Aunque llegó a empezar la resma, sólo utilizó unos cien folios. ¿Cómo podía terminar una novela que exploraba el laberinto del amor tal y como él lo conocía cuando, a mitad de la obra, había descubierto que todas sus ideas eran equivocadas, que las ideas en que basaba su relato eran huecas y falsas, pues acababa de comprender el pleno significado de la pasión?


Tras pasar toda la noche pensando y soñando con ella, a la mañana siguiente Gray se sentía purgado de Drusilla. Pero sabía que la catarsis no era completa. Al haberse adueñado otra vez de él, su súcubo volvería a atosigarlo durante el día y en la siguiente noche.

Una impresionante tormenta rugía en el exterior de la choza. Gray llevaba varios días sin recibir correo. Relegando a Drusilla al fondo de una cabeza demasiado llena de problemas, Gray comenzó a preocuparse por la liquidación de los derechos de autor. ¿Por qué no había llegado aún? La última la había recibido a comienzos de noviembre, e iba referida a sus ingresos desde el junio anterior, y el cheque estuvo en sus manos antes de que el mes concluyera. En aquellos momentos ya tendría que estar en su poder la liquidación de los derechos desde junio a diciembre. *Quizá no haya liquidación porque no hubo ingresos.* En la época en que los cheques eran por varios cientos de libras, nunca se detuvo a pensar si, caso de no haber ingresos, se molestarían en comunicárselo. Quizá no. Quizá los contables, o cajeros, o lo que fueran, se limitaran a repasar una lista y, cuando llegasen a su nombre, dijeran, fría y despiadadamente: «¿Gray Lanceton...? No, no hay nada para él. Olvidémoslo.»

Fue a buscar la liquidación de noviembre, que guardaba en una caja de seguridad del dormitorio de invitados. En el membrete había un número telefónico, el del departamento de cuentas, que se encontraba en Surrey, a muchos kilómetros de la oficina de Londres. Gray sabía que cualquier escritor con un mínimo de sentido común se limitaría a marcar aquel número, pedir que le pusieran con la persona adecuada, y preguntar qué diablos había ocurrido con su dinero. No le apetecía hacerlo. En aquellos momentos de su vida, y después de la noche de perros que había pasado, no se sentía con ánimos para escuchar la indiferente voz de un contable que tenía asegurado un sueldo de tres mil libras anuales diciéndole que en su cuenta no había nada. Al fin decidió que esperaría una semana más y luego, si el dinero aún no había llegado, telefonearía a Peter Marshall. Peter, su editor, era un hombre muy amable que se había mostrado encantador y magníficamente dispuesto cuando nació *El vino del estupor,* y que seguía siendo encantador y comprensivo cuando ya resultaba evidente que *El vino del estupor* no tendría descendencia. Naturalmente, le preguntaría a Gray si estaba escribiendo algo, y le recordaría que ellos tenían una opción preferente sobre cualquier obra extensa de ficción que él pudiera escribir, pero no eran de temer reproches ni pullas. Lo más probable era que Peter, muy amablemente, le prometiera investigar el asunto, y quizá incluso lo invitara a almorzar.

Tomada tal decisión, inspeccionó la despensa. Evidentemente, ni siquiera él podría sobrevivir hasta fin de mes con dos latas de carne, un paquete de gelatina de frambuesa, y un panecillo de Viena duro como una piedra. Debía conseguir dinero. Pensó vagamente en pedírselo a Francis (las posibilidades de éxito eran escasas) o en acudir a la Seguridad Social (de optar por ello, haría las maletas y lo resolvería en Londres), o vender el reloj en la tienda próxima a la abadía, donde ya le habían comprado el encendedor. No le gustaba la idea de separarse del reloj. La única alternativa era usar el dinero de Honoré total o parcialmente. La idea de dedicar a otros fines un dinero que le habían enviado para acudir junto al lecho de muerte de su madre le erizaba los cabellos, pero se dijo que no debía ser tan tiquismiquis. Ni siquiera el propio Honoré querría que Gray se muriese de hambre.

Había comenzado a llover hacía un rato y ahora el agua caía a cántaros. Gray se puso el impermeable de hule que Mal guardaba en el sótano y, bajo el chaparrón, se encaminó hacia el banco. Al llegar, sacó diez libras que se proponía gastar con sumo tiento. Si era necesario, hasta que llegara el cheque, limitaría su dieta a leche, pan y queso. Guardó el dinero en un bolsillo del impermeable y luego, al meter la mano para sacar una libra extrajo también un arrugado papel. Al leerlo, Gray apenas dio crédito a sus ojos. Hacía casi seis meses que no se ponía el impermeable —cuando llovía solía quedarse en casa— y en diciembre debió de meterse en el bolsillo la carta del gerente de contrataciones de su editorial. Estaba fechada poco antes de Navidad —¡Oh, Drusilla, aquella Navidad!— y en ella se le informaba de que habían vendido los derechos para la edición yugoslava de *El vino del estupor* por cincuenta libras. Una suma ridícula; pero dinero al fin y al cabo. Iba a recibir un cheque, no se habían olvidado de él. Bueno, por lo menos no tendría que escatimar en comida. Compró carne fresca, verduras congeladas, pan, mantequilla auténtica y cuarenta cigarrillos; nada más salir de la tienda encendió uno.

El tabaco le produjo un leve mareo. Aparte del cigarrillo al que Isabel le había invitado, aquel era el primero desde el otoño.

Por entonces fumaba los *king size* de Drusilla.

—Tendré que dejar de fumar —había dicho Gray—. Me produce remordimientos que Tiny me pague el tabaco; cosa que a fin de cuentas es lo que ocurre.

—No tendría por qué ser así.

—No empieces. Dame al menos un día de descanso.

—Quien ha sacado a relucir a Tiny has sido tú.

En la primera ocasión, no hablaron de Tiny, no hubo ni la menor alusión al ridículo diminutivo.[1] Sólo se habló, vagamente, que en algún lugar había un marido.

—¿Mrs. Harvey Janus? Dios bendito, si yo fuese Harvey Janus, esto no me haría nada feliz; pero dado que no lo soy...

Mientras la esperaba en New Quebec Street, que resultó estar detrás de Marble Arch, Gray ni siquiera conocía su nombre. Ella llegó tarde, cuando él ya comenzaba a pensar que no acudiría. A las siete y veinte, cuando Gray, a punto de irse, comprendía que era inútil devanarse los sesos, preguntándose adónde la llevaría (si a dar un paseo, o a un pub, o qué), un taxi se detuvo y por una de las ventanillas traseras asomó una mano que le hizo seña de que se acercase. Drusilla ocupaba el centro del asiento posterior. Llevaba pantalones blancos, chaquetón de piel, enorme sombrero negro y grandes gafas de sol. Gafas de sol en enero...

—Hola. Sube.

Gray miró al taxista, que permanecía con cara de palo y la vista al frente.

1. *Tiny* significa «pequeño», «chiquitín». *(N. del T.)*

—Vamos, sube. —Drusilla golpeó el cristal de separación—. Al hotel Oranmore, en Sussex Gardens. ¿No lo conoce? No me sorprende, la verdad. Baje por Sussex Gardens, está a mitad de la calle, a la derecha.

Decir que Gray se sintió estupefacto es quedarse corto. Montó en el taxi, miró a la joven enarcando las cejas, y luego cerró el panel de cristal que los separaba del chófer.

—¿Qué tal si me cuentas de qué va todo esto?

—¿Acaso no está claro? Los dueños son un matrimonio ya mayor. Cuando lleguemos, te registras, y la señora te preguntará si te importa pagar por adelantado, por si se te ocurre irte a primera hora de mañana.

—Ya, claro. —Le era difícil acomodarse a la situación, a la ausencia de preámbulos—. Pero no tendremos que irnos a primera hora de mañana, ¿no?

—Nos iremos a las nueve y media de esta noche, encanto. Sólo tenemos dos horas. Cuando nos vayamos, dejaremos la llave sobre la cómoda. No parece que estés muy al tanto de cómo son estas cosas, ¿no?

—Mis amigas suelen tener pisos o apartamentos propios.

—Bueno, pues, para tu información, yo soy casada y a estas horas se supone que estoy en mi clase de yoga. —Lanzó una risita en la que a Gray le pareció detectar una nota de infantil triunfo—. Y mi clase de yoga no la sacrifico por cualquiera.

—Haré lo posible por que el sacrificio merezca la pena.

El Oranmore resultó ser un edificio de comienzos del siglo pasado que, probablemente, en el pasado habría sido un burdel. En la fachada, en letras de neón azul, se leía su nombre, pero ambas oes estaban apagadas. Se registraron como Mr. y Mrs. Brown. La vieja de recepción se comportó exactamente según lo previsto.

Subiendo las escaleras, Gray dijo:

—¿Tienes nombre, Mrs. Brown?

—Me llamo Drusilla —replicó ella.

Él abrió la puerta. La habitación era pequeña y tenía camas gemelas, mobiliario barato, un lavamanos y un infernillo de gas.

Drusilla corrió las cortinas de la ventana.

—¿Drusilla, qué? —preguntó Gray, acercándosele y poniéndole las manos en la esbelta y frágil cintura. Al notar su contacto, ella echó la pelvis hacia adelante—. ¿Drusilla, qué?

—Janus. Mrs. Harvey Janus.

—¿Mrs. Harvey Janus? Dios bendito, si yo fuese Mr. Harvey Janus, esto no me haría nada feliz; pero, dado que no lo soy... —Gray le desabrochó el chaquetón de pieles. Bajo él, Drusilla estaba desnuda. No sabía por qué, pero aquello no le sorprendió. Ya comenzaba a intuir cómo era ella; el tipo de cosas osadas, provocativas y directas, que era capaz de hacer. Pese a ello, se le cortó la respiración y dio un paso atrás, para contemplarla.

Drusilla se echó a reír. Se quitó el sombrero, la sarta de perlas que llevaba al cuello, el chaquetón... a Gray le pareció que la mujer creía tenerlo todo absolutamente bajo control, que las cosas iban a ser a su manera. Pero él ya estaba harto de que Drusilla llevase la voz cantante.

—Calla —ordenó. La tomó en sus brazos y ella dejó de reír, pero sus labios permanecieron entreabiertos y sus opalinos ojos entornados—. Así está mejor. ¿Has dicho dos horas?

Durante las dos horas, Drusilla apenas volvió a hablar. En aquella ocasión no le contó nada sobre sí misma, y ni siquiera le preguntó a él su nombre hasta que volvieron al vestíbulo y pasaron ante la vieja que, fiel a su papel, les deseó buenas noches y les recordó que no se olvidaran de la llave.

Gray la llevó hasta la estación de metro de Marble Arch y allí, entre los vendedores de periódicos, Drusilla le preguntó:

—¿El jueves próximo, en el mismo sitio y a la misma hora?

—¿Un beso?

—Tienes una fijación oral —replicó ella; pero le ofreció los labios, finos, delicados y sin pintar.

Compró un paquete de cigarrillos, encendió uno y regresó hasta Notting Hill andando. ¿Cómo le supo aquel cigarrillo? No lo recordaba. El que estaba fumando ahora era fuerte y le sabía a ceniza. Lo arrojó entre los helechos, casi esperando que la colilla iniciase un incendio en el que terminara ardiendo todo Pocket Lane.

Aquel día no había visto al lechero, y durante el fin de semana, no tuvo con quien hablar. No hubo paseantes ni excursionistas que se adentraran tanto en el bosque. Sólo el viejo Mr. Tringham pasó frente a la choza, en su habitual paseo de los sábados por la tarde, aparentemente el único que daba durante la semana. Gray lo vio desde la ventana, caminando pausadamente al tiempo que leía un libro de bolsillo, pero no levantó la cabeza ni miró a los lados.

El teléfono, aún descolgado, permanecía mudo.

## 5

A mediados de semana recibió el último aviso de pago de la compañía del gas y, en el mismo correo, le llegó una postal de Mal: «Regresaré a casa en agosto. No te preocupes. Compartiremos la choza hasta que encuentres otro sitio.» A Mal no le gustaría encontrarse al llegar con que le habían cortado el gas, cosa que indudablemente ocurriría si no pagaba la cuenta antes del fin de semana. Todavía no le había llegado su liquidación de derechos.

El viernes por la mañana hacía un frío propio de noviembre. Gray se había guardado un cigarrillo y lo encendió mientras marcaba el número de Londres de su editor.

—Marshall estará fuera todo el día —dijo la muchacha con quien le pusieron—. ¿Puedo ayudarlo en algo?

—No, realmente, no. Lo llamaré el lunes.

—Marshall empieza sus vacaciones el lunes, Mr. Lanceton.

Y así estaban las cosas. Pasó el resto del día preguntándose si debía llamar al departamento de Surrey, pero a las cinco y media aún no lo había hecho y ya era demasiado tarde para hacerlo. Decidió que era preferible escribirles, una excelente idea que no sabía cómo no se le había ocurrido antes. Cuando hubo terminado de escribir la carta, con copia al carbón, permaneció inmóvil, con los dedos sobre el teclado, recordando la última vez que había usado la máquina. La cinta estaba casi totalmente gastada. La había gastado escribiendo aquellas cartas a Tiny. Lo absurdo, lo grotesco de aquel asunto, lo hacía estremecerse. ¿Cómo había podido ser tan loco? ¿Cómo pudo permitir que Drusilla llegase al extremo de convencerlo de que mecanografiase aquellas horribles cartas mientras ella permanecía a su lado, mirándolo? Se prometió a sí mismo recordar aquello la próxima vez que sintiera la tentación de telefonearla.

El teléfono se encontraba sobre su horquilla, pero parecía como si estuviese dormido. No había emitido un solo sonido desde que, hacía más de una semana, Francis lo llamó, y Gray no había vuelto a experimentar el deseo de marcar aquel número de Londres. Dejó la carta en el alféizar de la ventana del vestíbulo. Al día siguiente la franquearía.

El sábado era día de baño. Antes de vivir en la choza, raro era el día en que no se bañaba. Ahora comprendía por qué los pobres olían, y era consciente de la insensibilidad de los poseedores de cuartos de baño, que critican a los que no se asean diciendo que el agua y el jabón son baratos. Cuando uno quería bañarse en la choza, había que calentar agua en dos calderos y un cubo, lo cual apenas era suficiente para que le cubriese hasta las rodillas. En el pasado, cuando Drusilla y él eran amantes, Gray se sometía con gran frecuencia a tal rito, o bien se ponía frente a la pila y se lavaba de arriba abajo con agua fría. Para hacer aquello era necesario un incentivo y, tras la separación, éste desapareció. El lechero nunca se le acercaba mucho, y lo que opinase la bibliotecaria le tenía sin cuidado. Por consiguiente, se bañaba los sábados y se lavaba la cabeza en la bañera. Luego utilizaba la misma agua para hacer la colada de sus vaqueros y su camiseta.

Durante la semana, utilizaba la bañera como almacén de sábanas sucias. Luego, al finalizar su baño, las ponía en el suelo y las usaba como alfombrilla absorbente. Hacía siglos que no las llevaba a la lavandería, y comenzaban a enmohecerse. Se lavó la cabeza y, cuando estaba enjuagándosela, el teléfono emitió su clic previo a una llamada. Diez segundos después comenzó a sonar. No podía ser Drusilla, pues ella los sábados iba de compras con Tiny, así que Gray lo dejó sonar hasta que salió de la bañera y se hubo envuelto en una toalla gris.

Al tiempo que maldecía y dejaba huellas húmedas en el suelo de piedra del vestíbulo, fue hasta el «salón» y contestó. Honoré.

—Creo que te desarreglo, mi hijo.

Por una vez, su elección de palabras fue adecuada. Gray se envolvió en los pliegues de la toalla y, debido al nerviosismo que la llamada le había producido, se olvidó de hablar en francés.

—¿Cómo está mi madre?

—Por eso es porque llamo. Mamá está mejor ahora, así que me digo que mejor llamo a Gray y le doy esa noticia buena y así él no estará inquieto.

«Lo más probable es que quiera que le devuelva el dinero ya», pensó Gray.

—*Que vous êtes gentil, Honoré. Entendez, votre argent est arrivé dans la banque. Il paraît que je n'en aurai besoin, mais...*

Con Honoré podía tenerse la certeza de que lo interrumpiría antes de llegar a preguntar si podía conservar el dinero durante un poco más de tiempo.

—Como tú dices, Gray, tú ya no necesitas más mi dinero y el viejo Honoré te conoce a ti muy bien. —A Gray le pareció ver cómo el otro sacudía admonitoriamente el índice mientras sus labios se curvaban en una sonrisa de avaricia—. ¡Ah, tan bien! Mejor que me lo mandes de regreso, *hein*? Antes de que tú te lo gastes en vino y mujeres.

—Esta llamada —dijo Gray, que no sabía suficiente francés para lo que deseaba decir— te va a salir carísima.

—Sí, claro, así que digo adiós. Me lo devuelves hoy y

yo te lo mando otra vez si tu mamá vuelve a ponerse no bien.

—De acuerdo, pero no me telefonees el próximo fin de semana, porque estaré en casa de Francis Croy. *Vous comprenez?*

Honoré dijo que comprendía muy bien, y colgó. Gray vació la bañera. Era evidente que ni su madre iba a morir ni el dinero iba a hacerle falta para viajar a Francia, pero resultaba absurdo que Honoré quisiera recuperarlo inmediatamente. ¿Qué le importaba recibirlo ahora o, por ejemplo, en el plazo de quince días? ¿Acaso su padrastro no tenía su propia casa, y su propio coche, todo ello comprado con el dinero del seguro de vida del padre de Gray? Ahora que sabía que su madre no estaba muriéndose, Gray se permitió reflexionar sobre un tema que normalmente se vedaba a sí mismo: el testamento. Según sus términos, Honoré y él se lo repartirían todo a partes iguales. Cuando ella muriese... No, ya había caído lo bastante bajo y no debía degradarse aún más. Su madre tardaría años en morir, y cuando eso ocurriera, él ya tendría piso propio en Londres y una larga serie de novelas de éxito en su haber.

Como había comenzado a llover, colgó sus ropas mojadas en una cuerda que había tendido en el «salón» y estuvo leyendo *Anthony Absolute* sin demasiado interés hasta que llegó el lechero. Bajo la lluvia, el sendero parecía amarillo, de color mimosa, y las ruedas de la camioneta estaban llenas de barro.

—Buen tiempo para los patos. Lástima que no seamos patos.

Furiosamente, Gray exclamó:

—¡Dios, cómo detesto este sitio!

—No sea así, Mr. L. Hay gente a la que le gusta.

—¿Dónde vive usted?

—En Walthamstow —replicó estoicamente el lechero.

—Ojalá yo viviese en Walthamstow. No comprendo que nadie resida aquí por gusto.

—Pues ésta es una de las zonas residenciales más buscadas. Las casas de la parte de Loughton se están poniendo a precios astronómicos. Como si fueran mansiones de lujo.

—Cristo —murmuró Gray. No le gustaba ver al lechero tan serio y cariacontecido, y mucho menos por culpa suya. Pero las palabras del hombre habían sido como un cuchillo hurgando en una herida abierta.

—¿Dónde vives? —había preguntado él, recorriendo con el índice el cuerpo suave y blanco como pétalos de lirio, surcado por venas azules—. No sé nada acerca de ti.

—En Loughton.

—Dios... ¿por dónde cae eso?

Drusilla hizo una mueca y, encogiéndose de hombros, se echó a reír.

—Está en lo mejor de lo mejor de las zonas residenciales. Coges la línea Central del metro y sigues y sigues y sigues...

—¿Te gusta ese sitio?

—Tengo que vivir donde vive Tiny, ¿no?

—¿*Tiny*?

—Es un apodo. Todos lo llaman así. —Drusilla tendió los brazos y los cerró en torno al cuerpo de Gray—. Me gusta usted mucho, Mr. Brown. Sigamos como estamos durante un tiempo más, ¿te parece?

—No, en este cuchitril no. ¿No puedo ir yo a tu urbanización residencial?

—¿Para qué? ¿Para que en las partidas de bridge todos se pongan a soltarle indirectas a Tiny?

—Entonces tendrás que ir tú a Tranmere Villas. ¿Te importa que en el piso haya otras personas?

—No. Creo que me gustará.

Gray alzó las cejas.

—Eso no parece muy propio de una distinguida ama de casa de Loughton.

—Maldita sea: me casé con él hace seis años, cuando tenía dieciocho. Por entonces yo no sabía nada. Nada de nada.

—No tienes que seguir con él.

—Claro que tengo que hacerlo. Además, ¿quién le ha pedido que critique mi vida, señor juez Brown? No es para eso para lo que falto a mis clases de yoga, no para lo que me desnudo. Si no estás de acuerdo, no tardaré mucho en encontrar a otro que sí lo esté.

La dureza y la sofisticación le sentaban a Drusilla como el transparente vestido de una corista a una ingenua. Porque era eso justamente lo que era, una ingenua, una muchacha sin apenas experiencia que sólo había tenido un amante antes que él. No quería admitir que sólo conocía el Oranmore por haber estado allí con él, y New Quebec Street porque había comprado un jarrón en una tienda de cerámica de esa calle. Ella no lo reconocía, pero Gray, siendo escritor, se daba cuenta. Percibía que su desgarrada forma de hablar y sus sarcasmos los había sacado de los libros, que compraba sus ropas en Harrod's porque las había visto anunciadas en las revistas de la peluquería, y sus bruscos modales eran imitación de lo que veía en los cines de Essex. Gray deseaba encontrar a la muchachita enterrada bajo aquella capa de simulación, y Drusilla estaba igualmente empeñada en evitar que él conociera a la muchachita que habitaba dentro de ella.

Cuando Gray la recibió en la estación se dio cuenta inmediatamente de que Drusilla nunca había estado antes en Notting Hill y, de no haber sido por él, ella habría cruzado la calle en dirección a Campden Hill. Por su aspecto, nadie habría adivinado la subyacente candidez de aquella muchacha; llevaba un largo vestido rojo, cadenas de plata, y los labios pintados de escarlata. Y es que aquella noche iba maquillada. Gray la llevó al piso, y quien se molestó cuando alguien abrió y volvió a cerrar enseguida la puerta de la habitación en la que estaban acostados fue él, no ella. Luego la llevó de paseo por las anodinas, exóticas y viejas calles de North Kensington, entrando en los pequeños pubs locales. Vieron a un joven, triste y esquelético, pinchándose en el interior de una cabina telefónica. A ella no le pareció triste; estaba ansiosa de conocer lo que para ella era «la vida», y su mundana actitud resultaba tan convincente que Gray casi olvidó lo ingenua que era.

—En ese cine fuman —dijo el hombre—. El aire está tan cargado de humo, que la película apenas se ve.

—¿Qué tiene eso de raro? En todos los cines se fuma.

—Me refiero a hachís, Drusilla.

La muchachita se revolvió, furiosa.

—¡Maldito seas! No es culpa mía si no lo sé. Quiero enterarme. Quiero libertad para conocer cosas y tú...Tú te ríes de mí. Me voy a casa.

Fue entonces cuando él se rió realmente de ella, de la pobre niña vestida de adulta que, simultáneamente, quería ser libre y estar segura en su casa; una pobre niña que había pasado toda su vida entre algodones. Fascinado por aquella inocencia que normalmente —pero no en aquel caso— solía ir acompañada de una cierta gazmoñería, pensando sólo en el placer que ella le otorgaba, Gray no reparó en todas las implicaciones que traía ser una niña con cuerpo de adulta. Por entonces, él no receló de la mezcla explosiva: poseer la sutileza, el dominio del lenguaje y la capacidad sensual de los adultos; pero no su humanidad.

—No sabía que tuvieras una casa de campo —le dijo Gray a Mal cuando, una noche, éste se pasó por Tranmere Villas un par de semanas antes de salir hacia Japón.

—Es una simple choza, sin agua caliente ni mobiliario a la moda. Hace cosa de cinco años recibí un dinero que no esperaba y alguien me aconsejó que lo invirtiera en algún tipo de inmueble, pues la vivienda era lo que más futuro tenía, así que la compré. Algún que otro fin de semana voy por allí.

—¿Y dónde demonios está?

—En Epping Forest, cerca de Waltham Abbey. Yo nací por aquellos contornos. Te lo comento porque me preguntaba si te gustaría instalarte allí mientras estoy fuera.

—¿Yo? Perdona, pero soy londinense. El campo no es lo mío.

—Es el lugar ideal para que escribas tu obra maestra. Aislado y silencioso. No quiero alquilarlo, pero me gustaría que alguien lo habitase y evitara que se convirtiera en una ruina.

—Lo siento. Te equivocas de puerta.

—Quizá la puerta adecuada sería la de un agente inmobiliario. Lo mejor será que intente venderla. Conseguiré un agente en Enfield o Loughton.

—¿Loughton?

—Está a seis kilómetros de la choza. ¿Lo conoces?

—En cierto modo, sí.

Así que aceptó instalarse en la choza porque sólo estaba a seis kilómetros de Loughton...

—¿Es un pequeño sendero al este de Waltham Abbey? —preguntó Drusilla cuando él se lo comentó.

—Creo que las camas son blandas.

—Las camas, el suelo, las escaleras, la mesa de la cocina... a mí todo eso me da lo mismo... Iré por allí lo más frecuentemente que pueda.

Las camas habían dejado de ser blandas. No existe lecho más duro que el abandonado por tu amante. Por Drusilla se había instalado allí, y ahora que ella ya no estaba, Gray sólo continuaba en la choza por mera pobreza.

Pagó la cuenta del gas, fue a la biblioteca (*El sol es mi perdición, El sombrero verde, Las minas del rey Salomón*), pero olvidó comprar un sello. Bueno, ya lo haría el lunes, enviaría la carta y, en cuanto le llegase el dinero —en cuanto se confirmase que iban a llegarle fondos— se sacudiría para siempre el polvo de aquel lugar.

Mr. Tringham pasó a las seis y media, leyendo su libro. Él podía llegar a convertirse en alguien así, pensó Gray, un ermitaño que ha llegado a amar su soledad y que la defiende celosamente. Debía escapar.

## 6

Al fin mandó la carta el miércoles. Para entonces, sólo le quedaban siete libras del dinero de Honoré, y quería reservarlas para los pequeños gastos que tendría que hacer en Londres. Era de prever que serían bastantes. Francis esperaría de él una botella, cigarrillos, y quizá una invitación a almorzar. El lunes se encontraría sin blanca, pero para entonces ya habría llegado la liquidación y el cheque. Se tomaría una semana para asear la choza —limpiaría las manchas de la alfombra del dormitorio, por ejemplo— y luego le diría a Jeff que se llevara sus cosas en la camioneta. Si sabía pedírselo, probablemente Francis le permitiría quedarse con él durante un par de semanas. Naturalmente, resultaría mucho mejor que en la fiesta conociese a alguna chica con piso propio y a la que Gray le gustase lo suficiente como para ponerse a vivir con él. Lo malo era que a él también tendría que gustarle ella. Y, después de Drusilla, eso era sumamente difícil. Como ella misma le había dicho:

—Después de mí, las demás mujeres te parecerán cordero frío.

—Eso lo has sacado de un libro. Probablemente de Maugham.

—¿Y qué? Es cierto.

—Puede. ¿Y qué te parecerán a ti los demás hombres?

—¿Temes que vuelva con Ian?

Ian era su antecesor, un deportista instructor de tenis o algo así, el hombre que le había hecho conocer las delicias del Oranmore. Gray no podía permitirse jugar a hacerse el indiferente. Drusilla le importaba cada vez más.

—Sí, temo perderte, Dru.

Al principio, ella hizo comentarios desdeñosos sobre la choza. La recorrió, riendo con incredulidad, asombrada de que no hubiese baño y ni siquiera retrete dentro de la casa.

Pero él le dijo que en los tiempos que corrían no se estilaba ser esnob ante las cosas materiales. Drusilla fue buena alumna y no tardó en mostrarse tan descuidada como él, usando platillos a modo de ceniceros y dejando en el suelo la taza de té.

—¿A ti quién te limpia la casa? —le preguntó un día a Drusilla.

—Viene una mujer todos los días —replicó ella; pero él siguió sin darse cuenta de hasta qué punto Drusilla era rica.

En la primera ocasión en que fue a la choza, Gray la acompañó por el camino hasta el coche.

Había esperado que fuese un Mini, y cuando vió que se trataba de un Jaguar E, exclamó:

—Déjate de bromas. No me digas que es tuyo.

—¿No te lo crees? Pues mira: la llave encaja.

—¿De quién es en realidad? ¿De Tiny?

—Es mío. Tiny me lo regaló por mi último cumpleaños.

—Dios, debe de estar forrado. ¿A qué se dedica?

—Propiedades —replicó ella—. Consejos de administración. Tiene metido el tenedor en un montón de pasteles sumamente lucrativos.

Y entonces él comprendió que ella había sido sincera al decir que sus vestidos eran de Dior, y que los anillos que se quitaba antes de hacer el amor eran de platino y diamantes. Tiny no era un simple hombre acomodado que vivía de forma desahogada con cinco mil libras al año. Era rico se le mirase cómo se le mirase, rico incluso para los ricos. Pero a Gray jamás se le ocurrió aprovecharse de aquella opulencia. En realidad, eludió tocar el tema de la fortuna de Drusilla, de quien procuraba no aceptar ni un céntimo. Le parecía feo que él, quien al menos temporalmente le había robado la mujer a Tiny, se aprovechase también, por poco que fuera, de su dinero.

Drusilla leyó *El vino del estupor* y le gustó, pero nunca instó a Gray a que escribiera otras obras. Esa era una de las cosas que a él le gustaban de ella. No era moralista. Nada de «Tendrías que trabajar, piensa en tu futuro, sienta la cabeza». Sermonear no era lo suyo. Era una hedonista, disfrutaba tomando cuanto le ofrecían, pero también dando mucho a cambio. Era por lo mucho que daba —todo su cuerpo, todos sus pensamientos, sin reservarse nada, confesándole con infantil simplicidad todos sus deseos y emociones, cosas que la mayoría de las mujeres habrían mantenido ocultas— por lo que para Gray el asunto dejó de ser simple atracción física y se convirtió en amor. Comprendió que estaba enamorado de ella una vez que Drusilla no lo telefoneó. Gray se pasó el día pensando que había muerto, o regresado con Ian, y no durmió en toda la noche. A la mañana siguiente, Drusilla telefoneó y el mundo cambió para Gray.

Ella lo iba a visitar por la mañana y por la tarde, pero el jueves era cuando se veían por la noche, pues era el único día en que ella tenía la certeza de estar libre de Tiny, y no pasaba un jueves sin que Gray pensara en ella, sola, descolgando quizá su propio teléfono, como él hacía en aquellos momentos. Se quedó largo rato de pie, mirando el aparato enmudecido. Alexander Graham Bell tenía muchas responsabilidades de que responder. En los teléfonos había algo siniestro, estremecedor, terrible. A Gray le daba la sensación de que la magia, que antaño se manifestó en adivinaciones, en extrañas comunicaciones por tierra y mar, en hechizos sobrecogedores, en fetiches y conjuros que mataban por el mero poder del terror, se condensaban y concentraban actualmente en el cuerpo compacto y negro de aquel artilugio. De él dependían noches de descanso, días de felicidad; su timbre podía quebrar una vida o repartir dicha, levantar a los moribundos, relajar el más tenso de los cuerpos. Y su poder era ineludible. Mientras uno poseyera un aparato —o él le poseyera a uno— estaba bajo su dominio permanente, ya que, aunque lo desconectase como Gray acababa de hacer, el teléfono no estaba realmente mudo, sino sólo amordazado.

Una vez —cuando él todavía no amordazaba su línea—, Drusilla advirtió que él, accidentalmente, había dejado descolgado el teléfono. Armó una gran bronca.

—¿Haciéndote el difícil, encanto? No creas que te librarás de mí tan fácilmente.

Pero se había librado de ella, consiguiendo su miserable y autoimpuesta libertad, aunque no le resultaba fácil, nada fácil... ¿llegaría alguna vez a serlo? Cerró la puerta al desorden, al polvo y al teléfono inutilizado y fue al piso de arriba a buscar ropa para la fiesta de Francis. Sus únicos pantalones decentes y su única chaqueta buena estaban hechas un revoltijo en el suelo del armario del dormitorio, donde él los había dejado tras aquel fin de semana en Londres con Drusilla. Sacó la camisa de seda de color crema, sucia y arrugada, y se la acercó a la nariz. *Amorce dangereuse*. En el oscuro dormitorio de techo bajo, con la lluvia percutiendo sobre el tejado, se arrodilló sobre la alfombra, sobre las manchas de té, y se apretó la camisa contra la cara, embriagándose con el aroma de Drusilla.

—¿Qué te parece si me pongo tu camisa para salir? ¿Me queda bien?

—Estupendamente —había contestado Gray. Cabello rojo-dorado cerniéndose sobre la seda color crema, rojas uñas repartidas como joyas sobre la camisa, sus desnudos pechos palpitando bajo el tenue, casi transparente tejido—. ¿Y yo qué me pongo? ¿Tu blusa?

—Te compraré otra camisa, bobo.

—No. Con el dinero de Tiny, no.

Tiny se había ido en viaje de negocios a España. Por eso tuvieron el fin de semana para ellos. Hasta entonces, Gray nunca había pasado una noche entera con Drusilla. Él propuso Cornwall; pero ella insistió en Londres y el Oranmore.

—Quiero ir a sitios extravagantes y hacer cosas decadentes. Quiero adentrarme en el vicio.

—Doriana Grey —comentó él.

—Maldito seas, no entiendes nada. Llevas diez años viviendo como te da la gana. A mí, mi padre me tenía en un puño, y de él pasé a Tiny. Siempre ha habido algún puñetero guardián vigilándome. No puedo salir sin decir adónde voy, o sin tener que inventarme una excusa. Dentro de un momento, tendré que telefonearlo a Madrid para que esté tranquilo. Tú no sabes lo que es nunca poder hacer *nada*.

Suavemente, él replicó:

—Cariño... En cuanto te acostumbras, esas cosas no son nada. Resultan aburridas, normales y corrientes. Piensa en la gente que considera que vivir en una casa como la tuya y tener todo lo que tú tienes (ropas,... coche y vacaciones) es el colmo de la sofisticación. Sin embargo, para ti eso es... normal y corriente.

Drusilla no le hizo el menor caso.

—Quiero ir a sitios terribles, y fumar porros y ver shows eróticos en vivo y películas pornográficas.

Cristo, pensó Gray, es tan *joven*... Eso fue lo que se dijo entonces, que todo aquello no era más que ganas de escandalizar, y se habían peleado porque el Londres de Gray no coincidía con el que ella quería; porque él no la llevaba al Soho, ni al baile de travestis que Drusilla había visto anunciado, sino a pequeños cines con decorado Kitsch de los años treinta, a pubs eduardianos, al Orangery de Kennsington Gardens, al Teatro Mercury, a los Mews y al canal de Little Venice. Pero al final Drusilla terminó pasándolo bien, e hizo reír a Gray con sus agudos comentarios y sus atisbos de sorprendente sensibilidad. Pasado el fin de semana y de vuelta a la choza, el hombre la había echado de menos desesperadamente, y no fue sólo la pereza lo que le hizo dejar sin lavar la camisa. La conservó tal cual por el aroma que la envolvía, pues incluso entonces, cuando su idilio contaba un año y se encontraba en su cenit, él sabía que llegaría un momento en que necesitase objetos que evocasen los recuerdos, objetos en los que la vida se encuentra petrificada, y está más presente (como había leído en alguna parte) que en la realidad cotidiana.

Bueno, pues había llegado el momento, el momento de recordar y el momento de lavar los recuerdos. Se llevó la ropa a la cocina, lavó la camisa, y bajó al sótano. No tenía plancha eléctrica, pero en el sótano había una vieja de hierro, dejada por el inquilino anterior de Mal.

Las escaleras del sótano eran empinadas, y descendían unos cinco metros por debajo del nivel del terreno. Se trataba de una cámara con paredes de ladrillo y suelo de piedra en la que él almacenaba la parafina y donde los anteriores propietarios habían dejado una bicicleta rota, una antigua máquina de coser, maletas viejas y montones de periódicos húmedos y amarillentos. La plancha estaba entre aquellos periódicos junto a algo que a Gray le parecía que se llamaba trébedes. Llevó la plancha a la cocina y encendió el gas para calentarla.

Una vez tomada la decisión de abandonar la choza, Gray ya no tenía que engañarse, diciéndose que aquella cocina, en la que había pasado casi dos años, era menos horrible y destartalada de lo que en realidad era. En todo aquel tiempo, jamás la había limpiado realmente, y la condensación de humos y gas se había acumulado en las paredes color verde guisante. La pila estaba surcada por infinidad de grietas pardas, y bajo ella había un dédalo de mugrientas cañerías, algunas de ella envueltas en sucios trapos. Una desnuda bombilla, que colgaba de un mugriento techo lleno de telarañas, lanzaba su sucia luz sobre el lugar, revelando las quemaduras de cigarrillos y las manchas de té del linóleo. Mal le había pedido que cuidase de que la choza no se le fuera abajo, así que era justo que se la devolviese limpia. La semana siguiente haría limpieza general.

En el exterior, la noche era oscura como boca de lobo y sólo la lluvia rompía el silencio reinante. Se levantó de la silla Windsor y extendió sus pantalones de terciopelo sobre la tapa de la bañera. Nunca había usado una plancha de hierro, sólo eléctricas con mangos que no quemaban. Naturalmente, sabía muy bien que, para coger una plancha caliente, hacía falta un trapo o un calcetín viejo, pero actuó instintivamente, sin pensar. El dolor fue violento, de un rojo intenso, desgarrador. Soltó la plancha con un grito, se maldijo aferrándose la mano quemada, y se dejó caer en la silla.

Se miró la palma de la mano, cruzada por un rojo verdugón. El dolor le pasó a la muñeca, al brazo, un dolor que sentía como un rugido en el silencio. Tras unos momentos, se levantó y puso la quemadura bajo el agua fría del grifo. La impresión fue tan grande que se le llenaron los ojos de lágrimas, y una vez cerró el grifo y se secó la mano, las lágrimas no cesaron. Lloró a moco tendido, abandonándose a la tempestad del llanto, escondiendo el rostro entre los brazos cruzados. Sabía que no lloraba por la quemadura, aunque eso era lo que había dado paso a las primeras lágrimas. Hasta aquel momento, jamás se había desahogado por completo, jamás había dado rienda suelta a toda la angustia acumulada en su interior. Lloraba por Drusilla, por las obsesiones frustradas, por la soledad, por la miseria, por el fracaso.


La mano le dolía y estaba entumecida. La notaba como una enorme masa de carne que le colgaba del extremo del brazo. Al acostarse, la dejó fuera de la cama. Las sábanas sucias olían a sudor. Estuvo removiéndose y dando vueltas en el lecho hasta que sonaron los primeros trinos de los pájaros y una grisácea y acuosa luz comenzó a filtrarse por entre las raídas cortinas. Entonces se durmió al fin, y comenzó a soñar con Tiny.

Nunca había visto al marido de Drusilla, ni ella se lo había descrito. No hizo falta. Gray sabía perfectamente cuál podía ser el aspecto de un empresario inmobiliario de cuarenta años, un hombre cuyos caprichosos padres o sus envidiosos condiscípulos habían bautizado Tiny, «chiquitín», porque incluso de pequeño debía de ser alto y fornido. Un hombre enorme, de negro cabello que comenzaba a clarearle, bebedor y fumador empedernido, vulgar, lacónico y celoso.

—¿De qué habla? ¿Qué hacéis cuando estáis juntos?

Ella rió malévolamente.

—A fin de cuentas, es un hombre, ¿no? ¿Tú qué crees que hacemos?

—No me refería a eso, Drusilla. —Era excesivamente doloroso pensar en ello, incluso ahora.— ¿Qué tenéis en común?

—Los vecinos vienen a tomarse unas copas de vez en cuando. Los sábados vamos de compras, y después vamos a ver a su vieja madre, lo cual es una auténtica lata. Ah, además Tiny colecciona monedas.

—No me digas.

—¿Qué quieres que yo le haga? Tiene su propio coche, un Bentley rojo, y en él vamos a cenar al restaurante con sus aburridísimos amigos de mediana edad.

Cuando Gray soñó con él, Tiny iba en aquel coche, el Bentley rojo que él jamás había visto. Gray estaba en pie al borde de la carretera, una de las que cruzaban la zona de Pocket Lane e iban a converger en el pub Wake Arms. El coche llegaba procedente de la A 11. Tiny iba al volante. Gray supo que era Tiny, porque era enorme y vestía ostentosamente. Además, en los sueños, uno sabe esas cosas. El coche redujo velocidad desde los 130 por hora, y luego Tiny, en vez de rodear la rotonda, la embistió. El Bentley, fuera de control, fue dando botes sobre la hierba para terminar estrellándose y estallando en llamas.

Gray se adelantó hasta el corro de gente que rodeaba

el ardiente automóvil, en cuyo interior Tiny estaba quemándose, convertido en una antorcha humana. Pero seguía consciente. Alzando su rostro abrasado, miró a Gray y le gritó:

—¡Asesino! ¡Asesino!

Gray intentó acallarlo, tapándole con la mano la boca al rojo vivo que iba convirtiéndose en cenizas, intentando arrancarle las palabras, metiendo los dedos en aquella ardiente caverna. Despertó, revolviéndose en la cama, y se miró la mano, en cuya palma se apreciaba la huella de los ardientes labios de Tiny.

## 7

Una larga ampolla oval le cruzaba la palma de la mano, desde el índice de la muñeca. Se pasó en la cama casi todo el jueves, durmiendo intermitentemente, despertándose para mirarse de modo obsesivo la mano herida. Tenía la mano marcada y, a causa de aquel vívido y terrible sueño, le parecía que la quemadura había sido la venganza de Tiny.

Al fin, al atardecer, se levantó. Cogiendo con cuidado el receptor entre el pulgar y el índice, descolgó el teléfono. En el turbio y manchado espejo, su rostro parecía cadavérico y mostraba enormes y oscuras ojeras. A su cabeza acudió el fragmento de una olvidada obra teatral, quizá de Shakespeare, y lo recitó en alta voz:

—«Muéstrame mi transgresión en su propia faz. Muéstrame mi transgresión...»

Había transgredido contra Tiny, contra ella, y quizá, más violentamente aún, contra sí mismo.

Por la noche durmió pesadamente, pasando de un sueño a otro sin volver en ningún momento a la conciencia, y por la mañana la mano seguía latiéndole, pulsando como un corazón acelerado. La venda que se había hecho con fragmentos de sábana no era ningún alivio, y tuvo que preparar el té y plancharse la camisa y los pantalones con la mano izquierda. Los pantalones tenían un pequeño agujero debajo de la rodilla derecha, hecho por Drusilla al arrimársele demasiado mientras sostenía un cigarrillo, pero tendría que quedarse así, pues no estaba en condiciones de hacer remiendos.

—No lo puedo arreglar —le había dicho Drusilla—. No sé coser.

—¿Y qué haces cuando necesitan un remiendo?

—Las tiro. ¿Tengo aspecto de llevar cosas zurcidas?

—Yo no puedo tirarlas, Dru. No me lo puedo permitir.

Drusilla reaccionó haciendo algo insólito en ella: lo besó. Acercó sus delicados labios, que realmente eran como los pétalos de una flor, quizá de una orquídea, y lo besó en la comisura de la boca. Fue un gesto de gran ternura, y algo en Gray, algo que había sido objeto de las burlas de Drusilla con excesiva frecuencia, le hizo decir:

—Cuidado, Drusilla. Si sigues así, corres el riesgo de enamorarte.

—¡Maldito seas! ¿Qué demonios me importa si te mueres de hambre? Yo te daría dinero, pero tú no quieres aceptarlo.

—No, el dinero de Tiny, claro que no.

Los pantalones nunca fueron arreglados, ni tampoco su reloj, que se paró la misma semana y se negó a funcionar de nuevo. El jueves por la noche, después de hacer el amor en la choza, salieron a pasear por el bosque a la luz de la luna y, cuando al fin volvieron a estar en el «salón», frente a la chimenea, ella le regaló un reloj, el que ahora llevaba y que, pasara lo que pasara, jamás vendería.

—Es precioso y me encanta; pero no puedo aceptarlo.

—No lo ha pagado Tiny. Mi padre me regaló un cheque por mi cumpleaños.

—Pues eso ha sido como echar agua al mar.

—Puede, pero esa agua no está sucia. ¿No te gusta?

—Muchísimo. Me hace sentir como un mantenido; pero me encanta.

Ojos opalinos, del color de una nube transparente a través de la cual se ve el cielo; piel blanca, con azules venas en las sienes; el cabello como las pálidas llamas que los calentaban.

—Me gustaría que fueses mi mantenido. Me gustaría que Tiny muriese y todo su dinero fuera para nosotros.

—¿Quieres decir que te casarías conmigo? —preguntó Gray, por cuya cabeza jamás había pasado la idea del matrimonio.

—¡A la mierda con el matrimonio! No hables de eso. —Drusilla se estremeció. Hablaba del matrimonio como otros lo hacen del cáncer—. Tú no quieres casarte, ¿verdad?

—Me gustaría vivir contigo, Dru, estar contigo todo el tiempo. Que nos casemos o no me es indiferente.

—Sólo la casa vale una auténtica fortuna. En el banco, Tiny tiene cientos de miles de libras, y acciones y de todo. Sería estupendo que le diese un infarto, ¿no?

—Para él, no.

El reloj que Drusilla le había regalado diez meses antes de que todo terminara le indicó ahora que eran las doce del mediodía. Pero, por ser viernes, el lechero no llegaría hasta las tres. Fue a Waltham Abbey, devolvió los libros en la biblioteca, pero no cogió otros, y sacó siete libras del banco, dejando su cuenta a cero. Cuando regresaba se encontró con el lechero, que lo llevó hasta la choza en su camioneta.

—Parece que mañana va a hacer una calor infernal —dijo el lechero—. Si cuando yo llegue está usted fuera, le dejaré la botella a la sombra, ¿vale?

—No necesitaré leche hasta el lunes, muchas gracias. Y, pensándolo bien, en adelante no volveré a necesitar leche. La semana que viene me mudo. —Aquello sería un acicate más para marcharse. Durante los pocos días de la semana siguiente que seguiría en la choza, podría comprar la leche cuando fuese a Waltham Abbey—. Me largo de aquí para siempre.

El lechero pareció contrito.

—Bueno, eso hará que yo tenga menos trabajo, porque ya no deberé venir hasta aquí. Pero lo echaré de menos Mr. L. Por malo que sea mi humor, usted siempre se las arregla para animarme.

Uno de los Pagliacci, pensó Gray, uno de los *clowns* tristes.

Durante todo aquel tiempo, mientras él estaba sumido en la más profunda de las depresiones, el lechero lo había visto como un simpático bromista. Le hubiera gustado hacer un último chiste, por malo que fuese —el lechero era público agradecido—, pero no se le ocurrió nada.

—Sí, la verdad es que hemos pasado muy buenos ratos juntos, ¿no?

El lechero asintió con la cabeza, convencido.

—Sí, los buenos ratos son lo único que merece la pena. Este... Perdóneme por mencionarlo, pero me debe usted 42 peniques.

Gray le dio el dinero.

—¿Cuándo se marcha?

—Mañana, pero volveré y estaré aquí unos días más.

Tras darle el cambio, el lechero, inesperadamente, le tendió la mano. Gray tuvo que estrechársela, con lo cual la quemadura de la mano le produjo un dolor brutal.

—Bueno, pues hasta la vista.

—Hasta la vista —replicó Gray, aunque lo más probable era que nunca volvieran a verse.

No tenía nada para leer, y la quemadura de la mano le impidió iniciar la limpieza general, así que se pasó el resto del día revisando sus papeles, algunos de los cuales estaban en la caja de seguridad, y los demás formaban un desordenado montón sobre la inutilizada cocina económica. No era un trabajo que, previsiblemente, pudiera animarlo. Entre el montón de la cocina encontró cuatro viejas liquidaciones de derechos, cada una por una cantidad menor que su predecesora, una carta de Hacienda reclamándole unos impuestos atrasados y —lo más inquietante— una docena de borradores de cartas dirigidas a Tiny.

Releerlas lo hizo sentirse descompuesto. No eran más que trozos de papel, arrugados, manchados, con huellas de dedos. Algunos sólo contenían unas pocas líneas mecanografiadas, pero el motivo que les dio origen había sido destructivo. Estuvieron destinadas a atraer a un hombre a un holocausto que sólo llegó a tener lugar en sus flamígeros sueños.

Cada carta estaba fechada, y la serie completa abarcaba el período de junio a diciembre del año anterior. Aunque en ningún momento tuvo intención de enviarlas, aunque sólo las había mecanografiado para seguirle la corriente a Drusilla, a Gray le dió la sensación que estaba frente a una faceta de sí mismo que desconocía por completo, un cruel y artero *alter ego* que yacía enterrado bajo capas de pereza, talento, humanidad y cordura, pero que no por ello era menos real. ¿Por qué no las había quemado hacía tiempo? Fuera cual fuera el motivo, ahora sí las quemaría.

En un pequeño claro del patio posterior, encendió una hoguera y echó a ella las cartas. Una tenue columna de humo se elevó en el aire nocturno. Llamas, unas cuantas chispas, y en cinco minutos todo se había consumido.

Gray nunca había visto el bosque cubierto por la dorada capa de neblina matinal, pues era raro que él se levantase tan temprano. La ardilla estaba sentada sobre los restos de la pequeña hoguera.

—Si te apetece, instálate en la casa —le dijo Gray—. Te invito. Podrás guardar tus nueces en el sótano.

Se bañó y se puso una camiseta y los pantalones de terciopelo, esperando que el agujero no se notase. Metió la camisa de seda, que reservaba para el domingo por la noche, en su bolsa junto con el cepillo de dientes y un suéter. No tenía necesidad de arreglar el «salón» antes de irse, ni de cambiar sábanas, pero lo que sí hizo fue lavar los platos y dejarlos escurrir. A las nueve ya se encontraba camino de la estación de Waltham Cross.

El metro no llegaba hasta allí. Había que coger el que

iba desde Hertford (o desde algún lugar igualmente remoto) hasta Liverpool Street. La gente se quejaba de que las autoridades hacían oídos sordos a las necesidades de transporte de los residentes de Pocket Lane e inmediaciones. Era posible ir a Londres, o a Enfield, o a lugares de Hertfordshire a los que nadie en sus cabales desearía ir; pero resultaba sumamente difícil llegar a Loughton ni a sus proximidades, salvo en coche o a pie. La única vez que Gray había estado en Loughton, tuvo que caminar hasta el pub Wake Arms, para tomar allí el autobús 20 procedente de Epping.

—No acabo de entender que te interese tanto ver mi casa —le había dicho Drusilla—, pero si quieres ir, ve. Puedes hacerlo el jueves por la noche. Pero sólo por una vez, recuérdalo. Si los vecinos te ven, diré que eras un vendedor de enciclopedias. De todas maneras, piensan que me acuesto con todos nuestros proveedores.

—Espero que lo hagas con este humilde proveedor.

—Bueno, ya me conoces.

¿La conocía realmente? Escogieron un jueves de comienzos de primavera, cuando los árboles del bosque aún estaban sin hojas, pero mostraban ya sus brotes pardo dorados, y los endrinos habían florecido aunque los acebos seguían rojizos. El autobús lo condujo hasta uno de los estanques de las inmediaciones del bosque, un antiguo arenal inundado a que daban las grandes casas que se alzaban en aquellas zonas del distrito... Se veían árboles por doquier, de modo que, en verano, las casas debían de parecer situadas en medio del bosque. Gray decidió que alguna de aquellas viviendas sería la de Drusilla, una villa estilo Tudor de cuatro dormitorios.

Ella le había hecho un pequeño plano, y además le había explicado cómo llegar. El sol ya se había puesto, pero aún faltaba una hora para que fuera noche cerrada. Caminó por un sendero; a un lado se extendía una pradera verde y moteada de arbustos, que concluía en un pequeño valle más allá del cual se alzaban las arbóreas olas negroazuladas del bosque. Al otro lado se levantaban viejas casas de madera y pizarra, similares a la choza, construcciones nuevas, un pub... Se dirigía hacia el distrito conocido como «el pequeño Cornwall», porque era excepcionalmente accidentado, y desde lo alto de sus colinas, según ella le había dicho, se divisaba Loughton, situado en una hondonada, y más abajo, allende Lougthon, el Essex metropolitano, los suburbios «bien», los lejanos muelles y, a veces, las luces reflejadas en el Támesis.

Cuando coronó la colina, estaba demasiado oscuro para divisar nada, y las luces de las casas empezaban a encenderse. Gray enfiló Wintry Hill y se encontró en un paseo bordeado de fincas con altas verjas sobre las que asomaban las copas de los árboles, arcadas que se abrían a amplias avenidas y que conducían a lejanas y ocultas mansiones. Tras ellas se alzaba el bosque, densamente negro contra un cielo amarillo claro. Aquella zona era muy distinta a la del estanque. Todo era grandeza, magnificencia; resultaba impresionante. Su casa (la de Tiny) se llamaba Combe Park, un nombre que Drusilla siempre pronunciaba con cierta pomposidad, y del que él, considerándolo absurdamente pretencioso, se había mofado.

Pero no era pretencioso. Gray llegó al final del paseo y se vió frente a unas enormes puertas abiertas de hierro forjado. Sobre ellas se leía el nombre «Combe Park», y saltaba a la vista que no lo habían puesto para dar realce a la casita de cuatro dormitorios. La finca era enorme y contenía praderas y parterres, un huerto en el que se cultivaban sólo narcisos, y un estanque del tamaño de una laguna en torno a la cual había rocallas con cipreses de una altura dos veces la de un hombre, pero parecían minúsculos comparados con los enormes sauces y cedros que los rodeaban. Los vecinos habrían necesitado periscopios más que prismáticos para ver la casa a través de aquella triple barrera. Y no porque la casa en sí no fuera grande. Se trataba de un enorme edificio rectangular, con tejado plano y grandes balconadas, cubierto por estuco blanco en unas zonas y de cedro en otras, con una especie de solario acristalado en la parte alta, y una gran terraza de piedra situada ante la puerta principal y las grandes ventanas panorámicas. En la terraza había blancos muebles de metal y hornacinas de mármol con arbustos de hoja perenne.

Al principio, Gray pensó que no podía ser la casa de Drusilla, que él no podía conocer (ni, mucho menos, amar) a alguien tan acaudalado. Pero eso era Combe Park, sin duda alguna. El garaje triple (¿o cuádruple, o quíntuple?) tenía las puertas abiertas y en el interior se veía el «E», que, debido a la inmensidad de su albergue, no parecía mayor que un Mini. No lo acompañaba ningún Bentley rojo, pero pese a ello, Gray no se movió del lugar en que se había detenido, frente a la arcada de acceso. No quería entrar, no iba a hacerlo. Olvidó que se había autoinvitado, lo mucho que había insistido, y sólo pensó en su pobreza y en la fortuna de Drusilla, en que si echaba a andar por aquella avenida hacia la casa, se sentiría como un aldeano al que la señora del castillo había mandado llamar. Y también podía comenzar a sentir la comezón de la codicia, a desear, como deseaba Drusilla, que Tiny muriese de un infarto.

Por consiguiente, regresó a la parada del autobús, montó en él tras media hora de espera y regresó caminando a Pocket Lane. Cuando apenas llevaba en la choza cinco minutos, sonó el teléfono.

—¡Maldito seas! Te vi en la puerta, bajé a abrirte y habías desaparecido. ¿Tuviste miedo?

—Sólo de tu dinero, Drusilla.

—Dios —exclamó ella, con una voz entre infantil y seductora—. Si Tiny sufriese un ataque al corazón o tuviera un accidente de coche, todo sería tuyo. Tuyo y mío. Resultaría genial, ¿no crees?

—No perdamos el tiempo en fantasías inútiles —replicó Gray.

En Liverpool Street hizo un transbordo a la línea circular del metro, y se apeó en la estación de Bayswater. Queensway parecía animadísimo, con sus tiendas de ropa y sus fruterías. En Whiteley's Cupola, el espectáculo que ofrecía la gente más a la última lo animó considerablemente. Y el tiempo era perfecto. Bajo el resplandeciente cielo azul, Porchester Hall ofrecía un aspecto casi de belleza clásica para los ojos de Gray, hambrientos de Londres.

Francis vivía al norte de Westbourne Grove, en una vieja calle de casas victorianas cada una de las cuales estaba separada y era distinta del resto; todas tenían su jardín de arbustos londinenses y desvaídas flores de ciudad. El piso de Francis se encontraba en el invernadero de una de aquellas casas, una estructura de cristal roja y azul dividida en dos habitaciones con cocina y baño añadidos.

Francis abrió la puerta de color rojo.

—Qué tal, llegas tarde. Menos mal que, a fin de cuentas, no tendré que ir a recibir a mi tía. Podemos empezar a mover los muebles. Ésta es Charmian.

Gray le dijo «Hola» y enseguida se arrepintió, porque «Hola» era lo que siempre le decía a Drusilla. Charmian, que de todos modos debía de ser la chica de Francis, no iba a convertirse en la que lo libraría de Drusilla, pues era regordeta, desgarbada, y de nariz chata y respingona. Su cabello era rubio y muy rizado, y vestía una falda muy corta que dejaba al descubierto unos gruesos muslos. Mientras ella, sentada en el alféizar de una ventana y comiéndose un plátano, los miraba, Gray ayudó a Francis a trasladar al dormitorio un enorme aparador victoriano y una cómoda. Luego dispusieron camas para que sirvieran de divanes a los invitados fatigados, libidinosos o borrachos. Gray se había puesto un grueso vendaje en la mano, pero la herida latía, enviando mensajes de dolor brazo arriba.

Francis comentó, con un tono poco alentador:

—Traté de telefonearte para que no te molestaras en venir hasta mañana, pero tu línea no dejaba de comunicar. Supongo que dejas el aparato descolgado. ¿De quién tienes miedo? ¿De los acreedores?

Charmian lanzó una risa estridente. Gray se dio cuenta de que su teléfono llevaba descolgado desde el jueves por la noche.

Al fin llegaron los técnicos encargados de instalar las luces. Tardaron horas en hacerlo, mientras se bebían el mal té de bolsitas que les preparó Charmian. Gray comenzaba a preguntarse cuándo almorzarían, pues tanto Francis como la chica habían dicho que estaban a régimen. Al fin los electricistas se fueron, y los tres bajaron al Redan, donde Francis y Charmian, fieles a su dieta, bebieron zumo de naranja, y Gray cerveza. Eran cerca de las seis de la tarde.

—Espero que lleves dinero. Me he dejado el mío en la otra chaqueta.

Gray asintió y pensó que Francis era afortunado por tener otra chaqueta.

—Cuando te hayas tomado el zumo, ¿qué tal si subes a buscarla, y luego nos vamos a comer a alguna parte?

—Pues... La verdad es que Charmian y yo vamos a cenar con una gente a la que apenas conocemos para que comprendas que no podemos presentarnos allí con un extraño.

—Quedaríamos fatal —dijo Charmian. La muchacha, que había estado observando con fijeza a Gray durante largo rato, de pronto comenzó a echarle un sermón—. Leí tu libro. Francis me lo prestó. Me parece imperdonable que no hayas escrito nada más. Me refiero a lo de que no trabajes en absoluto. Ya sé que no es asunto mío...

—No, no lo es...

—Tranquila...

Charmian hizo caso omiso de ambos.

—Vives en ese sitio espantoso, como una especie de hippy rural, y estás mal de la azotea. Totalmente pirado. O sea: dejas el teléfono desconectado durante días, y cuando estás con gente, la mitad del tiempo es como si no estuvieras, no sé si me entiendes. Estás más colgado que una lámpara. Conociéndote, nadie se creería que fuiste tú quien escribió *El vino del estupor*.

Gray se encogió de hombros.

—Me iré a comer algo y luego al cine —dijo—. Que os divirtáis con esa gente a la que no conocéis.

Mientras iba camino de algún restaurante chino barato, Gray se dijo que la muchacha tenía toda la razón. No era asunto suyo, y era una muchacha estúpida y aburrida, pero tenía razón. Debía hacer algo, y pronto.

La gente sentada a las mesas de su alrededor, y lo que había dicho Charmian respecto a estar pirado, resucitaron unos recuerdos que había esperado que Londres le ayudase a exorcizar. Cogió un terrón del finísimo azucarero de porcelana que tenía delante. No era más que un terrón, que no distorsionaría la realidad más de lo que él mismo podía hacerlo.

Drusilla en primavera. Drusilla antes de que empezase lo de las cartas.

—Tú conoces a un montón de gente pirada, pasada de rosca, ¿no? —le había preguntado—. Gente de Westbourne Grove y Portobello Road.

—A algunos conozco, sí.

—Gray... ¿Podrías conseguir LSD?

Estaba tan poco acostumbrado a oírlo llamar por las iniciales que, aunque las monedas decimales llevaban más de un año en uso,[1] preguntó:

—¿Dinero? ¿Cómo?

—Por Dios: no hablo de dinero, sino de ácido lisérgico. ¿Puedes conseguir algo de ácido?

---

1. LSD son también las iniciales del antiguo sistema monetario inglés: *librae, solidi, denarii:* Libras, chelines y peniques. *(N. del T.)*

## 8

Primero fue al cine Classic de Praed Street, en el que vio una vieja película sueca de pálidos personajes strindbergianos en bosques que parecían salidos de los cuentos de Grimm, y luego, como la noche era clara y despejada, caminó hacia el sur, atravesando Sussex Gardens.

El Oranmore ya no existía. O, mejor dicho, existía; pero lo habían pintado de un blanco reluciente y sobre el pórtico había un nuevo nombre, esta vez en neón verde oscuro: «The Grand Europa». Combe Park no era un nombre pretencioso; pero aquel sí. Un gran autocar alemán de turistas se encontraba aparcado en el exterior, y de él se apeaban las que parecían ser participantes del viaje organizado por el centro comunitario femenino de Heidelberg. Las damas, gruesas y cansadas, todas con sombreros, iban desfilando hacia el interior del hotel, conducidas por eficaces guías políglotos. Gray se preguntó si la vieja de dentro les daría una llave a cada una, aconsejándoles que la dejaran sobre la cómoda, por si se marchaban a primera hora de la mañana. Se compadeció de aquellas alemanas, a quienes, sin duda, les habían prometido alojamiento en el corazón del Londres más moderno, en un elegante hotel a sólo unos pasos de

Oxford Street y Hyde Park, y habían terminado en el Oranmore. A fin de cuentas, para ellas el lugar carecía de los recuerdos de pasado esplendor que para él tenía.

Un joven botones bajó por la escalinata para ayudar a las alemanas, y tras él apareció una atractiva muchacha. Al parecer, los viejos empleados del hotel habían desaparecido junto con el antiguo nombre. Gray torció por Edgware Road, sintiéndose cansado por un gran dolor interno, el ansia devoradora de escuchar la voz de Drusilla, aunque sólo fuera una vez más.

Las cartas fueron deslizándose hasta un oscuro recoveco de su memoria. En las partes expuestas a la luz, brillante como la resplandeciente calle en que se encontraba, refulgía todo el placer y la felicidad que Drusilla había llevado a su vida. ¡Si pudiera tenerla sin exigencias, sin complicaciones! Era imposible; pero... ¿lo era también escuchar su voz de nuevo?

¿Y si la telefonease? Era casi medianoche. Drusilla estaría en una de las camas del dormitorio que compartía con Tiny, la habitación desde donde se dominaban las negras olas del bosque. Tiny también estaría allí, probablemente dormido; o quizá leyendo uno de los libros a los que tan aficionado era, las memorias de algún magnate o general retirado, y ella tendría una novela en las manos.

Aunque Gray no conocía el dormitorio, podía verlos: el hombre gordo y abotagado, con el negro pelo del pecho asomando por el abierto cuello del pijama rojo y negro de seda; la esbelta muchacha con camisón blanco y llameante cabello suelto. Y, en torno a ellos, todos los lujos de un dormitorio de ricos: gruesas alfombras blancas, cortinas de brocado del mismo color, mobiliario Pompadour oro y marfil. Entre ellos, el blanco, silencioso y amenazador teléfono.

Podía telefonearla y no decirle nada. Así escucharía su voz. Cuando Drusilla no sabía quién llamaba, cuando no era alguien al que decir «Hola», contestaba con un simple «¿Sí?», frío e indiferente. Contestaría «¿Sí?» y, al no obtener respuesta, «¿Quién demonios es?». Pero no podía llamarla a medianoche.

Pasó frente al cine Odeon, en Marble Arch. Los últimos de la cola estaban entrando para la sesión de medianoche. Aún había mucha gente por la calle. Gray sabía que necesitaba telefonearla. Aunque aún no había hecho nada, ni había dado ningún paso decisivo, y sólo había pensado en ello, le daba la sensación de que ya era demasiado tarde para cambiar de idea. Se metió en la estación de metro de Marble Arch y buscó una cabina telefónica. Por dos peniques podía comprar su voz, un par de palabras, o incluso unas frases completas si estaba de suerte y conseguía una ganga. El corazón le martilleaba en el pecho y tenía las manos húmedas de sudor. ¿Y si quien contestaba no era ella? ¿Y si se habían mudado? O quizá estarían fuera, disfrutando de los dos o tres períodos anuales de vacaciones que, en el pasado, habían supuesto para él postales y soledad. Alzó el receptor con la mano sudorosa y colocó un dedo en el orificio del cinco del disco.

Cinco-cero-ocho, y luego el resto de los cuatro dígitos, incluido el nueve fatal. Se recostó contra la pared, notando el receptor frío como el hielo contra su mano marcada. Estoy un poco loco, pensó, estoy viniéndome abajo... Quizá habían ido con unos amigos a una sala de fiestas de las afueras, quizá... Escuchó la señal de llamada y, temblando, apretó el botón que introducía la moneda. Ésta penetró en la maquinaria con un seco clic.

—¿Sí?

Ni Tiny ni nadie desconocido: ella. Tras una pausa, el monosílabo fue repetido con tono impaciente:

—¿Sí?

Gray se había propuesto no decirle nada, pero no le hizo falta recordar su decisión. Era incapaz de hablar, y se limitó a respirar como uno de esos individuos que telefonean a las mujeres por la noche para intimidarlas. Drusilla no era fácil de intimidar.

—¿Quién demonios es?

Gray escuchaba; pero no como si ella hablase con él —cosa que, evidentemente, no estaba haciendo—, sino como si aquello fuese una grabación que alguien le estuviera pasando.

—Escuche —dijo Drusilla—, sea usted un bromista o un cochino depravado, ya se ha divertido, así que váyase a hacer puñetas, so cerdo.

El ruído del teléfono al ser colgado sonó como un escopetazo. Con dedos temblorosos, Gray encendió un cigarrillo. Bueno, había obtenido lo que buscaba: escuchar su voz, tener un último recuerdo suyo. Drusilla no volvería a hablarle y él podría recordar por siempre sus últimas palabras; la que, indudablemente, sería la última aparición de la *prima donna*: «Váyase a hacer puñetas, so cerdo.» Volvió a la calle, tambaleándose como si estuviera borracho.

A eso de las diez de la mañana, Francis apareció junto a su cama con una inesperada taza de té. Francis había dormido en el dormitorio, Gray en una de las camas que habían trasladado a la sala principal, donde el sol penetraba a través del cristal y sus rayos se teñían de rojo, azul y dorado.

—Te debo una disculpa por lo de ayer en el pub. Charmian es estupenda, pero un poco impulsiva.

—No tiene importancia.

—Hablé con ella al respecto —dijo pomposamente Francis—. A fin de cuentas, lo que en un viejo camarada como yo resulta admisible, no lo resulta en alguien a quien acabas de conocer. Pero es una chica maravillosa, ¿no crees?

Gray sonrió neutramente.

—¿Tú y ella vais a ...?

—Aún no hemos tenido ninguna relación sexual, si te refieres a eso. Charmian se toma esas cosas muy en serio. El tiempo dirá. Puede que dentro de poco me plantee la posibilidad de casarme.

—¿Dentro de poco? —preguntó Gray, alarmado ante el posible desbaratamiento de sus planes—. ¿Charmian y tú pensáis casaros pronto?

—No, por Dios. Puede que ni siquiera sea con Charmian. Pero lo más probable es que el próximo acontecimiento trascendental de mi vida sea el matrimonio.

Gray dio un sorbo de té. Había llegado el momento, y era mejor que lo aprovechase.

—Francis, quiero volver a Londres.

—No me extraña. Llevo siglos aconsejándote que lo hagas.

—Dentro de poco voy a cobrar un dinero, y cuando lo haga... ¿podría instalarme aquí por un tiempo, mientras encuentro una habitación?

—¿Aquí? ¿Conmigo?

—No sería más que un mes. Dos como mucho.

La idea no pareció entusiasmar a Francis.

—No me vendría demasiado bien. Necesitaría ayuda con el alquiler. Este sitio me cuesta dieciocho libras a la semana...

El cheque, cuando llegase, sería por lo menos de cincuenta...

—Yo pagaría la mitad.

Quizá fuera a causa del sermón que por culpa suya había recibido Gray la noche anterior; pero el caso es que Francis no mostró en esa ocasión el escepticismo con que solía acoger las promesas de contribuciones monetarias de su amigo.

—Bueno, supongo que no habrá ningún problema —dijo, no de muy buen grado—. Puedes quedarte hasta seis semanas. ¿Cuándo piensas venir? Charmian y yo salimos mañana para Devon, a ver a su familia, y estaremos fuera unos días. ¿Qué te parece el próximo sábado?

—El sábado me viene divinamente —replicó Gray.

Tras darse un baño —en una bañera como es debido, con agua caliente que salía del grifo— se acercó a Tranmere Villas. Jeff seguía en la cama, y fue el inquilino de la antigua habitación de Gray —la habitación en que, sólo una vez, hizo el amor con Drusilla— quien le abrió la puerta.

—¿Sally no está? —preguntó Gray a Jeff cuando éste apareció, soñoliento, taciturno, y sin gafas que corrigiesen su miopía.

—Me ha dejado. Se marchó hace unas semanas.

—Vaya por Dios, lo siento mucho. —Sabía cómo Jeff se sentía—. Llevabais mucho tiempo juntos.

—Cinco años. Conoció a un tipo y se fue con él a la isla de Mull.

—Lo lamento de veras.

Jeff preparó café y luego hablaron de Sally, del tipo, de la isla de Mull, de un hombre que había sido condiscípulo de ambos y que ahora era parlamentario por la jurisdicción de Gray, y luego de diversos conocidos de los viejos tiempos, quienes en su mayoría parecían haberse marchado a lugares remotos. Gray le contó a su amigo que pensaba mudarse a Londres.

—Sí, podría hacer el traslado de tus cosas el sábado. No son muchas ¿verdad?

—Libros, la máquina de escribir, ropa.

—¿Te parece entonces que lo hagamos a media tarde? Si cambias de planes, dame un telefonazo. Por cierto: tengo una carta para ti. Llegó hace cosa de un mes, cuando Sally se fue. Parecía una factura, y con lo de la separación y todo eso, olvidé enviártela. Lo siento, pero estaba hecho polvo. Afortunadamente, ya estoy casi repuesto.

A Gray le habría gustado poder decir lo mismo. Cogió el sobre, seguro de su contenido antes de abrirlo. ¿Cómo podía olvidarse de cosas tan importantes y recordar perfectamente todo lo que era pasado, muerto e inútil? Drusilla lo había dejado y él se fue a Londres, a pasar las Navidades con Jeff, resuelto a no volver a la choza, a no acercarse ni a veinte kilómetros a la redonda. Y les había escrito a sus editores solicitándoles que le enviasen la siguiente liquidación a Tranmere Villas, pues era la única dirección que podía dar como permanente. ¿Cómo era posible que se hubiese olvidado? ¿Acaso fue porque se sentía tan desesperado y confuso que volvió a Pocket Lane, huyendo de los endurecidos miembros de su propia tribu como un animal herido buscando el refugio de su madriguera?

Rasgó el sobre. *El vino del estupor*: Ventas nacionales, £5; 75% ventas, Francia, £3,50; 75% ventas, Italia, £6,26. Total, £14,76.


Ya que no haces nada, échame una mano con la comida —dijo Charmain—. No será un almuerzo formal, sino que picaremos algo de todo esto. —«Todo esto» era un montón de lechugas, tomates, queso envuelto en plástico, sobres de chopped, y pan francés—. A no ser que prefieras invitarnos a un restaurante.

—No seas así, cielo —dijo Francis.

Gray ni la escuchó. La liquidación le había dejado demasiado sobrecogido para poder hacer caso de nadie. Camino de casa de Jeff había comprado una botella de vino español para la fiesta. De las siete libras ya sólo le quedaban dos.

—Tenemos comida de sobra —dijo amablemente Jeff—. Vaya por Dios, otra vez el teléfono.

Desde que Gray había vuelto, el teléfono estaba sonando incesantemente. La gente no podía ir, o quería saber si podía acudir con amigos, o no recordaba la dirección de Francis.

—Así que piensas instalarte aquí —dijo Charmian, mientras lavaba vigorosamente los tomates.

Gray se encogió de hombros. ¿Iba realmente a hacerlo?

—Sólo por unas semanas.

—Una vez mi madre invitó a una amiga a pasar el fin de semana y se quedó tres años. Estás muy neurótico, ¿no? He notado que, cada vez que suena el teléfono, te sobresaltas.

Gray se sirvió un pedazo de queso. Estaba pensando

en escribir a sus editores una carta echándoles un buen rapapolvo por lo de los derechos yugoslavos, cuando Francis regresó a la cocina, con expresión preocupada. Se acercó a Gray y le puso una mano en el hombro.

—Es tu padrastro. Parece que tu madre está muy mal. ¿Quieres hablar con él?

Gray fue a la sala. En el receptor sonó el defectuoso inglés de Honoré:

—Mi hijo, intentaba encontrarte en la casa tuya, pero el teléfono comunica y comunica, así que me he recordado de que ibas a la casa de Francis y he encontrado el número... Muy difícil encontrarlo ha sido...

—¿Qué ocurre, Honoré? —preguntó Gray, en inglés.

—Es mamá. Ella muere, creo.

—¿Quieres decir que *ha muerto*?

—No, no, *pas du tout*. Ella tiene gran *paralyse* y el doctor Villon está con ella ahora, y él dice que ella morirá pronto. Quiere que ella vaya al hospital de Jency, pero yo digo no, no mientras el viejo Honoré tenga fuerzas para cuidarla a ella. Vendrás, *hein*? Hoy mismo.

—De acuerdo —replicó Gray, notando un vacío en la boca del estómago—. Sí, claro que iré.

—¿Tienes el dinero, lo llevas contigo? Yo te mandé dinero bastante para que vayas con el avión hasta París y luego con el autobús hasta Bajon. Así que hoy tú vuelas desde el aeropuerto de Jizrou, y esta noche yo te veo en Le Petit Trianon.

—Iré enseguida. Vuelvo a casa a recoger el pasaporte, y me pongo en camino.

Regresó a la cocina. Los otros estaban sentados a la mesa, silenciosos y con largas caras de circunstancias.

—Oye, siento muchísimo lo de tu madre —dijo roncamente Charmian.

—Yo... Bueno, yo también... —dijo Francis—. O sea, si hay algo que podamos hacer por ti...

Había algo que Francis sí podía hacer, pero Gray esperó unos minutos para pedírselo. Sabía perfectamente que los que dicen cosas semejantes cuando ocurre o está a punto de ocurrir una desgracia, rara vez piensan ofrecer nada que no sea simpatía o, como máximo, una copa.

—No podré quedarme para la fiesta. Como antes de ir al aeropuerto he de pasarme por la choza, mejor me marcho ahora mismo.

—Tómate un trago —ofreció Francis.

El whisky, como tenía el estómago más o menos vacío, le dio a Gray el valor necesario.

—Hay algo que sí podrías hacer —dijo.

Sin preguntar de qué se trataba, Francis lanzó un suspiro.

—Supongo que no tienes dinero para el viaje.

—Lo único que me separa de la miseria total son dos libras.

—Vaya por Dios —comentó Charmain, aunque no con un tono ofensivo.

—¿Cuánto necesitarías?

—Mira, Francis, estoy esperando un cheque en cualquier momento. Será un préstamo a corto plazo, de veras. Estoy seguro de que recibiré el dinero, porque he vendido los derechos para Yugoslavia.

—De los países comunistas no se puede sacar dinero —dijo Charmian—. Ningún escritor lo consigue. Mi madre tiene un amigo que es un escritor *muy famoso* y dice que los editores tienen que pagar tantos impuestos o no sé qué, que lo que hacen es dejar el dinero en bancos de detrás del Telón de Acero.

Fue como un cubo de agua fría. Ni por un momento dudó de la veracidad de las palabras de Charmian. Ahora recordaba haberle oído comentarios muy similares a Peter Marshall en uno de sus cordiales almuerzos, sólo que Peter añadió: «Si vendes por ejemplo en Yugoslavia, dejaremos el dinero en nuestra cuenta de Belgrado y, cuando te apetezca, puedes gastártelo en unas vacaciones allí.» Lamentablemente, Honoré no vivía en Belgrado...

—Cristo... Estoy con el agua al cuello.

Francis repitió:

—¿Cuánto necesitas?

—Unas treinta y cinco libras.

—No pienses que no quiero ayudarte, Gray, pero... ¿de dónde demonios crees que voy a sacar treinta y cinco libras en domingo? En el piso no tengo más que cinco. ¿Tienes tú algo, cielo?

—Dos cincuenta o así —dijo Charmain que, dando por concluido el período de duelo, había vuelto a comer chopped y lechuga.

—Supongo que tendré que bajar al estanco y pedirle al dueño que me cambie un cheque.

Gray telefoneó al aeropuerto, donde le informaron de que había un vuelo a las ocho treinta. Estaba aturdido. ¿Qué pasaría cuando volviera a Francia? Cuando le llegase el cheque tendría unas dieciséis libras, pero le debería treinta y cinco a Francis, a parte de lo otro, lo de tener que pagarle a Francis otras nueve libras a la semana por compartir aquel maldito invernadero. Haciendo caso omiso de la presencia de Charmain, apoyó la cabeza en las manos y cerró los ojos.

Sin querer se puso a pensar en lo diferente que sería su situación de haber hecho lo que Drusilla había pedido un año atrás. Sí, seguiría teniendo que ir a Bajon, y eso sería lo único que no habría cambiado. Pero no habría tenido que depender de la caridad de otros, ni que ser objeto del desprecio de Francis y aquella chica, ni habría estado permanentemente obsesionado por el dinero...

Un toque en el hombro lo sacó de su ensimismamiento.

—Ha habido suerte —dijo Francis—. Tengo tus treinta y cinco.

—No sabes cómo te lo agradezco, Francis.

—No quiero meterte prisas en unos momentos como éstos, pero lo cierto es que... bueno, no me queda mucho dinero, y además he de pagar el viaje a Devon, y el alquiler, y todo, así que, cuanto antes puedas...

Gray asintió con la cabeza. Resultaban inútiles las promesas de pronto pago. Ni él sería capaz de hacerlas con convicción ni, caso de lograrlo, Francis lo creería.

—Que os divirtáis en la fiesta.

—Brindaremos por ti —dijo Francis—. Por el amigo ausente.

Charmain alzó la cabeza y le dirigió una tibia sonrisa de despedida. Y la expresión de Francis era indulgente, pero también de impaciencia. Ambos estaban deseosos de librarse de él. La puerta de cristal rojo se cerró con un portazo de alivio antes de que él se hubiera alejado cinco metros.

De haber hecho lo que Drusilla le pidió, pensó Gray, ahora estaría en un taxi, procedente de su apartamento de lujo y con un asiento de primera esperándole en un avión, con los bolsillos llenos de dinero y sus maletas de piel de cerdo junto al conductor. Sería como Tiny, quien, según Drusilla le había contado, siempre llevaba encima inmensas sumas de dinero, dispuesto a pagar al contado todo lo que deseaba. Y en Bajon, las camareras del Écu d'Or le estarían preparando el mejor dormitorio con baño. Y, sobre todo, no tendría ninguna preocupación.

Mientras esperaba la llegada de su tren, Gray tenía la sensación de que todos sus problemas tenían como origen el no haber hecho lo que Drusilla le pidió: ayudarla a asesinar a su marido.

## 9

Aunque durante el largo trayecto Gray no había dejado de pensar en sus problemas económicos, hasta que llegó a la choza no se acordó del testamento de su madre, bajo cuyos términos él debía heredar la mitad de sus propiedades. No iba a regocijarse por ello, sería demasiado mezquino. Desechando aquel pensamiento, con todo el atractivo y toda la sensación de culpabilidad que llevaba aparejados, metió una ropas en la maleta, guardó en la caja de seguridad la liquidación de derechos y sacó de ella el pasaporte. Como no tenía sentido cerrar con llave la caja, bajó la tapa y dejó la llave en la cerradura. ¿Debía hacer algo más antes de partir hacia Francia, aparte de dejar el teléfono colgado? Lo hizo, pero en el fondo de su memoria había otra cosa. ¿Qué? No era cancelar su cita con Jeff. Para el siguiente sábado, él ya estaría de vuelta, y Francis no pondría problemas para albergarlo una vez que se enterase de que había heredado la mitad del dinero de su madre. No, se trataba de algo que había prometido hacer... De pronto lo recordó: la fiesta de Miss Platt. Cuando volviese hacia el pueblo, se detendría en casa de la mujer para decirle que no le sería posible asistir.

Vista desde la entrada a la finca, la choza tenía aspecto

de llevar largo tiempo deshabitada. Sus maderas, empapadas por años de lluvia, estaban blanqueadas y resquebrajadas por el sol y tenían la textura de una concha de ostra. Cobijada en su nido de helechos, no era más que un lastimoso chamizo tras cuyas ventanas colgaban descoloridas y ajadas cortinas de algodón. Los abedules blancos y las hayas, de troncos grises como el acero, se cerraban en torno a la choza como intentando ocultar su decrepitud. Su aspecto de abandono hacía que pareciese uno más de los desperdicios que los excursionistas dejaban en el bosque. Pero valía quince mil libras. Miss Platt lo había dicho. Si Mal la pusiera en venta, se libraría de ella inmediatamente por aquella enorme, exorbitante suma.

Encontró a la afortunada vendedora en su jardín, cortando rosas tempranas.

—Tenemos un tiempo maravilloso, ¿no le parece Mr. Lanceton? Hace que lamente tener que marcharme.

Gray dijo:

—Lo siento muchísimo; pero no podré asistir a su fiesta. Tengo que ir a Francia. Mi madre vive allí y está muy enferma.

—Vaya, cómo lo siento. ¿Puedo hacer algo? —Miss Platt dejó la podadera—. ¿Quiere que, durante su ausencia, le eche un ojo a la Cabaña Blanca?

De no ser por las cartas a Tiny, Gray se habría olvidado de cuál era el auténtico nombre de la choza.

—No, muchas gracias. No tengo nada digno de ser robado.

—Como quiera, pero no sería ninguna molestia, y estoy segura de que Mr. Tringham se avendría a echarle un ojo cuando yo me vaya. Espero que encuentre usted a su madre mejor. No hay nadie como la propia madre, ¿no? Y supongo que para los hombres, más aún.

Mientras se marchaba por el sendero, pasando frente al césped pisoteado de los Willis y a la nueva finca, hasta llegar a High Beech Road, pensó en las palabras de la mujer. Como la propia madre no había nadie... Desde que recibió la llamada de Honoré, Gray había pensado en el dinero, en Drusilla y en el dinero, en el dinero de su madre; pero en su madre, en la persona de su madre, nada en absoluto. ¿Estaba preocupado por ella? ¿Le importaba realmente que viviese o muriera? Para él era como si tuviese dos madres, dos mujeres separadas y distintas, la que había renunciado a su hijo, a su nacionalidad y a sus amigos por un menudo y feo camarero francés, y la mujer que, desde la muerte de su primer marido, había atendido a su hijo, amándolo, dando la bienvenida a sus amigos. Era esta última mujer —perdida, muerta para él desde hacía catorce años— la que Gray intentaba ahora recordar. Más que una madre, había sido una amiga y compañera, y Gray había llorado por ella con las amargas lágrimas de un quinceañero incapaz de comprender algo que ahora comprendía a la perfección: el poder de una pasión obsesiva. Pero la comprensión no significa amor, sólo frío perdón.

Entonces lloró por ella. Pero, como su madre no constituía dos mujeres, sino sólo una, no le podía llorar ahora por la quebrantada y agonizante criatura que ya no era suya, sino de Honoré, propiedad de Honoré y de Francia.


Para Tiny, volar a París era algo tan habitual y sin importancia como conducir por Loughton High Road. El hombre viajaba a América, a Hong Kong, a Australia; almorzaba en Copenhague y cenaba en su casa. Gray recordaba que, en una ocasión, el marido de Drusilla había ido a pasar el fin de semana a París...

—Podrás venir a la choza y quedarte conmigo toda la noche, Dru —le había dicho él.

—Sí, y así tendré ocasión de probar el ácido.

—Creí que ya te habías olvidado de eso.

—Qué poco me conoces. Yo nunca me olvido de nada. Puedes obtenerlo, ¿verdad? Dijiste que podías. Espero que no fuese una simple fanfarronada para impresionarme.

—Sí, conozco a un tipo que puede conseguirme ácido.

—¿Qué pasa? ¿Te vas a poner en plan moralista y echarme un sermón sobre los males de la droga? ¡Maldita sea, me pones enferma! ¿Qué daño hacemos? No es adictivo, sino antiadictivo. Me conozco de memoria todas sus propiedades.

Gray pensó que las conocía por haber leído libros pop con capítulos titulados «La hierba», y «Club del hachís», y «Nuevas percepciones».

—Escucha, Dru: lo que pasa es que me parece mal utilizar una droga como el LSD para divertirse y buscar sensaciones nuevas. Usarla en psicoterapia y bajo supervisión es totalmente distinto.

—¿Tú lo has probado?

—Sí, una vez, hace cuatro años.

—¡Dios mío, qué bonito! O sea, eres como uno de esos viejos santurrones que acuden a orgías todas las noches hasta que cumplen los cuarenta y cambian de chaqueta y les dicen a todos que el sexo es malo porque ellos ya no están en edad de disfrutarlo. ¡*Dios*!

—No fue una buena experiencia. Puede que para otros lo sea, pero no para mí.

—¿Y por qué no voy a probarlo yo? ¿Por qué tú sí y yo no? Nunca he hecho nada. En cuanto me apetece tener una experiencia, tú me lo impides. Si no consigues el ácido, no pienso ir a la choza. Me iré a París con Tiny y puedes estar seguro de que me divertiré mientras él está en su estúpido seminario. Me iré con el primero que intente ligarme. —Se acercó a Gray, zalamera—: Podríamos tomarlo juntos. Dicen que con él el sexo es maravilloso. ¿No te gustaría que fuese aún más maravillosa de lo que soy?

Naturalmente, consiguió el ácido. Por ella estaba dispuesto a hacer cualquier cosa... menos una. Pero a lo que se negó fue a tomarlo él, pues resultaba peligroso. Uno lo tomaba y otro vigilaba, por si hacía falta tomar algún tipo de medida. Y es que, si bien en una personalidad estable la reacción puede ser limitarse a unas cuantas distorsiones

(¿o realidades?) y a experimentar la agudización de determinados sentidos, los inestables pueden volverse agresivos, paranoicos e incluso violentos. Y Drusilla, pese a sus muchos atractivos y pese a lo mucho que él la amaba, lo era todo menos estable.

Fue a comienzos de mayo, hacía poco más de un año, y soplaba un viento del este fuerte y frío. El sábado por la mañana, mientras estaban en el dormitorio de Gray, éste le dió a Drusilla el ácido; el viento ululaba en torno a la choza y mucho más arriba, en algún lugar del cielo, el avión de Tiny se alejaba en dirección a Francia. El inmenso Tiny, con su traje de ochenta guineas, retrepado en su confortable asiento de primera clase, aceptando el whisky escocés doble que le tendía la azafata, abriendo su *Financial Times*, leyéndolo, sin tener ni la más mínima idea de lo que estaba ocurriendo ocho o diez mil metros más abajo. El sereno, inocente Tiny, que en ningún momento había sospechado nada...

*«Y existe más de un hombre que, incluso en estos momentos,*
*mientras hablo, toma a su mujer del brazo,*
*sin sospechar que en su ausencia ha sido traicionado,*
*que un cercano vecino ha pescado en su estanque,*
*y que ese vecino ha sido Lord Sonrisa...»*

Gray sintió que un estremecimiento recorría su cuerpo. Expresada así, la cosa no podía resultar más desagradable, pues él había sido vecino de Tiny tanto en un sentido geográfico como en uno ético, e incluso había hecho hincapié en aquel hecho cuando escribió las cartas. Él había sido Lord Sonrisa, el vecino de Tiny, quien, en ausencia de éste, había pescado en su estanque —¡qué duras y cínicas resultaban aquellas metáforas jacobinas!— y que apenas lo consideró como una persona, salvo a la hora de trazar la línea que marcaba el último límite.

Bueno, ya todo había pasado, y tal vez él y Tiny, el perdonador y el perdonado, estuvieran siendo traicionados en su ausencia por un vecino, por aquel sonriente instructor de tenis...

Gray bloqueó el paso a sus recuerdos. Ahora podía ver, allá abajo, las luces de París. Se ajustó el cinturón, apagó el cigarrillo y se preparó para las nuevas pruebas que lo esperaban.


El avión llegó con retraso, y el único autobús que a esa hora quedaba lo llevó hasta Jency, a dieciséis kilómetros de Bajon, pero Gray consiguió hacer el resto del camino en autostop. En Bajon, las únicas luces que se veían eran las del Écu d'Or, lugar de reunión de Honoré, el alcalde y M. Reville, el vidriero. Sin embargo, no era de esperar que Honoré estuviese allí en aquellos momentos. Gray encendió una cerilla para consultar su reloj y vio que era cerca de medianoche. Resultaba extraño pensar que hacía sólo veinticuatro horas estaba en la estación de metro de Marble Arch telefoneando a Drusilla.

Pasó junto a un grupo de castaños y una casa llamada Les Marrons, enfiló el pequeño sendero que, tras las cabañas, se perdía con la misma insignificancia de Pocket Lane en los campos, el bosque y en una granja llamada Les Fonds. La cabaña de Honoré era la cuarta. Una de las ventanas de la fachada estaba iluminada, y a su luz Gray vio la capa de cemento verde que lo cubría todo, impidiendo el crecimiento de cualquier especie vegetal, y la fuente de plástico y, en torno a la fuente, una especie de carnaval de gnomos, ranas, querubines desnudos, leones de amarillentos ojos, y gruesos patos, la colección de adornos de jardín que constituía el orgullo de Honoré.

Por suerte, la luz era muy tenue y no permitía ver que los ladrillos de la cabaña estaban pintados alternadamente de rosa y verde.

No por primera vez, Gray reflexionó sobre el extraordinario hecho de que la nación francesa, cuya contribución artística en música, literatura y pintura era, probablemente, mayor que la de ninguna otra raza, y había sido reconocida como árbitro del buen gusto, poseyera también una burguesía con el peor gusto del mundo. Le maravillaba que la Francia de Gabriel y Le Nôtre fuera también la de Honoré Duval. Llegó a la puerta y llamó al timbre.

Honoré acudió corriendo a la llamada.

—¡Ah, mi hijo, al fin tú llegas! —Honoré lo abrazó y lo besó en ambas mejillas. Como siempre, olía notablemente a ajo—. ¿Tu vuelo ha sido bueno? No estés inquieto ahora, *ce n'est pas fini*. Ella vive. Ella duerme. ¿Tú la quieres ver?

—Sí, dentro de un rato, Honoré. ¿Hay algo de comer?

—Yo te cocino —dijo el otro, todo cordialidad. Gray sabía que la cariñosa acogida terminaría pronto, para ser sustituida por el taimado recelo—. Yo te hago tortilla.

—Me conformo con un poco de pan con queso.

—Pero yo no te veo desde tres, cuatro años. ¿Tú crees que yo soy un mal padre? Ven a la cocina y yo te cocino.

Gray se arrepentía de haber mencionado la comida. Honoré, aunque era francés y ex camarero, pese a que se había movido durante gran parte de su vida en el ambiente y la tradición de la *haute cuisine* francesa, era un cocinero horrible. Sabedor de que la gastronomía gala depende en gran medida del sutil uso de las hierbas aromáticas, se pasaba increíblemente con el romero y la albahaca. También sabía que la crema desempeña un papel muy importante en casi todos los guisos, pero era demasiado tacaño para usarla. Esto habría sido menos grave si se hubiese limitado a cocinar huevos y patatas fritas, o simples filetes, pero Honoré despreciaba tales platos. Tenía que ser comida tradicional francesa, o nada; aquellas deliciosas exquisiteces culinarias que el mundo venera e imita por doquier, sólo que desprovistas de vino y de crema, y con hierbas a troche y moche.

—Extingue, por favor —dijo Honoré, cuando Gray lo siguió cansadamente hacia la cocina. Aquel era el modo cómo Honoré le indicaba que apagase la luz. Había que apagar la luz de cada habitación cuando se salía de ella, a fin de que la factura de electricidad no subiese. Gray extinguió y se sentó en una de las sillas azul brillante con asiento de plástico rojo y azul. No se oía nada.

El silencio era tan absoluto como en la choza.

En el centro de la mesa de la cocina había un geranio rosa de plástico en un tiesto blanco del mismo material, y la repisa de la ventana estaba cubierta de flores igualmente de plástico. El reloj de pared era de cristal naranja, con manillas cromadas, y los platos de cerámica que lo rodeaban reproducían *chateaux* en relieve y glorioso technicolor. En aquella cocina estaban representados todos los colores de un pájaro tropical, y, bajo la luz de un tubo fluorescente rosado todas las superficies aparecían impolutas.

Honoré, que se había envuelto en un delantal, comenzó a batir huevos y echar en ellos puñados de cebolleta y perejil secos, hasta que la mezcla tomó un color verde oscuro. Cocinar exigía concentración y un reverente silencio, y ninguno de los dos hombres habló durante un rato. Gray contemplaba pensativamente a su padrastro.

Honoré era flaco y menudo, de estatura inferior a la media, piel morena y cabello que había sido negro y comenzaba a grisear. Siempre, incluso cuando se encontraba relajado, sus finos labios formaban una sonrisa en forma de guadaña, pero los menudos ojos negros eran en todo momento fríos y astutos. Parecía lo que era, un campesino francés, sólo que exagerado, como si fuese el campesino francés de una farsa escrita por un inglés.

Gray jamás había entendido lo que vio su madre en Honoré; pero ahora, al cabo de tres años de separación, comenzaba a comprender. Quizá fuese porque él ya era mayor, o quizá porque sólo en aquellos años había llegado a comprender el poder del sexo. Para una mujer como su madre, convencional, incluso refinada, aquel moreno y vital hombrecillo, con sus penetrantes ojos y su calculadora sonrisa, debió de ser lo que Drusilla había sido para él, Gray: la personificación del sexo. Honoré le recordaba a uno de los vendedores ambulantes de Wimbledon Common, a quienes su madre compraba cebollas cuando vivían allí. ¿Sería posible que Enid Lanceton, exteriormente fría y civilizada, se hubiera sentido tan atraída hacia aquellos menudos hombres morenos con ristras de cebollas en sus bicicletas, hasta el punto de que ansiaba encontrar uno para ella? Bien, pues dio con él y pagó un alto precio por su hallazgo, pensó Gray, mirando a Honoré, sus flores de plástico y sus cortinas con cacharros de cocina amarillos estampados en ellas.

—*Voilà!* —dijo Honoré, poniendo la tortilla sobre un plato a cuadros verdes y rojos—. Adelante, cómela a ella rápido, porque si no se pondrá fría.

Gray la comió a ella rápido. La tortilla parecía una hoja de col frita con manteca, pero sabía a abono y se la comió a toda prisa, esperando evitar así las pausas en las que el sabor de la comida era plenamente captado por el paladar. En la cabaña se oía un leve sonido que subía y bajaba rítmicamente, como el rumor de una maquinaria en funcionamiento. Gray no lograba discernir de qué se trataba, pero era el único sonido, aparte del que hacía Honoré trajinando con los cacharros en la pila.

—Y ahora un café francés bien bueno.

Un buen café era lo último que podía conseguirse en Le Petit Trianon. Honoré despreciaba el café instantáneo que usaban casi todos sus vecinos, pero su tacañería le impedía hacer café cada vez que se necesitaba. Así que, una vez a la semana, preparaba un caldero de café con achicoria, y este mejunje, salado y amargo, se recalentaba y servía hasta que no quedaba de él ni una gota. El estómago de Gray, que digería sin problemas albóndigas suecas y raviolis y carne enlatados, se revolvía ante el café de Honoré.

—No, gracias. No dormiría. Ahora entraré a ver a mi madre.

El dormitorio de su madre —el de ambos— era la única habitación que Enid había logrado salvar del peculiar gusto de su marido. Las paredes eran blancas, los muebles de nogal, la alfombra y el cobertor, azul claro. En la pared, sobre la cama, había una imagen pintada y dorada de la Virgen y el Niño.

La agonizante yacía de espaldas, con los brazos sobre el embozo. Roncaba estentóreamente, y Gray comprendió de dónde provenía el sonido, como de maquinaria, que había escuchado antes: se trataba del aparato respiratorio de Enid Duval. Gray se acercó a la cama y contempló el demacrado e inexpresivo rostro. Había pensado en ella como en dos mujeres: su madre y la esposa de Honoré; pero ahora ambas se habían fundido en esta tercera y última.

Honoré lo animó:

—Bésala, mi hijo. Abrázala.

Gray no le hizo caso. Tomó entre las suyas una de las manos de su madre. Estaba fría. La mujer no se movió ni se alteró su respiración.

—Enid, aquí está Gray. Aquí está el hijo tuyo al fin.

—Dejémoslo —dijo Gray—. No sirve de nada.

Abandonado por su inglés, Honoré estalló en una encendida diatriba en francés. Gray sólo entendió el sentido general de sus palabras: los anglosajones carecían de sentimientos.

—Me voy a la cama. Buenas noches.

Honoré se encogió de hombros.

—Buenas noches, mi hijo. Tú puedes encontrar tu cuarto, ¿no? Todo el día yo estoy de arriba abajo, y el trabajo nunca termina; pero yo encontré tiempo y he puesto vestidos limpios en la cama tuya.

Acostumbrado a la curiosa forma como Honoré trasladaba los giros franceses al inglés, Gray comprendió que aquello significaba que había cambiado las sábanas de su cama. Fue a «su» dormitorio, que Honoré había amueblado adecuadamente para el hijo de la familia. El color predominante era el azul —adecuado para un varoncito—, y había rosas color magenta en la alfombra azul, narcisos amarillos en las cortinas azules. En el único cuadro, que sustituía a una *pietá* que Gray detestaba, y así se lo había dicho a su padrastro, reproducía a madame Roland, vestida de azul, en los escalones de una guillotina roja y plateada diciendo, según la leyenda que había al pie del grabado, su famosa frase: *O liberté, que de crimes on commis en ton nom!*

Aquellas palabras no podían ser más ciertas. En nombre de la libertad se cometían múltiples crímenes, como por ejemplo la boda de su madre. Los deseos de libertad habían hecho que Drusilla planease un crimen mucho más horrible. Gray pensó que se quedaría largo rato despierto, meditando sobre aquello, pero la cama era tan cómoda —lo mejor de todo Le Petit Trianon, el lecho más confortable en que había dormido, inmensamente superior al de la choza, o al de la casa de Francis, o al del Oranmore— que se quedó casi inmediatamente dormido.

## 10

A las siete de la mañana, Gray despertó a causa de un estrépito tan fuerte que lo primero que pensó fue que su madre debía haber muerto por la noche y Honoré había convocado a todo el pueblo para que le rindiera su último homenaje. Nadie podía hacer tanto ruido preparando el desayuno de tres personas. Luego, bajo el estruendo, escuchó el rítmico roncar de Enid, y comprendió que era esa la forma en que el aparentemente infatigable Honoré tenía para indicar a su hijastro que era hora de levantarse. Se dio la vuelta y, aunque no pudo dormirse de nuevo, permaneció en el lecho hasta las ocho en señal de rebeldía. Al fin la puerta se abrió y entró Honoré con el aspirador, diciendo jovialmente:

—«Acostarse pronto y madrugar hacen que el hombre sea rico, saludable y sabio.» ¿Tú te das cuenta? Yo conozco el proverbio inglés.

Gray advirtió que su padrastro había puesto el «rico» antes que el «saludable». Típico.

—Ayer me dormí muy tarde. ¿Puedo darme un baño?

No podía contarse con que en Le Petit Trianon hubiese agua caliente. Había cuarto de baño, con calcomanías de peces en las baldosas y una funda de color melocotón en la tapa del inodoro; y también había un gran calentador eléctrico de inmersión, pero Honoré lo tenía desconectado, y calentaba el agua en calderos. Si uno quería un baño, tenía que encargarlo con horas o incluso días de antelación.

—Después —dijo Honoré. Y, en francés coloquial, siguió diciendo algo respecto a las cuentas de electricidad, lo absurda que era la higiene excesiva y, ante la sorpresa de Gray, añadió que en aquellos momentos no tenía tiempo para conectar el calentador.

—Perdona, pero eso no lo entiendo.

—¡Ajá! —Su padrastro lo señaló con un acusador índice mientras pasaba enérgicamente el aspirador por la habitación—. Yo creo que tú no sabes tanto francés como tú dices. Ahora puedes practicar con él. El desayuno espera. Ven.

Gray se levantó y se lavó con el agua de un cazo. El jabón barato, parecido a queso, que Honoré le facilitó, le escoció en la mano tanto que estuvo a punto de gritar. En otro cazo había café, y sobre la mesa media *baguette*. La costumbre francesa era comprar tales barritas todas las mañanas, pero Honoré no hacía tal cosa. No soportaba tirar nada, y conservaba las viejas *baguettes* hasta que se terminaban, aunque para entonces parecían esponjas vegetales fosilizadas hasta en su sabor.

Apareció el doctor Villon y dictaminó que su paciente no había experimentado cambio alguno. Luego Gray bajó al pueblo a por pan tierno. Bajon apenas había cambiado desde su última visita. El Écu d'Or continuaba necesitando una mano de pintura, los edificios agrícolas pardogrisáceos seguían sesteando como pesados y viejos animales tras las tapias pardogrisáceas. Los cuatro comercios principales —taberna, panadería, carnicería y el colmado-estafeta de correos— seguían teniendo los mismos propietarios. Fue hasta el extremo de la calle principal para ver si el anuncio de sujetadores seguía allí. Seguía: un enorme cartel en una valla publicitaria en el que aparecían dos redondeados montones cubiertos de encaje, y la leyenda *Desirée, Votre Soutien-gorge*. Volvió sobre sus pasos, dejó atrás la desviación que conducía a casa de Honoré, dos nuevas tiendas, una peluquería con el ambicioso nombre de *Jeanne Moreau, Coiffeur des Dames*, y llegó a la señal de tráfico que indicaba *Nids de poule*. La primera vez que estuvo en Bajon, Gray pensó que aquello significaba que en la carretera había realmente nidos de gallina, no simples baches, pero Honoré, riendo con suficiencia, lo sacó de su error.

El día transcurrió con lentitud, y el sofocante calor continuó. Gray encontró unos libros que su madre había llevado consigo desde Wimbledon, y se acomodó en el jardín trasero a leer *Inmutable*. El jardín trasero era una pradera de diez metros por ocho en la que Honoré había erigido tres extraños objetos; cada uno de ellos era un trípode formado por tres pequeños postes pintados de verde y coronados por una cara de escayola. Tres cadenas colgaban de los postes, sustentando una especie de recipiente o cubo lleno de caléndulas. Gray no lograba acostumbrarse a aquellos recargados y espantosos chismes, diseñados con esmero y minuciosidad para exponer diminutos grupos de flores, pero el calor del sol era agradable y aquella era una forma placentera de pasar el tiempo.

A las ocho, Honoré anunció que un pobre viejo que se pasaba en pie de sol a sol, haciendo de cocinero, enfermero y mayordomo, se merecía un pequeño descanso por la noche. Estaba seguro de que Gray se quedaría con Enid mientras él iba a tomarse un *fine* en el Écu. Durante el día, varios vecinos habían aparecido ofreciéndose para cuidar a la enferma, pero Honoré les dijo que no porque estaba seguro de que Gray preferiría quedarse con su madre.

Mientras Gray permanecía sentado junto a ella, Enid siguió roncando regularmente. Terminó *Inmutable* y empezó *El lago azul*. Honoré regresó a las once, oliendo a *cognac* y afirmando que el alcalde ardía en deseos de conocer al autor de *Le Vin d'Étonement*.

A la mañana siguiente apareció el padre Normand, un

negro y taciturno personaje al que Honoré trataba como si fuese, como mínimo, un arzobispo. Se encerró durante largo rato con la enferma, y sólo abandonó el dormitorio a la llegada del doctor Villon. Ni el cura ni el médico hablaron con Gray. No sabían inglés, y Honoré les había asegurado que Gray desconocía el francés. El anfitrión les sirvió café añejo, y los dos viejos lo bebieron con aparente placer, elogiando a Honoré por su altruista dedicación a Enid y diciéndole (el padre Normand) que en el cielo encontraría su recompensa y (el doctor Villon) que la encontraría en la tierra, en Le Petit Trianon y en los ahorros de Enid. Como suponían que Gray no podía entender ni una palabra de aquello, hablaron con toda libertad de la inminente muerte de Enid y de la buena suerte de Honoré al haberse casado, si no por dinero, sí con alguien que lo tenía.

Gray no desechaba en absoluto la posibilidad de que, si la agonía de su madre se prolongaba más de la cuenta, Honoré estuviera dispuesto a acelerar su final. No daba la menor muestra de dolor, sólo de leve incomodidad ante la mención del dinero. El cura y el médico ensalzaron su estoicismo, pero a Gray no le parecía que se tratase de estoicismo. Cuando lavaba a Enid con la esponja o le daba de comer, y creía que Gray no estaba mirándolo, en los ojos del hombre relucía algo muy similar al odio.

¿Cuántos cónyuges son capaces de matar a su pareja en determinadas circunstancias? Tal vez muchísimos. Desde su llegada a Francia, Gray apenas había pensado en Drusilla. Allí no había nada que se la recordase. Desde que la conocía, no había estado en Francia, así que ni siquiera tenía el recuerdo de haberla echado de menos allí. Y Drusilla, desde luego, jamás había estado en Bajon ni en sus proximidades. Ella y Tiny veraneaban en St. Tropez y St. Moritz —los dos santos patronos del turismo— o en lugares más apartados y exóticos. Pero ahora Gray pensó en Drusilla. Cuando pensaba en los cónyuges como en potenciales asesinos, no podía evitar recordarla.

¿Cuándo lo mencionó ella por primera vez? ¿En marzo? ¿En abril? No, porque ella no probó el ácido hasta mayo...

Tardó una media hora en hacerle efecto. Luego Drusilla comenzó a decirle lo que veía, el viejo dormitorio con vigas en el techo inmensamente ensanchado y alargado, hasta adquirir las dimensiones de un salón palaciego. Las luces que se veían por la ventana adquirieron tonos púrpura y se hicieron inmensas, como ella jamás las había visto. Se levantó para mirarlas con mayor detenimiento, y le desconcertó que la ventana, en vez de estar a treinta metros de distancia, se encontrara a sólo dos.

Llevaba un anillo de amatista, cuya piedra era un pequeño bloque de cristal rugoso; Drusilla se la describió como una cordillera llena de cuevas. Dijo que veía a personas entrando y saliendo de las cuevas. Él no deseaba hacer el amor —le parecía mal, inadecuado— y ella no dio muestras de que le importara, así que fueron abajo y él le preparó el almuerzo. La comida la asustó. Los vegetales de la sopa le parecían criaturas marinas agitándose en una charca. Después de eso, permaneció largo tiempo sentada e inmóvil, sin articular palabra hasta que, al fin, dijo:

—No me gusta. Me trastorna el cerebro.

—Claro. ¿Qué esperabas?

—No me siento sexy. Es como si mi libido se hubiese esfumado. ¿Y si no regresa?

—Regresará. Los efectos desaparecerán muy pronto y te quedarás dormida.

—¿Qué ocurriría si, estando así, condujese el coche?

—¡Por el amor de Dios, te estrellarías! Tienes el sentido de las distancias totalmente alterado.

—Quiero intentarlo. Sólo en el sendero.

Tuvo que retenerla a la fuerza. Sabía que algo así podía ocurrir, pero ignoraba lo fuerte que era ella. Drusilla se debatió, golpeándolo, pateándolo, pero al fin Gray consiguió quitarle las llaves del coche y, cuando estuvo más calmada, salieron a caminar.

Pasearon por el bosque, vieron a gente montada en ponis. Drusilla dijo que eran una tropa de caballería, y que sus rostros eran crueles y tristes. Él se sentó bajo un árbol; pero los pájaros la asustaron. Dijo que querían atacarla y hacerla pedazos. Al atardecer se quedó dormida, despertándose en una ocasión para decirle que había soñado en que los pájaros atacaban el avión de Tiny y lo derribaban. Uno de los pájaros era ella misma, una harpía con plumas y cola, pero con pechos y rostro de mujer y larga cabellera al viento.

—No entiendo cómo la gente puede tomar LSD *por diversión* —dijo la noche siguiente, cuando emprendía el regreso a su casa—. ¿Por qué demonios me lo diste?

—Por lo muchísimo que tú insististe. Lamento haberlo hecho.

Y había vuelto a lamentarlo muchas veces, porque aquel no fue el fin de la insistencia de Drusilla, sino el comienzo. Entonces empezó todo. Pero ahora ya no importaba; ahora daba lo mismo...

—Levántate, mi hijo. ¿Estás teniendo sueños?

Honoré lo dijo jovialmente, pero con una sombra de reproche. Esperaba que los jóvenes —en especial los que carecían de medios de subsistencia— se pusieran en pie de un salto cuando sus mayores entraban o salían de una habitación. El doctor Villon y el padre Normand se marchaban, aparentemente deslumbrados por las habilidades lingüísticas de Honoré. Gray dijo cortésmente *au revoir*, pero no se movió de donde estaba. Escuchó cómo, en el vestíbulo, Honoré se hacía modesto ante los cumplidos de los otros, diciendo que cualquiera que, como él, hubiera pasado años ocupando altos cargos en la industria hotelera internacional, tenía necesariamente que dominar varios idiomas.

Tras la cena —crema de langosta en lata, con langostinos en conserva y pedacitos de pescado blanco, *bouillabaisse* según Honoré —salió a dar un paseo y llegó hasta Les Fonds. Allí había casi tantos mosquitos y moscas como en Pocket Lane. En realidad, y salvo los insistentes ladridos del perro encadenado del granjero, el lugar era casi exacto a Pocket Lane. Gray sabía que a los campesinos franceses les gustaba tener a sus perros atados. Probablemente, los animales llegaban a acostumbrarse; probablemente a aquél lo soltarían por la noche. Pero, por algún motivo, la visión lo inquietó profundamente. Ignoraba la razón. No lograba entender por qué aquel flaco perro pastor cautivo, que tiraba de su cadena y ladraba incesantemente y en vano, provocó en él una especie de frío pavor.

Cuando regresó, Honoré ya tenía puesta la chaqueta oscura, el pañuelo de cuello, y la boina, listo para partir hacia su *fine*.

—Recuerdos al alcalde.

—Mañana él vendrá aquí a visitar. Habla buen inglés, no tan bueno como yo, pero bueno. Tú debes ponerte de pie cuando él entra, Gray, pues es lo que debe hacer un hombre joven cuando entra un hombre mayor, de cultura y razón. Ahora te dejo que le des el café a tu mamá.

Gray detestaba hacer aquello, detestaba sostener con una mano a Enid, que olía mal y babeaba, mientras con la otra le ponía entre los temblorosos labios el obsceno vaso de borde picudo. Pero no podía protestar. Ella era su madre. Aquellos eran los labios que, hacía mucho, muchísimo tiempo, le habían dicho «Qué estupendo que estés otra vez en casa, cariño», aquellas manos que sostenían su rostro cuando le daba el beso de despedida, que habían cosido en sus uniformes colegiales las etiquetas con su nombre, que le habían llevado té cuando él, los días de fiesta, se despertaba tarde.

Mientras le daba la leche caliente ligeramente teñida de café, viendo como bebía la cuarta parte del líquido mientras el resto se derramaba sobre el embozo, le pareció que Enid estaba más débil que la noche anterior, sus ojos más vidriosos y distantes, su carne aún más flácida. No reconocía a Gray. Probablemente, pensaba que era algún amigo de Honoré. Y Gray no la reconocía a ella. No era la madre a la que había amado, ni la madre a la que había odiado, sino una simple anciana francesa por la que no sentía más que repulsión y piedad.

La relación madre-hijo es la más completa que existe entre dos seres humanos. ¿Quién había dicho aquello? Freud, creía recordar. ¿Sería también la que más fácilmente se destruía? Enid, y Honoré, y la misma vida, la habían destruido, y ahora ya era demasiado tarde.

Retiró la taza y acomodó a su madre en las almohadas. La cabeza se le torció hacia un lado y comenzó a roncar de nuevo, irregularmente, entre jadeos. Gray nunca había visto morir a nadie; pero, pese a lo que Honoré o el médico dijesen, a las falsas alarmas, los buenos augurios y los anticlímax del pasado, sabía que su madre estaba a punto de expirar. Podía ser hoy o mañana; pero moriría.

Se sentó junto a la cama y terminó *El lago azul*. Cuando Honoré regresó, Enid seguía viva, lo cual fue para Gray un enorme alivio.

La agonía de Enid prosiguió durante el día siguiente, miércoles. Hasta el mismo Honoré era consciente de que su esposa se moría. Él y el doctor Villon permanecieron sentados en la cocina, bebiendo café, esperando. Honoré no dejaba de decir algo que Gray interpretó como el deseo de que la agonía no se prolongase, y eso le hizo recordar a Theobald Pontifex en *El camino de la carne*, quien empleaba aquellas mismas palabras cuando su esposa, a la que no amaba, yacía en su lecho de muerte. Gray encontró *El camino de la carne* entre los libros de su madre y comenzó a leerlo, aunque era una obra muy distinta a las que se había acostumbrado últimamente, una gran novela, de las que antaño lo entusiasmaban.

Llegó el padre Normand y administró la extremaunción a la enferma. Se marchó sin tomar café. Quizá la dosis del día anterior había sido demasiado para él, o bien lo consideró una bebida frívola, inadecuada para la ocasión. El alcalde no apareció. Todos en el pueblo sabían ya que Enid estaba realmente en las últimas. Nunca la habían querido. ¿Cómo iban a querer a una extranjera, a una inglesa? Pero todos apreciaban a Honoré, quien había nacido entre ellos y, tras enriquecerse, había regresado humildemente a su pueblo natal.

Aquella noche Honoré no fue al Écu, aunque Enid dormía algo más tranquila. Pasó de nuevo el aspirador por toda la casa, preparó más tortillas verdes y al fin conectó el calentador para que Gray se bañase. Envuelto en un batín decorado con dragones, propiedad de su padrastro, Gray salió del baño a eso de las once, esperando poderse ir directamente a la cama. Pero Honoré lo interceptó en el vestíbulo.

—Ahora tendremos nuestra conversación, yo creo. Hasta ahora nosotros no hemos tenido tiempo para la conversación, *hein*?

—Como quieras.

—Quiero, mi hijo —dijo Honoré y, mientras Gray lo seguía en dirección a la sala, pidió—: Extingue, por favor.

Gray apagó la luz del vestíbulo a su espalda. Su padrastro encendió un Disque Bleu, y tapó la botella de cognac, que había estado apurando mientras su hijastro se bañaba.

—Siéntate, mi hijo. Ahora, Gray, yo creo que es llegado el momento de hablar del testamento de tu mamá.

—Bueno —replicó receloso Gray.

—Mitad para ti y mitad para mí, ¿no?

—Prefiero no hablar de ello. Mi madre aún no está muerta.

—Pero Gray, yo no hablo de tu mamá, yo hablo de ti. Me pone no tranquilo pensar lo que pasará contigo si tú no tienes dinero.

—Pero tendré dinero cuando ella... Si no te importa, dejemos el tema.

Honoré dio una profunda bocanada a su cigarrillo. Reflexionó, con expresión taimada e inquieta. De pronto, elevando la voz, dijo rápidamente:

—Tú sólo necesitas escribir más libros. Y eso tú lo

puedes hacer, porque tú tienes talento. Yo sé eso. Yo, Honoré Duval. Tú dirás que yo sólo soy un pobre camarero viejo, pero yo también soy un francés, y todos los franceses saben esas cosas. —Se golpeó el pecho hundido—. Es algo que tenemos de nacimiento. Incorporado.

—Innato —lo corrigió Gray—. Pero dudo mucho que sea como dices. —Le parecía curioso que, cuando quería algo, Honoré no fuera más que un pobre camarero viejo; pero cuando presumía, se convirtiera en un experto en turismo internacional.

—Así que tú escribes más libros, y te haces otra vez rico e independiente, *hein*?

—Puede — replicó Gray, preguntándose adónde quería ir el otro a parar y decidido a cortar cuanto antes la charla—. Prefiero no hablar de este asunto. Me voy a la cama.

—Muy bien, muy bien, nosotros hablaremos de esto en otro momento. Pero yo te digo que es malo, muy malo, esperar que llegue dinero por cosas que no sean lo que uno trabaja. Ése es el único dinero bueno para un hombre.

Quienes tienen el tejado de vidrio no deberían tirar piedras a casas ajenas, pensó Gray.

—Hablemos de otra cosa.

—Muy bien, muy bien, nosotros hablaremos de Inglaterra. Una vez que yo visité Inglaterra llovía y hacía mucho frío. Pero yo hice muchos amigos. Todos los amigos de tu mamá me aman. Así que dime, ¿cómo están Mrs. Palmer, y Mrs. Arcurt y Mrs. Ouarrinaire?

Resignado, Gray replicó que, si bien ya no tenía relación con ninguna de las dos primeras damas, la madre de Mal estaba, por lo que él sabía, feliz y contenta en Wimbledon. Honoré asintió pensativo, recuperada la compostura. Aplastó el cigarrillo, encendió otro y siguió preguntando:

—¿Y cómo sigue la buena de Isabel?

# 11

Gray encendió un cigarrillo a su vez. Tras coger la cerilla que le dio Honoré, la volvió hacia abajo para estabilizar la llama. Al escuchar la pregunta de su padrastro, la dejó en el cenicero y se quitó el cigarrillo de entre los labios.

—¿Isabel? —preguntó.

—Pareces no tranquilo, Gray, como si hubieras visto el fantasma. Quizá el agua de tu baño estaba muy demasiado caliente. Coge una manta de tu cama, o a ti te dará reuma.

Automáticamente, sin que las palabras tuvieran sentido ni significado para él, Gray replicó:

—No tengo frío.

Honoré se encogió de hombros ante la insensatez de los jóvenes, que nunca aceptaban consejos. Hablando en francés, comenzó a hacer grandes elogios de Isabel, ensalzando su fortaleza de carácter, tan británico, su intrepidez de soltera *d'un certain âge*, yéndose sola a Australia.

Rígidamente, Gray se puso en pie y dijo:

—Me voy a la cama.

—¿En el centro de nuestra charla? Ya yo veo. Muy bien, Gray, haz lo que a ti te guste bien. Los modales hacen al hombre. Otro proverbio inglés. Es extraño que esos proverbios ingleses sean tonterías para las personas inglesas.

Gray salió, cerrando con un leve portazo y haciendo caso omiso de la petición de Honoré de que extinguiera la luz del vestíbulo. Se encerró en su cuarto y se sentó en la cama. Tenía frío y se le había puesto carne de gallina.

Isabel. Cristo bendito, ¿cómo podía haberse olvidado de ella? Había sido por los pelos. Cuando estaba saliendo de la choza, casi lo recordó. Fue consciente de que olvidaba algo, y creyó que era la fiesta de Miss Platt. Como si importara algo el que fuera o no a la fiesta. Lo que subconscientemente le preocupaba era lo de Isabel. Por su cabeza, habían pasado recuerdos difusos haciendo que se sintiera helado y débil, como cuando estuvo paseando por la granja de Les Fonds. ¿Era posible que hubiese cometido otro error, que se hubiera equivocado de fin de semana?

En la cocina estaba el ejemplar de *Le Soir* del viernes. Fue a buscarlo y lo encontró sirviendo de forro de basura color rojo. *Vendredi, 4 juin*. Publicaba fotos de las inundaciones en un remoto país de las antípodas que, indiscutiblemente, habían sido la noticia más destacada del pasado viernes. Si el viernes fue 4, hoy, el miércoles siguiente, era 9 de junio, y el lunes había sido 7. De todas maneras, eran inútiles las verificaciones. El día en que había quedado con Isabel era el mismo en que él debería haber regresado de la fiesta de Francis.

Se recostó en la mesa, apretándose las manos contra la cabeza con tal fuerza que la palma quemada volvió a palpitarle. ¿Qué demonios podía hacer, atrapado en Bajon, sin dinero y con su madre agonizando?

Intentó pensar fría y razonablemente sobre lo que habría sucedido. El lunes, 7 de junio, al mediodía Isabel debió de llegar a Pocket Lane en su Mini. Entró en la choza con la llave que él mismo le había dado, abrió la puerta de la cocina, dejó sobre la tapa de la bañera una docena de latas de carne, depositó en el suelo un cacharro con agua y, tras infinitos besos y adioses, suaves caricias y promesas de regresar pronto, dejó a *Dido*, la perra labrador, sola y esperando.

Gray volverá pronto, debió de decir Isabel. Gray se ocupará de ti. Pórtate como una perrita buena y duerme hasta que llegue. Y luego colgó la llave del clavo, cerró la puerta de la cocina, y se marchó al aeropuerto de Heathrow donde tomó un avión con destino a Australia.

Era impensable, pero así debió de pasar. ¿Qué podía haber ocurrido que lo evitase? Isabel sabía que iba a encontrar una casa vacía, cerrada, abandonada, sucia. Así esperaba encontrarla. Él no había dejado nada que indicase que se había marchado a Francia, no se lo había dicho a nadie más que a Miss Platt. Y aunque ésta hubiera estado en su jardín, no conocía a Isabel, y jamás se le habría ocurrido abordar a una desconocida para ponerse a chismorrear con ella sobre sus vecinos.

La perra, eso era lo importante. *Dido*, la perra de bonita cara y ojos que a él le parecían piadosos. Dios, después de más de dos días encerrada en la cocina, sin comida y con sólo un cuarto de litro de agua, no tendrían ya nada de piadosos. Serían ojos salvajes, aterrorizados. Cerca de ella tenía comida, una comida irónicamente encerrada en metal y que ni las más fuertes pezuñas o fauces podían alcanzar. En aquellos momentos, aquellas pezuñas y fauces estarían intentando abrir la cerrada puerta trasera, la de la despensa, la del sótano, hasta que, exhausto, el animal comenzase a aullar y ladrar de modo mucho más angustioso y terrible que el perro encadenado del granjero.

Nadie la escucharía. Nadie aparecería por el camino hasta que, el sábado por la tarde, pasase Mr. Tringham... Gray se levantó y volvió a la sala, en la que seguía Honoré, con la botella de cognac de nuevo descorchada.

—Honoré..., ¿puedo telefonear?

Aquella era una petición de mucha mayor envergadura que la mera solicitud de un baño. Honoré sólo usaba el teléfono para hablar con su hijastro un par de veces al año, y siempre por asuntos urgentes y, con la misma exigüidad, para llamar al doctor Villon. El aparato se encontraba en el dormitorio matrimonial, entre la cama de Enid y la suya. Ponerle las manos encima era más difícil que hacer uso del teléfono público de un hospital atestado de gente.

Tras dirigirle una mirada de estupefacción y reproche, Honoré dijo en un francés elemental, marcando las sílabas, que el teléfono estaba en la habitación de Enid, que molestar a Enid sería un pecado, que faltaban diez minutos para medianoche y, por último, que había creído que Gray dormía.

—Es urgente —dijo Gray, sin más explicaciones.

Honoré no pensaba ponérselo tan fácil. ¿A quién quería telefonear y por qué? Respondiendo a sus propias preguntas, sugirió que debía tratarse de una mujer con la que Gray había quedado citado, cita a la que ahora se daba cuenta de que no podría acudir. En cierto modo, eso era cierto, pero Gray no lo dijo. Honoré pasó a informarle, primero, de que las llamadas a Inglaterra tenían un coste *formidable* y, segundo, de que ninguna mujer a la que se telefonease por la noche podía ser virtuosa y, por consiguiente, la relación que tenía con Gray sólo podía ser de índole inmoral. Él, Honoré Duval, jamás prestaría su apoyo a la inmoralidad, y a medianoche, mucho menos.

Gray pensó, y no por primera vez, lo absurdo que resultaba que los franceses, a quienes los ingleses consideraban voluptuosos y depravados, fueran en realidad de una rigidísima moral, al tiempo que consideraban a los ingleses voluptuosos y depravados. Tratando de no perder la paciencia, dijo:

—Se trata de algo que, con las prisas por venir, olvidé hacer, de algo que tiene que ver con Isabel.

—Isabel está en Australia —dijo Honoré—. Anda, tú ve a la cama, Gray, y mañana ya veremos, *hein*?

Gray comprendió que era inútil. Y, de todas maneras, ¿a quién iba a recurrir? Trastornado por el pánico, no había pensado en aquello. A aquellas horas no podía llamar a nadie e, interiormente descompuesto, tuvo que admitir que hasta la mañana siguiente no le era posible hacer nada.

No logró dormir en toda la noche. Se agitó de un lado a otro, levantándose y yendo a la ventana de cuando en cuando, hasta que amaneció y el perro encadenado empezó a ladrar. Gray apretó la cara contra la cama. A eso de las cinco se sumió en un sopor y tuvo el sueño recurrente en que Drusilla le decía que deseaba casarse con él.

—¿Le pedirás a Tiny el divorcio? —había preguntado Gray, como lo preguntaba ahora en su sueño.

—¿Cómo voy a hacer una cosa así? Además, él no me lo daría.

—Si lo abandonas y te mantienes alejada de él durante cinco años, tendrá que dártelo, lo quiera o no.

—¿Cinco años? ¿Dónde estaremos tú y yo dentro de cinco años? ¿Quién me mantendrá? ¿*Tú*?

—Los dos tendríamos que trabajar. Dicen que hay desempleo, pero si no te importa hacer lo que sea, sobra trabajo.

Las blancas y enjoyadas manos de Drusilla, que nunca habían hecho tareas más pesadas que poner flores en un jarrón, batir crema, lavar seda... Ella lo miró. Tenía los finos y pálidos labios crispados.

—Gray, yo no puedo vivir sin dinero. Siempre lo he tenido. Incluso antes de casarme, siempre tuve todo lo que quise. No puedo imaginarme la vida sin poder entrar en una tienda y comprar todo lo que me apetezca.

—Pues sigamos como estamos.

—Quizá se muera —dijo Drusilla—. Si él se muere, todo será mío. Lo dice su testamento. Lo he visto. Sólo en acciones, tiene cientos de miles de libras. No un millón, pero cientos de miles, sí.

—¿Y qué? Es dinero suyo. Y, de todas maneras, ¿qué harías con él si fuera tuyo?

—Dártelo —se limitó a decir ella.

—Éstas no parecen palabras de la dura Drusilla.

—¡Maldito seas! ¡Maldito seas! *Lo haría.*

—¿Y qué puedo hacer yo por ti? ¿Matarlo?

—Sí —dijo ella.

Se despertó sobrecogido, bañado en sudor, murmurando:

—No puedo matarlo... No puedo matar a nadie, ni a una mosca, ni a una avispa...

Y entonces recordó. No podía matar a ·nadie, pero ahora, en aquellos momentos, estaba matando a un perro. De repente le llegó un enorme alivio, la comprensión, súbita y tranquilizadora, de que todo iba bien, de que Isabel, al final, no habría dejado a *Dido* en la choza. Porque se habría encontrado con el lechero. Ella había quedado en ir a las doce, y siempre era puntual, y el lechero también lo era y llegaba a las doce, salvo los viernes, que se retrasaba. El lechero sabía que él estaba fuera y se lo habría dicho a Isabel. Ella, probablemente, debió de sentirse molesta e irritada, pero no habría dejado a la perra.

Inmediatamente, Gray cayó en un profundo y pesado sueño del que despertó a eso de las ocho a causa de la pomposa y mesurada voz del doctor Villon. Los ronquidos ya no eran audibles. Gray se levantó y se vistió rápidamente, avergonzado por sentirse tan aliviado y feliz con su madre agonizante, y quizá incluso muerta.

Enid no había muerto. Una chispa de vida seguía ardiendo en su cuerpo yerto, manifestándose en el ligero subir y bajar de su pecho bajo la ropa de cama. Gray hizo lo que su padrastro le había instado a hacer, pero no en presencia de Honoré: besó suavemente a su madre en la sumida y amarillenta mejilla. Luego entró en la cocina, donde Honoré le estaba repitiendo al médico su deseo de que la agonía de su esposa no se prolongase.

—*Bonjour* —saludó Gray—. *Je crois qu'il fera chaud aujourd'hui.*

El médico tomó aquello como una indicación de que Gray había recibido el milagroso don de lenguas, y se lanzó a una larga disquisición sobre el tiempo, la cosecha, el turismo, el estado de las carreteras francesas, y la amenaza de sequía.

Gray dijo:

—Dispense: tengo que salir a comprar pan.

Su padrastro sonrió tristemente.

—Gray no entiende, *mon vieux*. Estas gastando saliva en balde.

Un sol de justicia caía sobre Bajon. El camino era polvoriento y en la distancia, bajo el anuncio de sujetadores (*Desirée. Votre Soutien-gorge*) y por encima de los baches, se veían trémulos espejismos. Compró dos barras de pan y emprendió el regreso. Se cruzó con un lechero que iba en carreta. El hombre llevaba camiseta y boinas negras pero, pese a su aspecto galo, tenía un cierto parecido con el lechero de Pocket Lane, y la similitud se hizo más marcada cuando alzó una mano y, saludando a Gray con ella, dijo:

—*Bonjour, Monsieur!*

Gray devolvió el saludo. No había vuelto a ver a su lechero y era el único al que echaba de menos de todo Pocket Lane. Resultó agradable, y hasta enternecedor, el modo como el hombre le estrechó la mano cuando se despidieron y...

¡Dios! Lo había olvidado. Isabel no habría visto al lechero, porque éste ya había dejado de ir por la choza. Gray le había pagado y despedido. Y el hombre ni siquiera se acercaría a ese extremo del camino. Había dicho que lo bueno de perder a Gray como cliente era que ya no tendría que ir hasta la choza. ¡Oh, Dios! Había conseguido dormir unas horas en paz gracias a una falacia. Las cosas seguían como la noche anterior, sólo que peor. *Dido* en la choza y ahora —eran pasadas las nueve— llevaba allí casi setenta horas.

Inmóvil bajo el sol, con las *baguettes* bajo el brazo, se sentía a punto de desmayarse por la enormidad del caso. Deseó correr a esconderse en alguna parte, irse al otro extremo del mundo y quedarse allí durante años. Pero era ridículo pensar de ese modo. Tenía que quedarse y telefonear a alguien *ya*.

Pero... ¿a quién? A Miss Platt, evidentemente. Era la que vivía más cerca, una mujer simpática y amable que, probablemente, amaba a los animales, y no haría como una de esas viejas harpías cuyo mayor deleite sería sermonearlo por su crueldad y luego contarles a todos lo sucedido. Además, era una mujer práctica y segura de sí misma. No tendría miedo a la perra que, en aquellos momentos, y a causa del hambre y el miedo, habría perdido su docilidad y mansedumbre habituales. Fue un perfecto estúpido al no aceptar la oferta de la mujer de echarle un ojo a la choza. Si le hubiera dicho que sí, nada de aquello estaría ocurriendo. Pero era inútil recriminarse. Lo único en que debía pensar era en encontrar el modo de conseguir el número de Miss Platt.

—¡Qué pálida está tu cara! —le dijo Honoré, cuando Gray dejó el pan sobre la mesa de la cocina. Y, al doctor Villon, en francés—: Es por la impresión. Debe de sentirse indispuesto. ¿Qué voy a hacer, si tengo que atender a dos enfermos?

—Necesito telefonear, Honoré, por favor.

—Supongo que tú quieres telefonear a la mala mujer.

—La mujer en cuestión tiene setenta años y es mi vecina. Quiero que le eche un vistazo a mi casa.

—*Mais le téléphone se trouve dans la chambre de Madame Duval!* —exclamó el doctor Villon, que había captado el sentido de sus palabras.

Gray dijo que ya sabía que el teléfono estaba en el cuarto de su madre, pero el cable era largo y podía sacar el aparato al vestíbulo. Rezongando acerca del gasto *formidable*, Honoré fue a por el teléfono y lo dejó en el suelo del vestíbulo. Gray estaba haciendo indagaciones en el listín telefónico cuando de pronto recordó que Miss Platt no estaría en su casa. Era martes, y la mujer ya se habría mudado.

No debía desalentarse por aquel pequeño inconveniente. Había otras personas. Francis, por ejemplo. No le haría ninguna gracia, pero iría. Haría falta ser un monstruo para negarse. No, pensándolo bien, Francis no podría ir, pues se había ido a Devon con Charmian. Entonces, Jeff. Jeff podía llegar rápidamente a la choza en su camioneta. Espléndido. Tras una larga pausa, Gray escuchó la lejana señal de llamada del teléfono de Tranmere Villas. Jeff era la persona ideal para pedirle algo así, porque no era criticón ni dado a los sermones, ni de los que requerían una larga retahíla de razones, ni de los que se escandalizaban ante la idea de forzar una puerta, cosa, que, quienquiera que fuese a la choza debería hacer, ya que él, Gray, tenía una llave, la otra estaba colgada del clavo, y la tercera...

Sonaron veinte llamadas que no obtuvieron respuesta, y Gray desistió. Era inútil perder más tiempo. Jeff debía de haber salido con la camioneta. ¿Quién más había? Cientos de personas, David, Sally, Liam, Bob... David estaría trabajando, sabía Dios dónde; Sally estaba en Mull; Liam figuraba entre las docenas de amigos que, según Jeff, habían abandonado Londres; Bob estaría dando clase. Siempre le quedaba Warriner. Había sabido de ella por Mal, pero llevaba tres años sin verla. No, no podía telefonear a una sexagenaria de Wimbledon que no tenía coche para pedirle que hiciera un viaje de treinta kilómetros.

Hizo un repaso de toda la gente que conocía en Pocket Lane. Lástima que no hubiese charlado con la joven bibliotecaria o conocido a alguien de la finca. Tringham no tenía teléfono. Eso dejaba sólo a los Willis. La perspectiva le desagradaba, pero no había otro remedio. Le bastó imaginar a *Dido* derrumbada en el suelo, con la hinchada lengua entre los dientes desnudos, para pedir a la telefonista que le buscase el número de los Willis.

—Uilis —repitió la telefonista. Difícilmente podía haber otro nombre que resultase más complicado de pronunciar para una francesa—. ¿Tiene la bondad de deletreármelo?

Gray lo deletreó, y a continuación escuchó repentinamente la señal de llamada. Todo el mundo estaba fuera.

Se sentó en el suelo y se pasó una mano por la húmeda frente. Clic, respuesta.

—Pocket Farm.

—Tengo una llamada de Bajon-Sur-Lone, Francia.

—Bueno, muy bien. ¿Quién es?

—Mrs. Willis. Soy Graham Lanceton.

—¿*Quién*?

—Graham Lanceton. La última vez que nos vimos tuvimos una discusión...Vivo en la Cabaña Blanca, y lo que ocurre es...

—¿Es usted la persona que cometió la tropelía de dejar entrar a los bueyes en mi jardín? ¿Es usted el hombre que me insultó, llamándome las cosas más soeces que he escuchado en mi...?

—Ya, ya... Lo siento muchísimo. Por favor, no cuelgue.

Pero lo hizo. Tras un destemplado «¡Está usted loco!», dejó bruscamente el receptor sobre la horquilla. Gray maldijo y le dio un puntapié al teléfono. Volvió con Honoré y el médico y se sirvió un café. Honoré lo miró sesgadamente.

—¿Qué? ¿Tú hablaste?

—No. —Ansiaba contarle a alguien lo que ocurría, tener otra opinión, incluso la de una persona tan absolutamente inadecuada como su padrastro. Honoré era limitado y burgués, pero a veces los burgueses sabían qué hacer en los casos de apuro. Tomó asiento y le explicó a Honoré lo sucedido y su incapacidad para resolver la situación.

El mayor de los desconciertos se extendió sobre el rostro de Honoré. Por un momento quedó mudo de estupefacción. Luego le tradujo al médico todo lo dicho por Gray. Durante unos instantes, los dos hombres discutieron el asunto de un modo atropellado e incomprensible, meneando la cabeza y sacudiendo los brazos. Al fin Honoré dijo en inglés:

—¿Tu mamá se muere y tú estás no tranquilo por un perro?

—Ya te lo he dicho.

—¡Por un perro! —Honoré se llevó las manos a la cabeza, soltó una risa cavernosa y, en francés más lento y fácilmente comprensible, le dijo al doctor Villon—. Ya sé que es un tópico decirlo, pero los ingleses están locos. Yo, que me casé con una, tengo que reconocerlo. Están locos y quieren a los perros más que a las personas.

—Iré a atender a mi paciente —dijo el doctor Villon, dirigiendo una reprobatoria mirada a Gray.

Gray regresó al vestíbulo. Pese al calor, temblaba de frío. Debía salvar a la perra, telefonear a alguien que la salvase por él. Sólo quedaba una persona.

Era la persona más adecuada y, extrañamente, la mejor capacitada para la tarea. Ni vacilaría, ni sentiría miedo. Además, tenía la llave y vivía lo bastante cerca como para estar en la choza en un cuarto de hora.

Era jueves. Un jueves se hicieron amantes y un jueves se separaron. El jueves siempre fue su día, el día de Júpiter, el más poderoso de los dioses.

Se sentó en el suelo, sin atreverse aún a tocar el teléfono, pero mirándolo, enfrentado a él como si fuera a batirse en un duelo del que tenía la seguridad de salir derrotado. El aparato permanecía inmóvil, a la expectativa, complaciente, esperando la rendición de Gray. Y, aunque silencioso, el objeto parecía decirle: Soy el mago, el salvador, el que rompe los corazones, el correveidile de los amantes, el dios que dará la vida a una perra y hará que caigas de nuevo en la esclavitud.

## 12

Por los esmerilados cristales de la puerta principal, se filtraba un torrente de sol que casi cegaba a Gray. Bajo una luz igualmente brillante, de comienzos de verano, estuvo Drusilla aquella mañana en la cocina de la choza, donde ahora se encontraba *Dido*. Ella era tan hermosa y la luz tan radiante que el resplandor de una y otra casi dañaba la vista de Gray. De espaldas a la luz, con ojos muy abiertos, ella dijo:

—Sí, ¿por qué no? ¿Por qué no matarlo?

—Bromeas. No puedes hablar en serio.

—¿Ah, no? Pues incluso tengo planeado cómo hacerlo. Lo atraes hasta aquí, y le das una dosis de ácido como la que me diste a mí, sólo que él no lo sabrá. Se lo pones en el té. Y luego, cuando se vaya (tienes que calcular bien el tiempo) se estrellará. En cuanto llegue a la glorieta de Wake se saldrá de la carretera y morirá.

—Aparte de que no voy a hacerlo, es absurdo. Lo de darle alguien una dosis de ácido para que crea haberse vuelto loco es una broma absurda y trasnochada.

—¡Maldita sea, no es ninguna broma! Daría resultado.

Gray rió con la incomodidad con que uno se ríe de las fantasías ajenas y, encogiéndose de hombros, dijo:

—Entonces, si ése es el tipo de cosas que te atraen, hazlo tú misma. Tiny es tu problema. Le das el LSD y dejas que se estrelle con su coche en Loughton High Road. Pero no esperes que yo te consiga el ácido.

Ella le tomó la mano y acercó los labios a su cuello, a su oído.

—Gray... Hablémoslo. Si quieres, como si se tratase de una broma; pero *veamos* si se podría hacer. Planteémoslo como si fuera una de esas novelas de misterio en las que una casada infeliz y su amante planean matar al marido. Hablemos, nada más.

Gray se puso en pie con dificultad y se apartó de la luz deslumbrante en el momento en que el viejo médico de su madre salía del cuarto de la enferma. El doctor Villon alzó las manos, suspiró, y entró en la cocina. Gray se acuclilló, descolgó el teléfono, e inmediatamente volvió a colgarlo. No podía hablar con ella. ¿Cómo podía habérsele ocurrido siquiera la idea? Tenía que haber otras personas, tenía que haber alguien... Pero ya había repasado todas las posibilidades, y no, no había nadie.

Lo único que podía hacer era plantear el asunto en los términos más fríos y prácticos, olvidar fantasías y recuerdos, y repasar mentalmente y con toda claridad lo ocurrido evaluando su situación, como le ocurre a la mayoría de la gente en el curso de la vida. Había terminado porque él y ella eran incompatibles. Pero no había motivo por el que no pudieran seguir siendo amigos. Si iba a pasarse toda la vida temiendo reencontrar a las mujeres con que había tenido una relación sentimental, su porvenir era muy negro. Resultaba absurdo volverse neurótico ante la idea de hablar con una antigua amiga.

¿Una antigua amiga? ¿*Drusilla*? ¿A qué engañarse...? Podía pasarse allí todo el día, discutiendo consigo mismo y mientras tanto la perra seguía en la choza, muriéndose, enloquecida por el hambre. Hablaría con Drusilla una vez más, sólo una vez. En cierto modo, quizá le viniera bien hacerlo. Muy probablemente, oírla hablar —hablar con él, no escuchar simplemente su voz, como en Marble

Arch— y oír las estupideces que diría lo curaría de ella de una vez por todas.

Con una media sonrisa, *blasé*, un tanto desdeñosa (el seductor haciendo, en recuerdo de los viejos tiempos, una llamada a la amante abandonada) levantó el receptor y marcó el número de Drusilla. El código y los siete dígitos. No podía ser más sencillo. La mano le temblaba, cosa absurda. Carraspeó, escuchó la señal de llamada una vez, dos veces, tres veces...

—¿Sí?

El corazón le dio un vuelco. Se llevó la mano al pecho como si, estúpidamente, creyera poder calmar aquella agitación a través de la carne y las costillas. E, inmediatamente, la tentación de repetir lo que había hecho el sábado por la noche, de limitarse a respirar, a escuchar, se hizo abrumadora. Cerró los ojos, y vio el sol convertido en un ardiente lago de color rojo cruzado por meteoros.

—¿Sí?

De nuevo carraspeó. Notaba la garganta seca como la yesca y, al mismo tiempo, llena de flemas.

—Drusilla. —Sólo consiguió articular aquella palabra; pero fue suficiente. Suficiente para que, al otro extremo del hilo, se produjera un profundo silencio que al final fue roto por un largo suspiro, que sonó como una uña rozando la seda.

—Has tardado en decidirte —dijo lentamente Drusilla, pronunciando cada palabra con sumo cuidado; luego, de golpe, volvió a ser la de siempre y, yendo directamente al grano, le espetó—: ¿Qué quieres?

—Dru, yo... —¿Dónde estaba el seductor que, por matar el tiempo, llamaba a la ex amante? Gray quería convertirse en el Don Juan que jamás había sido, y como Don Juan intentó hablar—: ¿Cómo estás? ¿Qué tal te ha ido en estos meses?

—De maravilla. A mí siempre me va de maravilla. No habrás llamado sólo para preguntarme eso.

Don Juan replicó:

—Te llamo porque eres una vieja amiga.

—¿Una vieja qué? ¡Tendrás descaro!

—Dru... —Ahora con firmeza, pensando única y exclusivamente en la perra—: Te llamo para pedirte un favor.

—¿Y por qué voy a hacértelo? Tú nunca me hiciste ninguno.

—Escucha bien, Dru. Ya sé que no tengo derecho a pedirte nada. Y no lo haría si no se tratase de algo... de gran urgencia. No puedo recurrir a nadie más. —A fin de cuentas, una vez superado el golpe inicial, no estaba resultando tan difícil—. Estoy en Francia. Mi madre... Bueno, se está muriendo. —Y luego se lo contó todo, como se lo había contado a Honoré, sólo que más sucintamente.

En el otro extremo de la línea sonó una especie de vibrante gemido. Por un momento, Gray pensó que Drusilla estaba llorando, no por el patetismo de la historia, sino por ellos, por lo que habían perdido. Pero, no, Drusilla se estaba riendo.

—¡Qué desastre eres! ¡Todo lo que haces lo estropeas!

—¿Irás a la choza, o no?

Una pausa; sonido de risa reprimida. Él estaba hablando con ella normal y agradablemente y ella se estaba riendo normal y agradablemente. Resultaba difícil creerlo.

—Iré —dijo al fin Drusilla—. ¿Qué otra elección tengo? ¿Qué hago con la perra cuando la saque?

—¿Podrías llevarla a un veterinario?

—¡Como si conociera a alguno! Bueno, vale, ya encontraré uno. Me da la sensación de que estás totalmente chiflado.

—Es muy posible Dru... ¿te importa llamarme luego a este número? Yo no puedo llamarte, porque a mi padrastro le va a dar algo si continúo usando el teléfono.

—Te llamaré. Esta noche, no sé a qué hora. Lo de tu padrastro no me sorprende. Estás sin blanca, ése es tu problema. Y a los que no tienen dinero, la gente los trata como si fueran niños. Así es la vida.

—Dru...

—¿Sí?

—Nada —dijo Gray—. No te olvides de llamarme.

—He dicho que lo haría y lo haré. —Colgó bruscamente. Gray ni siquiera tuvo la oportunidad de decirle adiós. Ella nunca lo decía. Gray no recordaba ni una sola vez en que Drusilla hubiese pronunciado la palabra adiós.

Se puso en pie con gran dificultad, entró en el baño y vomitó en el inodoro.

Enid roncaba irregularmente. Por lo demás, la casa estaba en silencio. Gray se hallaba tumbado en su cama del cuarto azul, donde las cortinas cerradas no lograban impedir el paso del resplandeciente sol. Desde la pared, madame Roland, arrogante ante el cadalso, decía, sólo para él: «¡Oh, Libertad, cuántos crímenes se cometen en tu nombre!»

Bueno, ya lo había hecho y no había sido tan malo. Las náuseas era el resultado natural de toda la tensión acumulada. Había hablado con su amante abandonada, y la perra sería rescatada. Frío y práctico; estaba convirtiéndose —o casi— en lo que Honoré o Isabel llamarían una persona adulta y madura. Bien... *C'est le premier pas qui coûte*, como diría Honoré, y él ya había dado aquel primer paso que contaba. Sin embargo, en aquellos momentos no corría ningún riesgo recordando los detalles del feo asunto del que había escapado y los riesgos que seguían existiendo.

—Supongamos que la cosa va en serio —le había dicho a Drusilla—. ¿Cómo conseguiríamos que Tiny viniese hasta aquí?

—Muy sencillo, escribiéndole una carta.

—¿Qué clase de carta? ¿«Querido Tiny: Si te pasas por aquí una tarde, me encantará administrarte un poco de ácido para que te estrelles con el coche. Atentamente, G. Lanceton»?

—No seas majadero. Él colecciona monedas, ¿no?

Siempre anda poniendo anuncios en un periodicucho que se llama *Noticias numismáticas*. Anda, coge la máquina de escribir.

Así que, por seguirle la corriente, Gray se sentó ante la máquina de escribir.

—Yo te dictaré. Pon tu dirección y la fecha, 6 de junio. —Drusilla se puso a mirar por encima del hombro de Gray, su cabello contra la mejilla de él—. Ahora escribe: «Estimado señor, de numismático a numismático...» No, eso no. «Estimado señor, en respuesta a su anuncio...» A veces se anuncia en el *Times*. Cristo... pon un papel nuevo en el rodillo.

¿Cuántos intentos tuvieron que hacer hasta que ella estuvo satisfecha con la carta? ¿Tres? ¿Cuatro? Al fin, la carta perfecta, definitiva: «Estimado señor, en respuesta a su anuncio del *Times*, creo tener justamente lo que usted busca. Como mi casa está cerca de la suya, ¿tendría inconveniente en venir, para que se la muestre? Las cuatro de la tarde del sábado sería perfecto. Atentamente...»

—¿Y cómo voy a firmarla?

—Es mejor que no pongas tu verdadero nombre.

La firmó como Francis Duval. Ella la dobló y le hizo mecanografiar el sobre: «Harvey Janus, Combe Park, Wintry Hill, Loughton, Essex.»

Con una sonrisa de indulgencia convertida casi en mueca de desagrado, Gray dijo:

—No tengo monedas antiguas, Dru.

—Yo te conseguiré una. Tiene una caja llena de monedas sin valor, de las que compró al principio de su colección creyendo que eran valiosas. Te daré un denario romano.

—Entonces se dará cuenta de que yo no voy en serio.

—Claro. ¿Y qué? Pensará simplemente que no sabes lo que te traes entre manos. Te dirá que no es lo que busca y tú contestarás que lo sientes pero que, ya que está aquí, ¿por qué no se toma una taza de té?

—Dru, empiezo a cansarme de este juego.

Oh, Libertad, cuántos crímenes... El timbre de la

puerta estaba sonando y, como nadie abría, Gray se levantó de la cama. Sobre la mesa del vestíbulo había una nota: «Voy al pueblo a comprar. Tú cuida a tu mamá. Honoré.» Abrió la puerta. En el umbral había un hombre corpulento y entrado en años, con traje gris y sombrero de fieltro. Gray reconoció en él al alcalde, a quien Honoré, en alguna ocasión anterior, le había señalado por la calle.

—*Entrez, Monsieur, je vous en prie*.

En un inglés muy bien pronunciado, casi perfecto, el alcalde dijo:

—¿Mr. Graham Lanceton? Acabo de ver a su padrastro en el pueblo y me ha pedido que viniera a verlo a usted. ¿Cómo se encuentra su pobre madre?

Gray replicó que sin novedad. Hizo pasar al alcalde a la sala. Después de lo que Honoré había dicho de él, el dominio del inglés del alcalde lo sorprendía. Pero era algo típico de Honoré que, con su arrogancia característica, probablemente se había convencido de que, como lingüista, le daba cien vueltas al primer edil. Advirtiendo su sorpresa, el alcalde sonrió y dijo:

—Hace mucho tiempo pasé un año en su país, trabajando para una empresa de Manchester. Hermosa ciudad.

Gray había escuchado opiniones totalmente opuestas, pero se las calló.

—Creo que deseaba usted... bueno, darme su opinión sobre mi libro. —Más valía acabar con aquello rápidamente.

—No pretendo ser un experto ni un crítico literario, Mr. Lanceton. Me gustó su novela. Me trajo felices recuerdos de Manchester.

Habida cuenta que *El vino del estupor* ocurría exclusivamente en Notting Hill, Gray no terminó de entender aquello, pero le alivió librarse de la sesión de crítica. El alcalde, que se había sentado, permanecía en silencio, en apariencia totalmente a sus anchas.

—¿Le apetece un café? —preguntó Gray.

—No, prefiero un té, si no le importa.

¡Menuda petición!, pensó Gray. En Le Petit Trianon jamás había entrado un paquete de té.

—Lo lamento pero no hay té.

—Carece de importancia. No he venido a tomar café, ni té, ni a discutir sobre literatura contemporánea.

Entonces, ¿a qué había ido? El alcalde permaneció tranquilamente en silencio durante casi un minuto. Luego, echándose hacia adelante, dijo lentamente:

—Su padrastro es un caballero de gran vitalidad. Exuberante, creo que es la palabra.

—Bueno, es *una* palabra.

—Un hombre impulsivo y, según creo poder afirmar, propenso a nuestro vicio nacional, muy común entre los campesinos. Se trata, triste es decirlo, de la codicia. Pero... ¿qué importancia tiene un pequeño defecto entre tantas virtudes?

El inglés del alcalde se hacía más correcto, y su vocabulario más complicado con cada frase. A Gray le recordaba los parlamentos de los abogados de las novelas victorianas. Escuchó, intrigado y fascinado a un tiempo.

—Se trata del deseo de conseguir algo por nada o por casi nada, de arrojar migas a las aguas y cosechar hogazas de pan.

—No entiendo muy bien adónde pretende ir a parar, monsieur.

—Bien, entonces quizá sea preferible que abandone las metáforas y abrevie. Tengo entendido que usted espera que, cuando a su madre le ocurra algo, usted la heredará.

Desconcertado, Gray replicó:

—Yo heredaré la mitad, sí.

—Pero... ¿la mitad de qué, Lanceton? Escuche, tenga la bondad. Déjeme que le explique. La mitad de lo que su pobre madre deje cuando pase a mejor vida (como ve, sé que a los ingleses no les gusta utilizar el término frío y exacto), esa mitad, como digo, será simplemente la mitad de esta cabaña.

Gray frunció el entrecejo.

—No entiendo. Cuando volvió a casarse, mi madre tenía bastante dinero en inversiones, y...

Cortésmente, el alcalde lo interrumpió:

—«Tenía» es la palabra clave. Quiero ser totalmente franco con usted. Monsieur Duval reinvirtió ese dinero o, si lo prefiere, especuló con él. Creo que había una mina, un ferrocarril que debía ser construido y no lo fue. Puede imaginárselo.

Gray se lo imaginaba. No sabía nada de la bolsa de valores, salvo lo que todo el mundo sabe: que en ella es más fácil perder que ganar. Pero no se sentía furioso, y ni siquiera defraudado. ¿Cómo había podido esperar que, realmente, él iba a recibir dinero, fuera de la procedencia que fuera?

El abogado victoriano continuaba:

—En consecuencia, Mr. Lanceton, si usted reclamase su herencia, como tiene pleno derecho a hacer, lo único que conseguiría sería privar a un pobre anciano del techo que lo cubre. Y estoy seguro de que usted no quiere eso.

—No —replicó tristemente Gray—. No sería capaz de hacer algo así.

—Bien. Excelente. —El alcalde se levantó, sonriente—. Estaba seguro de que mis palabras serían eficaces. —Y, con cierta pomposidad, añadió—: A fin de cuentas, hablamos el mismo idioma.

—¿De qué vivirá Honoré? —preguntó Gray, estrechando la mano del alcalde.

—El pobre hombre tuvo la previsión de meter algún dinero en un fondo de pensiones, y le queda una pequeña cantidad.

Muy propio de Honoré.

—Adiós —dijo Gray.

—No seré tan optimista como para desear que su madre se recupere, Mr. Lanceton. Sin embargo, espero que sus sufrimientos no se prolonguen.

El alcalde y Honoré debían de haber quedado en encontrarse en alguna parte para comentar el resultado de la entrevista, ya que cuando Honoré volvió con la bolsa de la compra llena, su actitud era, por utilizar la palabra que había usado el alcalde, exuberante. Incluso abrazó a Gray.

—¡Mi hijo, mi muchacho! ¿Cómo está la mala mujer? ¿Hablaste con ella? ¿Y el pobre animal?

Con una sensación de irrealidad, Gray replicó que todo estaba ya arreglado.

—Entonces, yo preparo el almuerzo. Hoy tenemos *croque monsieur*.

—No, yo lo preparo. —Ni siquiera aquel sencillo (pese a su nombre grandilocuente) plato resultaba seguro en manos de Honoré, quien, con toda seguridad, añadiría hierbas y ajo al queso—. Tú ve a cuidar a mamá.

Pobre Honoré. Y realmente pobre. Cortando el queso, Gray intentó analizar la extraña calma, incluso el alivio, que sentía. Mientras lo tenía por rico, Honoré le había resultado odioso. Ahora que lo sabía pobre, sentía hacia él una especie de camaradería. La tacañería con el agua del baño, los gritos de «¡Extingue, por favor!», la obsesión por el gasto telefónico... ¿no eran, a fin de cuentas, las mismas economías que él se veía obligado a hacer? Lo divertía pensar en aquellos dos, Honoré y el alcalde, intentando reunir valor para contarle la verdad, temerosos de su justa ira. Pero él no se sentía furioso en absoluto. Probablemente, de haber sido Honoré, él hubiera hecho lo mismo: perder el dinero en una inversión disparatada y luego enviar a algún intermediario más valeroso para que se lo confesara todo a su juez.

No, no estaba furioso, sino un poco avergonzado de sí mismo por haber acusado mentalmente a Honoré de pretender librarse de su esposa. No todos los cónyuges eran como Drusilla.

—Basta de fantasías —le había dicho a Drusilla—. Es tan absurdo como hacer planes de lo que harías si te tocaran las quinielas.

—No, no lo es, porque las quinielas no puedes amañarlas. Pero esto sí. Déjame que envíe la carta. Aún la tengo.

—La fecha se ha quedado atrasada.

—Pues escribe otra. ¿A qué día estamos? Primero de julio. «Estimado señor, en respuesta a su anuncio...»

—Me voy a dar un paseo. Si lo único que quieres es jugar a ese estúpido juego, no me apetece estar contigo.

—No es ningún juego. Va en serio.

—Muy bien: digamos que va en serio. ¿Quieres escucharme de una vez por todas? Aparte de la cuestión moral, no resultaría. Probablemente, Tiny no moriría. Se sentiría raro, vería las cosas distorsionadas, y detendría el coche. Luego pediría a algún automovilista que pasara que llamase a la policía, y la primera persona a la que irían a buscar sería a mí.

—No lo conoces. Siempre conduce muy deprisa. No podría frenar a tiempo. Y nadie sabría nada de ti, porque yo conseguiría la carta y la quemaría.

—Quémala ahora —dijo él.

Saliendo de su ensimismamiento, Gray miró a Honoré, sentado a la mesa frente a él, comiendo tostadas con queso. Tenía los ojos relucientes e inquisidores, pero de pronto Gray se dio cuenta de que no eran los malignos ojos de un asesino potencial. A Honoré le faltaba inteligencia para ser malvado. Y Gray reparó también en el hecho de que, desde su llegada a Le Petit Trianon, era la primera vez que él ayudaba en algo. Honoré se había encargado de todo y, en conjunto lo había hecho bien.

—¿Por qué no sales a dar una vuelta? —preguntó a Honoré—. Necesitas distraerte. Llévate el coche.

El Citroën apenas se usaba. Vivía en el garaje, bajo una funda de nailon de la que sólo salía una vez a la semana para ser lavado y pulido. Pero ahora Gray también comprendía aquello.

—¿Adónde voy a ir?

—A visitar a un amigo. Al cine. No sé.

Honoré alzó las manos y sonrió con su simiesca sonrisa.

—Yo también no lo sé, Gray.

Así que los dos se quedaron en el cuarto de Enid,

esperando que la mujer muriese. Gray leyó intermitentemente *El camino de la carne*. Sostuvo la mano de su madre, sintiéndose muy calmado, muy tranquilo. Su madre estaba muriendo, pero él ya no tenía ningún motivo para desear que se produjera el desenlace. No tendría dinero que le permitiera vivir sin trabajar, que lo redujera a la seguridad del ocio. La perra ya debía de estar a salvo. Drusilla no tardaría en llamarlo, él le daría las gracias, y luego se dirían un digno adiós. Era maravilloso sentirse tan libre, saber que no hacía falta cometer un crimen para garantizarse la libertad.

El cielo del anochecer estaba encapotado, como si se fraguase una tormenta. Quizá no para ese día ni para el siguiente, pero sería pronto. Honoré se había ido al Écu, pues Gray le había dicho que le sentaría bien y que no servía de nada que se quedase con Enid.

Gray, que estaba tranquilo desde el mediodía, como si al vomitar se hubiese librado de algo más que del malestar físico, comenzó a sentirse cada vez más tenso. Le apetecía sentarse fuera, entre los gnomos o trípodes. Si dejaba abiertas las puertas, escucharía el timbre del teléfono, ya que había dejado el aparato en el suelo del vestíbulo, cerca de la puerta de la cocina. Pero, aunque salió al jardín, no logró concentrarse en los últimos capítulos del libro.

Era jueves, y los jueves a las seis, Tiny tenía su reunión masónica. Drusilla podría haberle telefoneado a aquella hora. ¿Por qué no lo hizo? Se decía una y otra vez que lo único que a él le interesaba era el bienestar de la perra. Sólo le preocupaba el animal e Isabel. Drusilla no era más que una ex amante que sólo le interesaba como interesan los viejos amigos: cuando pueden hacerle a uno un favor.

Era jueves. Muy probablemente, Drusilla seguía sacando el máximo partido de las noches de los jueves. Probablemente las pasaría con aquel tipo, el tenista, Ian no-sé-cuántos. Quizá en aquellos mismos momentos estuviese con él y no telefonease hasta que el hombre se hubiera marchado. Gray le dio vueltas a esa idea, que le resultó en extremo desagradable, y entró de nuevo en la casa. El perro del granjero había dejado de ladrar. Sin duda, le habían soltado. Ya estaba oscuro, y resultaba difícil ver el teléfono, también atado a su traílla, un cordón que desaparecía por el resquicio de debajo de la puerta.

Las diez. Entró a echarle un vistazo a su madre, que había dejado de roncar y dormía con la boca abierta. ¿Y si Drusilla no telefoneaba? ¿Y si, por venganza, había prometido ocuparse de la perra para luego no hacer nada? Podía telefonearle él. Si iba a hacerlo, más valía que se diera prisa, pues en media hora ya sería demasiado tarde. Pero ella lo llamaría. Nunca cambiaba de idea, y siempre hacía lo que se proponía.

Se puso en pie frente al teléfono, dándole la orden mental de que sonase de una vez. Apretó los puños, tensó los músculos y ordenó:

—Suena, maldito. ¡Suena de una vez, so cabrón!

El aparato obedeció inmediatamente y sonó.

# 13

Una vez hizo frente al chorro de francés coloquial que surgió del teléfono, cuando le hubo dicho a monsieur Reville, el vidriero, que su madre seguía igual y que Honoré había ido al Écu, Gray descorchó la botella de cognac y se sirvió. A fin de cuentas, Honoré se quedaría con todo lo demás, y no iba a regatearle una copa.

Si Drusilla no llamaba, él no podría dormir. Sin embargo, aquello era ridículo, ya que, si ella no había ido a la choza, ahora *Dido* estaría muerta, y seguir preocupándose era inútil. Bebió un poco de cognac y guardó la botella. Le habría gustado saber exactamente cuál era la causa de su preocupación. Honoré estaba fuera, y él podía telefonearla sin problemas. Aún faltaba media hora larga para que llegase Tiny y hubiera peligro. Ya la había telefoneado una vez, dos si contaba la llamada desde Marble Arch, y lo que en realidad contaba era el primer paso.

¿No sería que seguía teniendo miedo de volver con ella? ¿O tal vez lo que le daba miedo fuese *no* volver con ella? Recuerda cómo es, se dijo, recuerda lo que quería que hicieses...

—«Estimado señor, en respuesta a su anuncio...» Pon

la fecha: 21 de noviembre. Pero venga, Gray... Levántate; ya lo hago yo. Cualquier idiota puede escribir a máquina, digo yo. Dios, aquí hace un frío siberiano. Cuando él haya muerto y estemos juntos para siempre, no volveremos a pasar frío. Tendremos un piso en Kensington, y si la calefacción central no sube la temperatura a veinticinco grados como mínimo, la cambiaremos por un sistema nuevo.

—No vamos a estar juntos para siempre, lo sabes perfectamente. Seguiremos como estamos hasta que uno de los dos se canse del otro.

—¿Qué quieres decir con eso? Hace un rato, cuando estábamos arriba, no me ha parecido ver indicios de cansancio por ninguna parte.

Gray se apartó de ella y fue a calentarse las manos en el calefactor, dirigiendo una cansada mirada a la ventana llena de escarcha, por la que se veían la tierra helada y los árboles desnudos. En torno a los hombros, Drusilla se había puesto su zorro rojo, más áspero y brillante que su cabello.

—En la vida hay otras cosas, además del sexo —dijo él.

—¿Como qué? ¿Como vivir en un tugurio helado? ¿Como agobiarte por los libros que no escribes y el dinero que no ganas? Pienso mandar esta carta y para la primavera, pongamos en marzo, estaremos viviendo juntos, con todo el dinero de Tiny en una cuenta conjunta. Dios, tengo los dedos helados y no puedo escribir. Hazlo tú.

—Dru, acabas de decir que no ves indicios de cansancio. Es cierto: no estoy cansado de hacer el amor. No creo que nunca me canse de hacer el amor contigo. Pero estoy harto de que me des la lata con esa majadería de matar a tu marido. Es grotesco.

Ella golpeó el teclado con ambas manos, de modo que los tipos se levantaron y se encallaron unos con otros. Sus ojos echaban chispas.

—¿Qué es lo que encuentras grotesco? ¿A mí?

—No he dicho eso; pero sí; cuando hablas de hacer que ese pobre diablo se estrelle con su coche, me pareces no sólo grotesca, sino también un poco loca.

—¡Maldito seas! ¡Maldito seas! —Gray tuvo que sujetarla para evitar que le arañase el rostro. Ella se calmó, y el chaquetón se le cayó de los hombros, quedándose sólo con el fino vestido tan poco adecuado para la choza. Y luego, naturalmente, ocurrió lo inevitable. Porque ella era Drusilla quien, desnuda, cálida y sinuosa bajo las mantas, lo era todo menos grotesca, todo menos estúpida...

La grabación que su cerebro estaba reproduciendo se cortó súbitamente. Alto, alto, recuerda los malos momentos. Olvida que, hasta el último día, los malos momentos siempre terminaron en buenos momentos. Las diez y veinte. Ella no iba a telefonear. El maldito aparato, amarrado al extremo de su cable, no volvería a sonar aquella noche.

Se encontraba a mitad de camino de la alacena en que estaba el cognac cuando el timbre sonó. Gray se sobresaltó de forma tan violenta que le resultó hasta dolorosa. De un salto estuvo junto al teléfono, acuclillado, jadeando:

—¿Sí, Dru, sí?

—Hola —dijo ella.

La frialdad de su tono congeló los recuerdos, disipó la añoranza y el temor.

—¿Qué ha pasado? ¿Encontraste a la perra?

—La encontré. —Una larga pausa—. Dios bendito, Gray —siguió, con un desagrado casi exquisito, totalmente impropio de ella—, ¿cómo pudiste hacer una cosa así?


—¿Está muerta? —Gray se encontraba sentado en el suelo, con la cabeza contra la pared.

—No, estaba viva; pero apenas.

Él lanzó un largo suspiro.

—¿Qué ha pasado? —repitió.

—Llevé un poco de leche y pollo. Me dio un poco de miedo abrir la puerta de la cocina, pero fue un miedo infundado, porque la pobre estaba demasiado débil para moverse. ¡Dios, no quieras saber la peste y la suciedad que había en aquella cocina! Lo había puesto todo perdido de heces y babas.

—Oh, Dru... —La cabeza comenzaba a zumbarle. En parte era el cognac y en parte la conmoción, aunque debería sentirse aliviado. Aquello era lo mejor que podía haber ocurrido.

Secamente, Drusilla comentó:

—Ojalá te encerraran durante tres días en una celda sin comida ni agua, a ver qué tal te sentaba. Y, de todas maneras, ¿por qué no llamaste a la policía?

¿Por qué no lo había hecho? Era lo obvio.

—No se me ocurrió.

—¿Hoy tampoco la has telefoneado?

—No, claro que no.

—¡O sea que lo dejaste en mis manos! Típico. ¿Quieres enterarte del resto? La llevé hasta el coche y no puedes figurarte lo que pesaba... En el coche le di un poco de leche, pero el pollo no pudo comerlo. Luego la llevé al veterinario.

—¿A cuál?

—A un tipo de Leytonstone.

—¿*Leytonstone*? ¿Por qué diablos...?

—Porque iba a la ciudad y me cogía de camino.

—Ya. —Cuando iba a Londres, Drusilla siempre dejaba el coche en el parking de la estación de metro de Leytonstone. Pero haber ido en aquellas circunstancias... Parecía un exceso de indiferencia, de insensibilidad. Además, ¿a qué había ido? ¿A comprar ropa? ¿A encontrarse con alguien?—. ¿Fuiste a Londres?

—¿Y por qué no? No es mi perra, como me apresuré a decirle al veterinario, pues no quería que creyese que yo soy capaz de hacer cosas así. Será mejor que apuntes su dirección y vayas a verlo en cuanto regreses. Es el 21 de George Street. ¿Lo recordarás?

—Sí, claro. Te estoy muy agradecido, Dru. Debí llamar a la policía, claro. Debí... —Se interrumpió, buscando las palabras adecuadas para terminar la conversación. Ella le había hecho el favor que le había pedido, y ahora había llegado el momento de la digna despedida. Gracias, sin rencores, quizá algún día volvamos a vernos, y, hasta entonces, gracias...—. Bueno, Dru, quizá después de todo este trauma podamos vernos un día de estos y... Bueno, ya sabes lo que quiero decir. Nunca olvidaré lo que tú... O sea que yo nunca...

Como si él no hubiese hablado, ella dijo:

—Al regresar de la ciudad me pasé por la choza y limpié un poco.

—¿Que hiciste *qué*? —Alguna vez le había comentado que la única limpieza que ella era capaz de hacer era una limpieza facial. Y ahora Drusilla, con sus blanquísimas manos, había limpiado la inmunda cocina de la choza. No daba crédito a sus oídos—. ¿Por qué lo hiciste?

—¿Por qué fui a por la perra? ¿Por qué hago cualquier cosa por ti? ¿Acaso no lo sabes?

Adiós, Drusilla. Buenas noches, dulce dama, buenas noches. Dilo, dilo de una vez, le susurró apremiantemente Don Juan. Pero notaba un fuerte temblor en la garganta que le impedía articular palabra. Apretó la mejilla contra la pared, intentando enfriar su recalentada cabeza.

—No lo sabes, ¿verdad? —La voz de Drusilla se había hecho muy suave—. Maldito lo que te importan mis sentimientos. Cuando necesitas que te saque de un lío, me usas y eso es todo. Por lo que a ti respecta, lo demás está muerto y olvidado.

Él, en un susurro, replicó:

—Y tú sabes perfectamente por qué está muerto y olvidado. —Aferrándose a la última hebra de cordura, añadió—: Teníamos que separarnos. Yo no podía hacer lo que me pedías.

—¿Aquello? Bah, ya he desistido. No hubiera resultado, ahora me doy cuenta. —Hizo una pausa y, en voz baja e infantil, como a regañadientes, añadió—: Intenté llamarte un montón de veces.

El corazón le latía a toda prisa.

—¿Los jueves por la noche?

—Claro.

—Dejaba el teléfono descolgado.

—Pero... qué estúpido —suspiró ella—. No tienes remedio. En enero quise decirte que había renunciado a mis planes. Dios, me sentía tan sola y tenía tantas ganas de hablar contigo... Y tu línea siempre estaba comunicando, siempre. Llegué a pensar que... No importa.

—¿Por qué no viniste a verme?

—¿Para encontrarte con otra chica?

—No ha habido otra chica. No ha habido nadie. Yo también estaba solo.

—Entonces, somos dos estúpidos sin remedio, ¿no? Asustados el uno del otro mientras, en realidad, durante todo este tiempo... Bah, ¿para qué seguir? Tú estás en Francia, yo estoy aquí, y Tiny aparecerá en cualquier momento. Será mejor que lo dejemos antes de que digamos demasiado.

Gray recuperó toda la potencia de su voz, y casi gritó:

—¿Demasiado? ¿Cómo podríamos decir demasiado? ¿No te das cuenta de que llevamos todo este tiempo separados por un estúpido equívoco? Nos hemos torturado por nada...

—Tengo que colgar. Llega el coche de Tiny.

—No cuelgues, por favor. No, debes hacerlo. Claro que debes. Escucha: te llamo por la mañana, a las nueve, en cuanto Tiny se haya ido. Dios, Dru, soy tan feliz...

Un silbante susurro lo interrumpió:

—Entonces, hasta mañana.

El teléfono se acalló delicadamente. En el oscuro y caluroso vestíbulo, Gray permaneció sentado en el suelo, acunando el receptor entre sus manos, escuchando el eco o el recuerdo de su voz. Se le aquietó el corazón y el cuerpo se relajó como un resorte de muelle al quedarse suelto. La felicidad, la alegría lo embargaban, produciéndole el deseo de salir y cantar, abrazar a los trípodes, gritar al pueblo dormido de Bajon que había recuperado a su amada.

En lugar de eso, se puso en pie y entró en el cuarto de su madre. Enid yacía de espaldas, respirando dificultosamente, con los ojos cerrados. En los tiempos en que él no tenía mucho que contar, había podido contárselo todo, y ella escuchaba y entendía. Si ahora estuviera consciente, ¿entendería a su hijo? ¿Acaso su propia experiencia de la pasión la haría ser más accesible?

Se inclinó sobre ella y dijo:

—Mamá, soy muy feliz. Todo me ha salido bien.

Los arrugados y oscuros párpados de Enid se movieron, dejando ver a medias los ojos. En su estado de euforia, Gray creyó ver en ellos reconocimiento y comprensión y, en aquellos instantes, volvió a amar a su madre, la perdonó por completo. Tomó su rostro entre las manos y la besó en la comisura de los labios como no la había besado desde que era niño.


Madame Roland lo miraba sarcásticamente, y Gray volvió su retrato contra la pared. Ya estaba cansado de que la mujer le lanzase su grito previo a la decapitación. Él lo sabía todo acerca de la libertad, durante los últimos seis meses había tenido libertad hasta hartarse. Había escogido su libertad para evitar cometer un crimen, y ahora pensaba que había cometido un crimen contra él y Drusilla. Que Madame Roland hiciera lo que le diese la gana con su histriónica filosofía de *salón*.

Hacía tanto calor que se acostó desnudo. ¿Cuánto tiempo tendría que seguir allí? ¿Días? ¿Semanas? Si al menos tuviese dinero, podría coger un avión, verla, y regresar a Francia. No era posible; pero... Tener que permanecer allí, esperando y esperando, mientras ella estaba en Inglaterra, ansiando estar con él como él ansiaba estar con ella. Pensó que era una lástima que las sencillas alegrías durasen tan poco, que siempre tuvieran que dejar paso a los planes y a las consideraciones prácticas. Por la mañana, cuando la telefonease, tendrían que comenzar a hacer planes. Por la mañana también telefonearía a Jeff y le diría que no fuese el sábado. Quizá, a fin de cuentas, ya no tuviera que mudarse.

Dentro de un par de semanas, quizá menos, Drusilla volvería a visitarlo en la choza, como antes de Navidad. Y hablarían de esos meses muertos riéndose de su propia estupidez, reduciendo su separación, vista retrospectivamente, a una rencilla no mayor que las otras muchas que habían tenido, un ceño pasajero en el rostro del amor.

En el caluroso y sofocante dormitorio, en el que no corría ni una brisa que agitase las cortinas de la ventana abierta, en el que el aire era cálido y seco a medianoche, resultaba difícil imaginar la nieve. Pero había nevado antes de Navidad, y la noche anterior a Nochebuena Drusilla, la dama del zorro rojo, le había arrojado bolas de nieve, gritando, riendo, mientras paseaban por el bosque helado. Él la tomó en sus brazos y, con su boca apretada contra la de ella, los cristales de nieve fundiéndose sobre los cálidos labios, hicieron el amor sobre la blanca alfombra, bajo las ramas de las hayas, que parecían pieles de foca.

Aquel era un maravilloso recuerdo, que ahora podía degustar, y que no habría sido capaz de evocar si ella no volviese a estar con él. Pero... ¿y la pelea que tuvieron después? ¿Cuántas veces había reproducido mentalmente aquella grabación, inmediatamente posterior a la última ocasión en que hicieron el amor? La última pensó. La última vez. Pero ahora dejaría de ser la última vez. Incluso aquel acto de amor dejaría de estar asociado con la pelea, y la pelea en sí desaparecería por un desagüe del embalse del tiempo.

Se revolvió, quedando boca arriba sobre la arrugada sábana. Jueves, naturalmente. Aquella noche haría 24 semanas justas. En la choza no había adornos navideños, pues pensaba pasar la Navidad en Londres con Francis.

Pero el regalo de ella estaba en la cocina, sobre la tapa de la bañera, una cadena de plata de la que colgaba una Mano de la Fortuna también de plata (vendida tiempo ha) y en torno al regalo, los envoltorios rojos y dorados que él había roto con amor y gratitud. Él había sacado del banco una cantidad absurda, mucho mayor de lo que podía permitirse, para comprarle *Amorce dangereuse* y ella rió, encantada, y se salpicó con ella el zorro rojo, aunque podría haberse comprado litros y litros del perfume sin que su economía se resintiera.

Entraron en la choza para que ella recogiese el perfume antes de regresar en coche a Combe Park. Él se había puesto la cadena para salir al bosque, y la notó fría sobre su piel, pero ahora, bajo la camisa y la camiseta, se había caldeado por el calor de su propio cuerpo. Naturalmente, quien había pagado el regalo era Tiny. El padre de Drusilla no mandaba a su hija más de un cheque por año.

—¿Y qué? —había preguntado ella, y eso fue el principio. O no, porque todo comenzó mucho antes. Sólo fue el principio de la última pelea, el principio del fin—. Tengo derecho a parte de lo que él gana ¿o no? Piensa que es mi sueldo. ¿Acaso no cuido su hogar, y cocino para él, y duermo con él? Sólo me paga dos mil libras anuales, y a ese precio resulto muy barata.

—¿*Dos mil libras*? —Un año, casi había logrado ganar esa cantidad, pero nunca más.

—Venga, Gray, ¿vamos a discutir por una cadenita de cinco libras? Además, sólo es un anticipo. Muy pronto, todo será tuyo.

—No empieces de nuevo, Dru. Por favor.

No empieces de nuevo, se aconsejó a sí mismo, tendiendo la mano hacia el vaso que había dejado junto a la cama. ¿Por qué recordar aquella pelea ahora? Drusilla ya había desistido de su idea, lo había dicho. Nunca volvería a oírle repetir aquellas cosas.

—Mira, Gray, siéntate y escucha. La verdad es que nunca creíste que esto sólo fuera un jueguecito mío. Te lo tomaste tan en serio como yo, pero te falta el valor que yo tengo.

—Por favor, déjate de hacer de Lady Macbeth conmigo, Drusilla.

—Bueno, Macbeth terminó haciendo lo que ella quería, ¿no? Y lo mismo ocurrirá contigo. Escribiremos otra carta y tú puedes comprar el ácido mientras estás en Londres. Te daré el dinero.

—Gracias. Ese pobre diablo pagará hasta por su propio veneno. Eso está bien. Parece cosa de los Borgia. El juez hará maravillas con eso: «El infortunado Harvey Janus, asesinado por su esposa y el amante de ella con un alucinógeno comprado con el dinero del propio difunto.» Encantador.

Drusilla se sentó a escribir la carta. Gotas de agua perlaban su zorro rojo. El calefactor de petróleo encendido, llama azul, incandescente; la nieve espesa, silenciosa, tras los tiznados cristales de la ventana.

—Dru, ¿quieres olvidar esa idea de una vez? ¿Me prometes que no volverás a mencionarla?

—No. Lo hago por ti. A la larga, me lo agradecerás. Me estarás agradecido por el resto de tu vida.

El reloj que ella le había regalado marcaba las diez y diez; la Mano de la Fortuna que ella le había regalado reposaba cálidamente sobre su pecho; la nieve derretida formaba charcos en el suelo.

—Es inútil, Gray. Nunca renunciaré a mi idea.

—¿Renunciarás a mí?

Drusilla estaba doblando la carta, metiéndola en un sobre.

—¿A qué viene esto?

—A que no puedo seguir así. Da lo mismo lo que hagamos o de lo que hablemos. Contigo, todos los caminos conducen a matar a Tiny.

—Eso se terminará en cuanto lo mates.

—No, hay otro modo. —Hablaba sin mirarla—. Eso también se terminará si no vuelvo a verte.

—¿Estás diciendo que te has cansado de mí?

—No, no creo que haya hombre capaz de cansarse de ti. De lo que estoy cansado es de *esto*. Estoy harto, Drusilla. En estas circunstancias, nunca lograré pensar en lo que hubo entre nosotros sin que la sombra de tu plan envenene ese recuerdo.

—¡No eres más que un cobarde, un gallina!

—Muy cierto. Soy demasiado cobarde para matar a nadie, y demasiado cobarde para seguir siendo tu amante. Eres demasiado para mí. Detesto que acabemos así, pero sabía que iba a ocurrir. Llevo semanas sabiendo que no volveré a verte, Dru.

—¡Maldito hijo de puta, te odio! ¡Esto es lo que pienso de tu cochino regalo de Navidad! —El frasco se rompió contra el calefactor, volaron los cristales, se elevaron nubes de fragante vapor—. Pensaba hacer de ti un hombre rico, darte cuanto quisieras.

—Adiós, Drusilla. Fue un placer... mientras duró. El mayor placer que he tenido.

—¡Cochino mentiroso! ¡Ingrato de mierda!

Adiós, Drusilla, buenas noches, dulce, dulce dama, buenas noches, buenas noches...

—Buenas noches, Drusilla —dijo en voz alta—. Buenas noches, mi amor. Hablaremos mañana.

Se quedó dormido e inmediatamente comenzó a soñar. Iba con Tiny en el veloz coche rojo. No tenía mucho espacio, pues Tiny era inmenso y llenaba su propio asiento y la mitad del contiguo, y conducía rápidamente, zigzagueando por el camino del bosque. Gray intentaba decirle que fuera más despacio, pero la voz no le salía. Se había quedado mudo y cuando se llevó los dedos a la lengua la notó —¡el horror!— hendida, bífida como la de una serpiente, muda, inhumana... Luego, el verde redondel de la glorieta apareció ante ellos, verde y cubierto de nieve, y Tiny iba a embestirlo. El coche rojo y Tiny iban a estrellarse y él, Gray, iba con ellos. También él estaba atrapado en el coche destrozado y en llamas, las cuales lo envolvían mientras intentaba salir. Había alguien que daba golpes sobre el techo del coche.

Pero no era alguien que acudía a auxiliarlos, sino ella. Drusilla golpeaba el techo del Bentley rojo para cerciorarse de que los dos estaban muertos...

Jadeó:

—No, no... ya he tenido suficiente... déjame en paz...

Y de pronto el sueño y las llamas y la nieve desaparecieron, y la luz, los olores y el bochorno franceses. Volvieron a materializarse a su alrededor.

—¿Qué..? ¿Quién es...? ¿Qué pasa...?

En el dormitorio la luz del día entraba a raudales y alguien estaba llamando a la puerta. Gray se envolvió en la sábana arrugada. Fue trabajosamente hasta la puerta y la abrió. En el umbral estaba Honoré, con su bata de dragones y el rostro amarillento y demacrado.

—¿Qué...?

—*C'est fini.*

—¿Cómo...? No entiendo... Estaba dormido.

—*C'est fini. Elle est morte.*

—No puede haber muerto —dijo estúpidamente Gray—. Esto no ha terminado, es sólo el principio...

Y fue entonces, y sólo entonces, cuando comprendió que Honoré se refería a su madre.

Enid Duval había muerto al fin.

# 14

Con un hilillo de voz, Honoré preguntó:

—¿Tú entras a verla?

—Sí, como quieras.

De la tez de Enid había desaparecido el tono amarillo, y la muerte había suavizado sus arrugas. Parecía de cera, y sus ojos vidriosos eran como opacas canicas de porcelana azul.

—Deberías cerrarle los ojos —murmuró Gray, y luego miró a Honoré, que estaba en el lado opuesto de la cama, mudo, silencioso, con lágrimas en las mejillas—. ¿Estás bien, Honoré?

El otro no dijo nada. Se derrumbó sobre la cama, se abrazó a la difunta y se quedó aferrado a ella, emitiendo tenues sonidos animales.

—Honoré...

Suavemente, Gray lo hizo levantarse y luego lo condujo hasta la sala. Su padrastro se derrumbó en un sillón, temblando, con la cabeza gacha. Gray le dio cognac y al beberlo Honoré se atragantó. Entre sollozos y en francés musitó:

—¿Qué voy a hacer? ¿Qué será de mí?

Y en aquel momento, Gray se dio cuenta de su error:

su padrastro había amado a Enid. No era cierto que todo el amor lo hubiera puesto su madre, era evidente que fue plenamente correspondida. No se trató de una cínica adquisición, sino de verdadero amor. ¿Y el odio, el desagrado, que había visto reflejado en el rostro de Honoré cuando la alimentaba? ¿Acaso no era lo que cualquier hombre hubiese sentido? El disgusto no era hacia ella, sino hacia la vida, hacia el mundo en el que tales cosas sucedían, en el que la mujer a la que amaba se convertía en un animal indefenso y babeante. La había amado. No era una caricatura, ni un chiste morboso, sino un ser humano con sentimientos humanos. Gray olvidó su rencor y su aversión hacia Honoré. De pronto sentía enormes remordimientos por haberlo comprendido tan mal, por reírse de él y despreciarlo. Y, por un momento, olvidó que no era hijo de Honoré, y aunque nunca antes había hecho aquello con un hombre, abrazó a su padrastro estrechamente, y lo olvidó todo menos el dolor del viudo.

—¿Qué voy a hacer sin ella, hijo mío? —murmuró, en francés—. Sabía que estaba agonizando, que iba a morir, pero...

—Ya lo sé. Comprendo.

—La amaba tanto... Como a ninguna otra mujer.

—Sé que la amabas, Honoré.

Gray preparó café y telefoneó al médico. Luego, a las nueve, hora en que abría la tienda de Marsella donde trabajaba, telefoneó a la hermana de Honoré. Madame Derain accedió a ir. Entre las erres vibrantes y las vocales guturales que le llegaban del otro extremo de la ruidosa línea telefónica, Gray entendió que la mujer llegaría el lunes, una vez se pusiera de acuerdo con sus jefes.

El día prometía ser agobiante y bochornoso, pero menos caluroso, pues el sol estaba velado por las nubes. Llegó el médico, y luego el padre Normand, y después una anciana, una viejecilla muy francesa que parecía salida de una obra de Zola, que se ocupó de amortajar a Enid Duval. Gray, que en aquella casa siempre había recibido el trato de un caprichoso chiquillo de quince años, pues para Honoré se había quedado en la edad que tenía cuando se conocieron, se vio obligado a ponerse al frente de todo. Fue él quien recibió al alcalde y al matrimonio Reville, él quien habló con los de las pompas fúnebres, quien preparó la comida, quien contestó al teléfono. Honoré permaneció derrumbado en el sofá, deshecho, sollozando intermitentemente, llamando de cuando en cuando a su hijastro para suplicarle que no lo dejase. Su inglés, del que tan orgulloso se había sentido y que antes utilizaba como un medio de retar a su hijastro y de demostrar su autoridad, lo había abandonado. Y ahora que hablaba exclusivamente en su francés nativo, dejó de ser un personaje de opereta. Era un afligido viudo, y como tal imponía respeto. De pronto su padrastro le parecía a Gray una persona distinta, y comprendió que jamás lo había conocido.

—¿Te quedarás conmigo, hijo? Ahora que ella ya no está, eres lo único que me queda.

—Tienes a tu hermana, Honoré.

—¡Mi hermana! Han pasado cuarenta años desde la última vez que los dos vivimos bajo un mismo techo. No significa nada para mí. Quiero que te quedes, Gray. ¿Por qué no? Ésta es tu casa.

—Me quedaré hasta después del entierro —prometió Gray.

Le sorprendía la intensidad de su propio dolor. Incluso la noche anterior, cuando volvió a sentir cariño hacia su madre y la perdonó totalmente, pensó que su muerte, cuando se produjera, no lo afectaría. Pero mientras se ocupaba de las mil y una cosas que había que hacer, sentía el peso de un sentimiento muy poco racional. Se daba cuenta de que, durante todos aquellos años, en el fondo más recóndito, había deseado ajustar cuentas con ella. Él expondría su caso, y ella el suyo, se darían explicaciones, y en aquellas explicaciones se disolvería el dolor de ambos. Ahora Enid había muerto, y él lloraba porque ese día ya nunca iba a llegar. Él nunca podría decirle el gran daño que ella le había hecho, y ella nunca podría explicarle el motivo de su conducta.

Drusilla parecía muy lejana. Gray no había olvidado que debía llamarla, únicamente lo estaba retrasando. Más tarde, cuando toda aquella gente se hubiese ido, cuando el teléfono dejara de sonar y él hubiese terminado con las cartas a Inglaterra que Honoré le había pedido que escribiese...

—Mrs. Arcoort y Mrs. Ouarrinaire, y nuestra querida Isabel...

—Isabel está en Australia, Honoré. Yo regresaré a Inglaterra antes que ella.

—Cambia de planes. Quédate conmigo.

—No puedo, pero me quedaré mientras me necesites.

Cuando llevaba las cartas al correo comenzó a llover. Los grandes *camions* que iban por la carretera de Jency le salpicaron de barro las piernas. El entierro se celebraría el lunes, así que podría regresar a casa el martes y quizá esa misma noche viera a Drusilla. Eran casi las cinco y media, se estaba haciendo un poco tarde para llamarla, y el fin de semana se encontraba a punto de comenzar. Quizá fuera preferible dejar lo de telefonearla para el lunes por la mañana. Cuando le dijese lo de su madre, ella comprendería... ¿O no? Se preguntó si su auténtico motivo para no llamarla era el temor a los sarcásticos comentarios que probablemente haría Drusilla. «O sea que al fin se fue al otro barrio», o «¿Cuánto te ha dejado?». No estaba de humor para oír aquellas cosas, ni siquiera de labios de la mujer que amaba, su Dru, que había cambiado e iba a ser suya para siempre.

Oyó el timbre del teléfono cuando estaba entrando en la casa. Lo más probable era que fuese otro amigo de la localidad. Honoré no estaba en condiciones de contestar. Gray fue rápidamente a la habitación en que se encontraba el teléfono, evitando mirar la cama vacía con la colcha azul tendida sobre el desnudo colchón. Por la ventana abierta entraba la lluvia y salía el olor de la muerte. Descolgó.

—Hola.

—¿Dru? —preguntó él, como si pudiera ser otra—. ¿Eres tú, Drusilla?

—No me has llamado —replicó ella, con una voz que encerraba todo un mundo de desolación.

—No —Gray notaba que su tono era cortante; pero no podía evitarlo. Estaba preparándose para replicar a las impertinencias de Drusilla—. No me ha sido posible. Mi madre murió esta madrugada.

Ninguna impertinencia; sólo silencio. Luego, como si hubiera recibido un shock, casi como si la muerta hubiera sido alguien a quien ella conocía y apreciaba, exclamó:

—¡Oh, *no*!

Se sintió emocionado, enternecido por la consternación de su voz. Extrañamente (habida cuenta de que estaban a punto de reanudar su idilio), durante todo el día había sentido a Drusilla más lejos de él, menos presente que en ningún momento desde la Navidad. Ella había sido —ahora se lo podía confesar a sí mismo— casi una carga, un problema extra del que ocuparse. Pero aquel desolado «¡Oh, *no*!», que parecía contener más sentimiento y simpatía que un largo discurso de condolencia, lo enterneció e hizo que su voz temblara un poco.

—Lamentablemente, sí, Dru. Mi padrastro está afectadísimo, y yo...

Ella gimió:

—¡Vas a decirme que no podrás venir! —Parecía descompuesta, desesperada—. Lo noto en tu voz, te quedarás para el entierro...

—Debo hacerlo, querida Dru. Intenta comprenderlo. Hasta que llegue su hermana, Honoré me necesita. Le he prometido quedarme hasta el martes.

—¡Pero *yo* te necesito! —exclamó la chiquilla imperiosa cuyos deseos debían tener siempre prioridad.

—¿Y crees que yo no te necesito a ti? Pero si hemos esperado seis meses, podemos esperar cuatro días más. Esto cambia las cosas, compréndelo.

Dios, que no se ponga difícil, que no me haga una escena en estos momentos. La felicidad que le había producido redescubrirla aún no podía soportar tormentas. Era como si necesitase llevar aquella felicidad consigo, intacta e incólume, durante los siguientes días, como un talismán, como un refugio en el que protegerse cuando la tristeza y el dolor se agudizaran, y cuando las consideraciones de tipo práctico se hicieran exasperantes. Escuchó el ominoso silencio, que parecía preñado de protestas, petulancia, resentimiento.

—Por favor, Dru, no me pidas que incumpla mi promesa.

Temió que colgara bruscamente el teléfono. Pero no, ni le colgó ni estalló en protestas, y cuando rompió el silencio su voz tenía el mismo tono cortante del miércoles por la mañana.

—Pues no me queda otro remedio. Aún no te he dicho por qué he telefoneado.

—¿Acaso alguna vez necesitamos razones para hacerlo?

—No, pero resulta que esta vez hay una. El doctor quiere verte.

—¿Qué doctor? —preguntó él, sin comprender.

—El veterinario, ¿ya no te acuerdas?

*Dido*. No era que se hubiese olvidado de la perra, sino que, como ya la habían rescatado de la choza, alimentado y atendido, pensaba que el problema ya no existía.

—¿Para qué quiere verme?

—Lo telefoneé hoy para ver cómo iba todo. Dice que la perra tiene el hígado mal, algo grave, y que su estado es crítico. Antes de operarla necesita hablar con el amo o con alguien que actúe en su representación. Gray, yo no puedo ocuparme de eso, no puedo asumir la responsabilidad, ¿comprendes?


Gray se sentó pesadamente en la cama de Honoré, recordando la última vez que vio a *Dido*: vigorosa, vital, rebosante de salud. Le resultaba horrible pensar que su falta de responsabilidad había destruido todo aquello.

—¿Cómo es posible que tenga el hígado mal? —preguntó—. Quiero decir que si se tratase de desnutrición podría comprenderlo, pero... ¿una lesión de hígado? ¿Qué puedo hacer respecto a eso? ¿De qué servirá que yo vaya?

—El doctor quiere verte mañana —insistió ella—. Yo le dije que vendrías. No veo por qué no. A fin de cuentas, Londres no está tan lejos. Muchas veces, Tiny va a París y viene en el mismo día.

—Pero Dru, ¿no te das cuenta de lo absurdo que es esto? Tú misma puedes decirle que bueno, que opere, que haga lo necesario para salvar a la perra. Yo pagaré. Conseguiré dinero de algún modo, y pagaré.

—Pero tienes que venir a ocuparte personalmente del asunto. Escucha, si vienes, te prometo que luego me reuniré contigo en la choza.

La mano de Gray se crispó en torno al receptor, y un largo escalofrío, casi doloroso, le recorrió el cuerpo. Pero aquello era imposible...

—No puedo permitirme volar con esa facilidad. No soy de la *jet-set,* y lo único que tengo son tres libras.

—Yo te pago el billete. No, no digas que no estás dispuesto a aceptar nada de Tiny, porque no será dinero suyo. He vendido mi anillo de amatista, que no me lo regaló Tiny, sino mi padre.

—Dru, la verdad, no sé...

—Le dije al veterinario que estarías allí a eso de las tres. Pregúntale a tu padrastro si no le importa que le dejes por un día. Te espero.

Notando la boca seca, Gray dejó el receptor sobre la almohada y entró en la sala.

—Honoré, mañana tengo que volver a Inglaterra. Me iré por la mañana y regresaré por la noche.

Se produjo una agria y desagradable discusión. ¿Por qué tenía que irse? ¿De dónde iba a sacar el dinero? ¿Qué haría Honoré si se quedaba solo? Y, finalmente, ¿por qué Gray no conseguía un empleo, sentaba la cabeza (preferiblemente en Francia), se casaba y se olvidaba de las malas y locas mujeres inglesas que amaban a los animales más que a las personas?

—Te prometo que volveré a medianoche y me quedaré hasta después del entierro. Tus amigos te acompañarán. Le pediré a madame Reville que venga y se quede contigo todo el día.

Gray lo dejó, sintiéndose fatal, pues Honoré había vuelto a llorar. Se puso de nuevo al teléfono.

—De acuerdo, Dru, iré.

—¡Lo sabía! ¡Dios, no puedo creerlo! Mañana te veré. ¡Mañana mismo!

—Primero tengo que ver al veterinario, lo cual no será nada agradable. Anda, cuéntame cuál es la situación.

—Ya tienes las señas. Ve allí a las tres y habla con él.

—¿Y cuándo y cómo nos vemos?

—Si fuera un día entre semana, iría a recogerte al aeropuerto; pero, siendo sábado, es imposible. Sin embargo, por la tarde, Tiny va a ir a ver una casa que quiere comprarle a su madre. Pondré una excusa para no acompañarlo, y me reuniré contigo en la choza a las cinco. ¿De acuerdo?

—¿No podríamos vernos en la consulta del veterinario?

—Lo intentaré, pero no cuentes con ello. Lo que si haré será llevarte a Heathrow por la noche.

—Pero... ¿tú y yo...? —No encontraba las palabras adecuadas para que ella comprendiera lo que él deseaba—. ¿Podremos pasar un rato juntos?

Ella comprendió y rió significativamente.

—Bueno, ya me conoces —dijo.

—¡Te adoro, Dru! Recorrería miles de kilómetros por estar contigo. Di que me quieres y todo lo sucedido carecerá de importancia.

Contuvo el aliento, pendiente del silencio de Drusilla. Un largo, interminable silencio. La escuchaba respirar entrecortadamente, como él había respirado la noche que la llamó desde Marble Arch. De pronto habló, fría, firmemente:

—Te amo. Y he decidido que, si aún me quieres, dejaré a Tiny y me iré a vivir contigo.

—Amor mío...

—Mañana hablaremos —dijo ella.

La comunicación se interrumpió al colgar Drusilla. con un golpe seco. Gray se quedó con el vacío en la mano, saboreando la plenitud, sin atreverse a creer lo que ella había dicho. Pero lo había dicho, sí. E iba a verla al día siguiente.

Estaría esperándolo al final del sendero. Él llegaría a la carrera por Pocket Lane. Entraría por la puerta principal, y su aroma estaría esperándolo, *Amorce dangereuse*. Y ella saldría a recibirlo con los brazos extendidos, el cabello como una dorada aureola, su blanca mano desprovista del anillo que había vendido para tenerlo junto a ella...

Honoré había dejado de llorar, pero parecía muy triste.

—Lo he estado pensando, y debes coger el coche —dijo, en francés—. *Si, si, j'insiste*. Es la manera más rápida de que vuelvas pronto.

—Gracias, Honoré, eres muy amable.

—Pero debes recordar que en Francia se conduce por el lado *correcto* de la carretera...

—No te preocupes, cuidaré bien tu coche.

—*Seigneur*! Lo que me preocupa no es el coche, sino tú, hijo mío, eres lo único que me queda.

Gray sonrió y le dio una palmada en el hombro. Sí, debía dejar de pensar lo peor de todo el mundo, de atribuir a la gente los peores motivos. Debía hacer lo posible por comprender el poder del amor. Drusilla habría matado por amor, iba a dejar a Tiny por amor, lo mismo que él abandonaba a Honoré por amor. Oh, amor, cuántos crímenes se cometen en tu nombre...

—Tomemos una copita de cognac —dijo Honoré.

## 15

El avión llegó a Heathrow a la una y cuarto. Gray compró una guía de Londres, lo cual le dejó sólo con el dinero suficiente para pagar el billete de metro hasta Leytonstone y el del tren hasta Waltham Abbey. A las tres menos diez estaba en la parada de Leytonstone, una de esas estaciones desvaídas y desiertas que abundan en los tendidos del extrarradio.

Drusilla ni siquiera había mencionado la posibilidad de ir a recibirlo a la estación, y Gray no la esperaba, pero no pudo evitar inspeccionar los coches aparcados junto al bordillo en la esperanza de ver entre ellos al Jaguar «E». Naturalmente, no estaba allí. Se preguntó cuántas veces habrían pisado los pies de ella ese lugar, cuántas veces habría pasado por allí camino de Londres. Luego, guía en mano, echó a andar por la larga calle de mansiones de fines de la época victoriana.

Tras meterse por el dédalo de callejones que había entre la calle de la estación y los aledaños de Epping Forest, dio con George Street, una pequeña calle situada a la sombra de un enorme hospital de estilo gótico. En el número 21 no había ninguna placa que anunciase una consulta veterinaria, pese a lo cual Gray ascendió por la escalinata y tocó el timbre. Temía que la puerta se abriese en cualquier momento y apareciese un agresivo individuo de mediana edad, con chaqueta blanca y bolsillos llenos de jeringuillas y peines de acero, y se viera bombardeado por una andanada de amenazas relacionadas con denunciarlo a la Real Sociedad Protectora de Animales. Gray ensayó mentalmente su defensa; pero cuando —tras dos nuevas llamadas— se abrió la puerta, de ella no emanó el habitual olor a perros y desinfectante, ni salió ningún viejo veterinario dispuesto a reprocharle su conducta. En lugar de todo eso se encontró con el olor a pasteles recién horneados y a una muchacha con un bebé en brazos.

—Tengo una cita con el veterinario a las tres.

—¿Qué veterinario? —preguntó la joven.

—¿No es esto la consulta de un veterinario?

—No. Lo que busca está más arriba, en esta misma acera. No sé el número; pero verá la placa.

Estaba casi seguro de que Drusilla había dicho el 21, aunque tal vez se equivocaba. A fin de cuentas, no había anotado la dirección. Quizá hubiese dicho 49, el número en que la consulta del veterinario se encontraba realmente. Estaba acostumbrado a olvidarse de cosas, y su falta de memoria ya no le preocupaba. Tenía la convicción de que sus lapsus se debían a bloqueos psicológicos, que eran defensas alzadas por su subconsciente, y que todo ello desaparecería pronto. Las cosas realmente importantes nunca las olvidaba. Nada le habría hecho olvidar su cita con Drusilla a las cinco.

El olor a perros era penetrante, un denso aroma animal. Como la puerta estaba abierta, entró sin llamar, y se quedó en la sala de espera, contemplando los ejemplares de *The Field* y *Our Dogs*, y preguntándose cuál sería la forma correcta de actuar; enseguida apareció una mujer con bata color caqui y le preguntó qué deseaba.

—Mr. Greenberg no tiene consulta los sábados por la tarde —dijo lacónicamente la mujer—. Sólo hacemos lavados y cortes de pelo.

El hecho de que tales operaciones estaban teniendo

lugar en aquellos momentos lo atestiguaban lejanos gemidos y gruñidos procedentes de las alturas.

—Me llamo Lanceton —anunció Gray, preparándose para la expresión de odio y desagrado que despertaría en la mujer al darse cuenta de que se hallaba frente a un torturador de perros—. Mi perra... Bueno, una perra que yo cuidaba... La tienen ustedes aquí. —No hubo ningún cambio en la expresión de la otra, que se limitó a seguir mirándolo—. Una labrador amarilla llamada *Dido*. Se la trajeron a Mr. ..., sí, Greenburg, el miércoles pasado.

—¿La trajeron aquí? Pero nosotros no alojamos perros.

—Es que la mía estaba enferma. Se quedó aquí. Había que operarla.

—Iré a ver.

La mujer regresó al cabo de más de cinco minutos.

—En nuestros libros no consta nada de lo que usted dice. ¿A qué hora del miércoles fue?

—A la hora de comer.

La mujer sonrió triunfalmente.

—El miércoles, el señor Greenberg se marchó de aquí a las doce.

—¿No podría telefonearle?

—Podría, pero sería molestar al doctor inútilmente. Ya le digo que no estaba aquí.

—Por favor —insistió Gray.

Se sentó a hojear *The Field*. Las tres y veinticinco. Tendría que salir de allí en cinco minutos si quería estar en la choza a las cinco. Escuchó cómo la encargada llamaba desde la habitación contigua. ¿Sería posible que no sólo se hubiera confundido de número, sino también de calle? Cuando al fin regresó, la mujer parecía exasperada.

—El señor Greenberg no sabe nada del asunto.

Gray tuvo que aceptarlo. Volvió a la calle, totalmente desconcertado. El «E» no estaba allí. A Drusilla no le había sido posible ir a buscarlo. ¿O quizá en esos mismos momentos se encontraba aguardándolo en otra calle, frente a la consulta de otro veterinario? En Leytonstone debía de haber docenas de veterinarios. Bueno, docenas quizá no; pero sí varios. Mientras iba por la calle desandando lo andado, tenía la sensación de encontrarse en un sueño, una de esas pesadillas en las que uno está llegando tarde a una cita de crucial importancia, y todo le sale al revés. Surgen retrasos u otros problemas en el transporte, la gente se muestra hostil, las direcciones están equivocadas y los lugares más próximos se convierten en inaccesibles.

Lo más obvio era intentar telefonear a Drusilla. Tiny estaría fuera, buscando casa, y quizá ella se encontrara sola. Marcó el número, pero nadie cogió el teléfono, así que miró las páginas amarillas en busca de consultas veterinarias. Inmediatamente comprendió el error que había cometido, un error sólo posible cuando dos barrios suburbanos contiguos tienen nombres muy similares. Greenberg era un veterinario del 49 de George Street, Leytonstone; Cherwell, un veterinario del 21 de George Street, Leyton. *Dido* estaba en Leyton, no en Leyton-*stone*.

Las cuatro menos veinte. Bueno, había ido a Londres por la perra, ¿no? Aquel había sido el auténtico motivo de su viaje, y no podía desistir simplemente porque se estuviera haciendo tarde. Además, aunque se diera por vencido en ese momento, no lograría llegar a la choza antes de las cinco y cuarto. Notaba esa presión, cercana al pánico, que uno siente cuando sabe que va a llegar tarde a una cita ansiada y crucial. El aire parece oscilar, la tierra se aferra a nuestros pies, la gente y los objetos inanimados conspiran para retrasarnos.

Abrió su guía de Londres. La George Street de Leyton estaba lejísimos, casi en Hackney Marshes. Ignoraba cómo llegar hasta allí, pero sabía que hacerlo le llevaría, por lo menos, media hora. Lo cual resultaba impensable, teniendo en cuenta que en aquellos momentos Drusilla estaría vistiéndose para él, perfumándose, mirando el reloj. Así que marcó el número de Cherwell por si acaso. No ocurrió nada, nadie contestó. Evidentemente, los sábados, los veterinarios no trabajaban hasta tarde.

Pero la perra... Sin duda el tal Cherwell actuaría por su propia cuenta. Seguro que, si hacía falta operar, operaría con o sin consentimiento. Todo lo que Gray podía hacer era llamarlo desde Francia a primera hora del lunes. Así pues, concluida la cuestión del veterinario, debía apresurarse para llegar cuanto antes a Liverpool Street.

Pensó que debía de haber una forma más rápida de efectuar aquel viaje transforestal de diez o doce kilómetros sin tener que regresar a Londres y salir de nuevo hacia los suburbios septentrionales. Tenían que existir autobuses; pero él no sabía ni sus rutas ni sus lugares de parada. De tener dinero, podría haber telefoneado pidiendo un microtaxi. Pero apenas llevaba lo suficiente para pagar el tren.

El metro se desplazaba a una velocidad absurda, y cuando lo dejó tuvo que esperar quince minutos a que llegase el tren de Waltham Cross. Cuando al fin llegó y él entró en el vagón, su reloj, que había verificado con los de las diversas estaciones para asegurarse de que no adelantaba, marcaba las cinco menos veinticinco.


Sólo en una ocasión Drusilla había llegado tarde a una cita con él, y fue aquella primera vez en New Quebec Street. Ahora no llegaría tarde. Ya debía de llevar esperándolo media hora, desconcertada, inquieta, yendo de una habitación a otra, corriendo a la ventana, abriendo la puerta principal para mirar camino arriba. Luego, al ver que no llegaba, se diría a sí misma: no voy a mirar más, me apartaré, contaré hasta cien y, cuando haya terminado, él ya estará aquí. O bien iría al piso de arriba, desde donde no podía ver el camino, y se volvería a mirar en el espejo, peinándose de nuevo la exuberante cabellera, aplicándose perfume en el cuello, pasándose con sensual anticipación las manos por el cuerpo que había preparado para él. Cuenta hasta cien otra vez, baja lentamente las escaleras, acércate a la ventana, levanta la cortina, cierra los ojos. Cuando los abras, lo verás corriendo hacia ti...

A las cinco y media, Gray se encontraba en Waltham Abbey en el otro extremo de Pocket Lane. En el cruce había habido un accidente, las señales de tráfico colocadas por la policía seguían puestas, y se veían varios coches patrulla. En el centro de la carretera, un par de huellas negras del frenazo terminaban en un montón de arena, esparcida quizá para cubrir la sangre y el horror. Gray no se detuvo a mirar ni a preguntar, sino que aceleró el paso, diciéndose que un hombre de su edad debería ser capaz de recorrer tres kilómetros en veinte minutos.

Corrió por la dura superficie del camino de grava, evitando los bordes de hierba húmeda. Pocket Lane nunca le había parecido tan extenso. Sus vueltas y recodos, sus largos tramos rectos, con los que tan familiarizado estaba, parecían haber aumentado desmesuradamente, como si el sendero estuviese hecho de goma y un gigante hostil lo hubiera estirado sólo para fastidiarle. Cuando llegó al punto en que la grava daba paso a la tierra, la sangre le latía con fuerza en la cabeza y notaba la boca seca como la yesca.

Bajo los árboles, donde debería haber estado el Jaguar «E», había un gran Mercedes verde oscuro. O sea que Drusilla había cambiado de coche. Tiny le había comprado uno nuevo. Gray estaba agotado por la carrera, pero la visión del coche le dio nuevos ánimos, y siguió corriendo, con los pantalones cubiertos de barro amarillento. La lluvia caída al otro lado del canal también había caído allí, y en las profundas rodadas, el cieno era casi líquido. Aquel último trecho del camino, que tan corto le parecía cuando acompañaba a Drusilla de regreso a su coche, ¿había sido siempre tan largo como ahora lo encontraba? Pero ya podía ver la choza, su pálida estructura, blanca como el cielo encapotado. La puerta de la finca estaba abierta y se movía levemente a impulsos de la brisa que hacía temblar los millones de hojas de los árboles. Se detuvo un momento en la puerta del jardín para recuperar el aliento. Tenía el rostro cubierto de sudor y le costaba respirar, pero lo había conseguido, había tardado menos de veinte minutos.

Abrió la puerta principal y, antes de entrar, gritó:

—Dru, Dru, lamento llegar tan tarde. He venido corriendo desde la estación. —La puerta se cerró por la fuerza del viento—. ¿Estás arriba, Dru?

No se produjo el menor sonido, nadie respondió, pero a Gray le pareció detectar su aroma, *Amorce dangereuse*. Por un segundo, estuvo seguro de haberlo olido, y luego el perfume se esfumó entre los olores de polvo y madera descompuesta. Respirando más pausadamente, dejó en el suelo el maletín y la chaqueta. El «salón» estaba vacío, al igual que la cocina. Naturalmente, ella estaría arriba, quizá hasta en la cama, esperándolo. Aquello era muy propio de Drusilla, inquietarlo, aguardarlo en silencio, riendo bajo las sábanas, y luego, cuando él entrase en el dormitorio, estallar en un torrente de carcajadas.

Subió de dos en dos los peldaños de la escalera. La puerta del dormitorio estaba cerrada. Él recordaba haberla dejado abierta —siempre lo hacía—; en ese momento el corazón comenzó a golpearle · el pecho. Al llegar a la puerta, vaciló, no por timidez, ni por miedo, ni por que dudara, sino para paladear debidamente la alegría y felicidad que llevaba todo el día reprimiendo. Ahora, cuando al fin había alcanzado su meta, podía rendirse a tales emociones. Podía permanecer allí durante diez segundos, con los ojos cerrados, regocijándose por haber vuelto con Drusilla; mantenerse en el umbral de su encuentro, saborearlo, en todo su maravilloso significado, para luego abrir la puerta.

Primero abrió los ojos y luego la puerta, sin decir nada.

La cama estaba vacía, las sábanas sucias retiradas, como él las había dejado; una taza de té vacía sobre la mesilla de noche, como él la había dejado... La brisa meció los jirones de tela que servían de cortinas e hizo estremecerse una polvorienta telaraña. Notando un doloroso vacío en el lugar que antes ocupara su galopante corazón, miró el cuarto desierto, sin dar crédito a sus ojos.

El dormitorio de invitados también estaba vacío. Fue a la planta baja y salió al jardín, en el que los helechos habían alcanzado la altura de un hombre, y donde la hierba había comenzado a crecer sobre las cenizas de su hoguera. Ni un rayo de sol atravesaba el blanco techo de nubes. El único sonido que escuchaba era un murmullo de pájaros sin trino. Una ráfaga de viento hizo estremecerse los altos helechos.

Pero ella tenía que estar allí, pues allí estaba su coche. Quizá, cansada de esperar, había salido a dar un paseo. La llamó una vez más y luego volvió al camino, chapoteando en el barro amarillento.

El coche seguía allí, aún vacío. Se acercó y miró a través de los cristales. En el asiento posterior había un ejemplar del *Financial Times* y, sobre él, una funda de gafas. Drusilla no llevaría cosas así en su coche. No llevaría un reposacabezas negro en el asiento del pasajero, ni un par de guantes de conducir masculinos en la repisa del salpicadero.

No era su coche. Drusilla no había acudido.

«Si vienes, te prometo que luego me reuniré contigo en la choza.»

Le había dicho Drusilla.

«¡Dios, no puedo creerlo! Mañana te veré. ¡Mañana mismo!»

Gray contuvo la tentación de darle una patada al coche, el inocente objeto inanimado que nada tenía que ver con ella y que probablemente pertenecía a un arqueólogo u ornitólogo. Arrastrando los pies, con la cabeza gacha, Gray no vio a Mr. Tringham hasta que el viejo se encontró casi a su altura y ambos estuvieron a punto de tropezar.

—¡Mire por dónde va, joven!

Gray se hubiera marchado sin responder; pero Mr.

Tringham, que por una vez no iba con un libro y que en apariencia había salido de su cabaña especialmente para hablar con él, dijo, en un tono casi acusador:

—Ha estado usted en Francia.

—Sí.

—Hace rato había un hombre en su jardín. Un tipo menudo y bajo, merodeando alrededor de la casa, mirando por las ventanas. Pensé que debía usted saberlo. Quizá pretendía forzar la entrada.

¿Qué demonios le importaba que alguien que no fuese Drusilla hubiese intentado entrar?

—Me da lo mismo —dijo.

—Hmm. Salí temprano a dar mi paseo porque pensé que llovería más tarde. Había un tipo de aspecto desastrado y cabello largo sentado bajo un árbol y el otro estaba en su jardín. Habría llamado a la policía, pero no tengo teléfono.

—Ya. —dijo hoscamente Gray.

—Hmm. Debo decir que ustedes los jóvenes se toman estas cosas muy a la ligera. Personalmente, pienso que deberíamos usar su teléfono (o, mejor dicho, el de Mr. Warriner) para llamar a la policía.

Gray replicó, en un tono irritado y descortés:

—No quiero que venga la policía a ponerlo todo patas arriba. Lo único que deseo es que me dejen en paz.

Se alejó hoscamente. Mr. Tringham, muy en el estilo de Honoré, gruñó algo respecto a la decadencia de la juventud actual. Gray cerró la puerta de la choza de un portazo y entró en el «salón». Lanzó una patada a la bolsa de golf, que se derrumbó con estrépito.

Drusilla no había ido. Él viajó cientos de kilómetros para verla, cubrió el último trecho corriendo hasta casi reventarse los pulmones. Y ella no había ido.

## 16

El teléfono hizo clic, y luego comenzó a sonar. Gray alzó lentamente el receptor, sabiendo que sería Drusilla; no quería su voz ni ninguna otra parte de la mujer, sino toda ella.

—Hola.

—¿Qué ha pasado? —preguntó él con cansancio.

—¿Qué ha pasado *contigo*?

—Llegué a las seis menos cinco, Dru. Corrí como un loco. ¿No podrías haberme esperado? ¿Dónde estás?

—En casa. Acabo de llegar. Tiny dijo que regresaría a las seis, y no se me ocurrió ninguna excusa para no estar. Me quedé todo el rato que pude, y luego tuve que irme. Ahora él está en el jardín, así que más vale que abreviemos.

—Dios mío, Dru, me lo prometiste. Me prometiste que estarías aquí. Ibas a llevarme en el coche hasta el aeropuerto. No es que me importe, pero si contabas con tener tiempo para hacerlo, yo creo que podrías... Te deseaba tanto...

—No pude evitarlo. Hice lo que pude. Debí haberlo pensado, recordar que siempre llegas tarde, y siempre metes la pata. Seguro que ni siquiera encontraste al veterinario, ¿a que no?

—¿Cómo lo sabes?

—Porque llamé a Mr. Cherwell para ver si habías estado allí.

—¿O sea que *era* Cherwell...?

—Pues claro. El 21 de George Street, Leyton. Te lo dije, ¿no? De todas maneras, ya no importa. Hay que sacrificar a la perra.

—¡Oh, Drusilla, *no*!

—¡Oh, Gray, *sí*! Aunque hubieras visto a Cherwell tampoco habrías podido hacer nada, o sea que no merece la pena que te preocupes. ¿Qué vas a hacer ahora?

—Creo que morirme. He venido hasta aquí para nada, y estoy sin blanca. Si alguna vez alguien ha hecho un viaje inútil, éste soy yo. Llevo todo el día sin comer, y no tengo para el pasaje de vuelta. Y me preguntas qué voy a hacer...

—O sea que no has visto el dinero.

—¿Dinero? ¿Qué dinero? Sólo llevo aquí diez minutos. Estoy cubierto de barro y muerto de cansancio.

—Pobre Gray. No importa. Yo te diré lo que debes hacer. Te cambias de ropa, coges el dinero que te he dejado —está en la cocina—, sales pitando de ese agujero y regresas a Francia. Simplemente, olvídate de este día, no pienses en él. Oye, tengo prisa, Tiny vuelve del jardín.

—¿*Tiny*? ¿Qué demonios nos importa Tiny en estos momentos? Si la próxima semana te vienes a vivir conmigo, ¿qué más da lo que piense Tiny? Cuanto antes se entere, mejor. —Se aclaró la voz—. No habrás cambiado de idea, ¿verdad, Dru? Dentro de una semana te vienes conmigo, ¿no?

Ella dio un suspiro tenue y fugaz. El sentido de sus palabras fue firme; pero su voz no tanto.

—Yo nunca cambio de idea.

—Dios, sólo pensar que después de hacer este viaje no voy a verte me pone enfermo. ¿Cuándo estaremos juntos?

—Pronto. En cuanto regreses. El martes. Ahora voy a colgar.

—No, por favor. —Si ahora le colgaba el teléfono, si Drusilla terminaba como siempre, sin despedirse... Pero sabía que élla siempre terminaba así—. ¡Drusilla, por favor!

Por primera vez, ella lo dijo:

—Adiós, Gray. Adiós.

Sobre la tapa de la bañera encontró la factura de la electricidad, la del teléfono y el cheque de sus editores. Las dos primeras anulaban el tercero. También había una postal de Mal y, extrañamente, otra de Francis y Charmian, desde Lynmouth. Drusilla había dejado el dinero junto a la correspondencia, en un desordenado montón. No parecía haber mucho, pero cuando miró mejor vio que todos los billetes eran de diez, y en total había diez. Había dejado treinta libras y se encontraba con cien.

No había ninguna nota de amor. Drusilla había dejado cien libras como quien deja calderilla; había vendido su anillo de amatista para que él tuviera dinero, y Gray sentía una cálida y profunda gratitud, pero habría agradecido una carta. Sólo unas letras en las que le dijese que lo amaba, que le angustiaba no poder verlo. En todo el tiempo que habían estado juntos, jamás había recibido una carta de ella y ni siquiera conocía su letra.

Pero a partir de la semana siguiente, ya no necesitaría cartas ni nada que se la recordase. Eran casi las seis y media y debía ponerse en camino. De pronto se fijó en que su camisa y sus vaqueros sucios estaban en el respaldo de la silla del dormitorio, lavados y planchados, junto con su camiseta. Ella había hecho aquello por él. Había limpiado la cocina y lavado sus ropas. Mientras se cambiaba rápidamente, Gray se preguntó si Drusilla habría hecho aquello para demostrarle de lo que era capaz, para que viera que, cuando se fuese a vivir con él, no sería la niña rica e inútil que sin dinero no era nadie. Hizo un revoltillo con sus pantalones manchados de barro y los dejó en la bañera. Los cristales de la ventana estaban limpios, y la madera había sido lavada en parte. Drusilla lo había hecho todo por él, además de vender su precioso anillo. Debería estar exultante de felicidad, pero la desilusión por no haberla visto pesaba más. Nada de lo que ella pudiera darle o hacer por él lo compensaba por su ausencia.

Pero en cuanto volviese de Francia, la telefonearía y le pediría que el martes por la noche, cuando él regresase, ella lo estuviera esperando. Drusilla aún tenía su llave. La que en aquellos momentos colgaba sobre la pila debía ser la de Isabel. La habría dejado allí cuando llevó a *Dido*... Los remordimientos por la muerte de la perra se arremolinaron en su interior. Por culpa de una distracción había cometido un error que se tradujo en un acto casi criminal. Pero en cuanto Drusilla estuviese con él, todo cambiaría.

Haría planes, recordaría, tomaría decisiones.

Antes de emprender el regreso a la estación sólo quedaba tiempo para tomarse un té sin leche y unas galletas. El teléfono estaba colgado, su correspondencia examinada, la puerta trasera cerrada con llave. ¿Había algo más que debiera recordar?

Quizá fuera mejor que se llevase con él la llave de repuesto. Si el hombrecillo que había visto Mr. Tringham era realmente un ladrón, la llave resultaba muy accesible. Bastaba con romper el cristal de la ventana, meter una mano, coger la llave del clavo, y la choza, la choza de Mal, quedaría a disposición de cualquiera, para que hiciese con ella lo que le diera la gana. A Mal no le haría ninguna gracia que desaparecieran sus palos de golf o aquellos desvencijados muebles que, a fin de cuentas, era cuanto tenía.

Felicitándose por aquellas cautelas tan raras en él, Gray descolgó la llave y, cuando iba a echársela al bolsillo, advirtió con sorpresa lo nueva y reluciente que estaba. ¿Seguro que le había dado a Isabel la llave de repuesto que Mal había dejado? Aquella llave era más parecida a la copia que había hecho hacer especialmente para Drusilla cuando las visitas de ésta eran tan frecuentes que cabía la posibilidad de que llegase mientras él estaba haciendo compras. Pero quizá no le hubiese dado la nueva. Quizá Drusilla tuviese la vieja, y la nueva hubiera quedado como llave de repuesto. Gray no lograba recordarlo con exactitud, y no le dio más importancia.

Se bebió el té y dejó los cacharros en el escurridor. Recogió las cien libras y las dos llaves y cerró a su espalda la puerta principal. Caía una lluvia fina, no mayor que una llovizna, y de las hojas empapadas de los árboles se desprendían gotas más gruesas. Fue caminando sobre la hierba mojada para evitar mancharse de barro amarillento.

El coche verde continuaba allí. Quizá fuese robado, y habían escogido aquel lugar apartado para abandonarlo. O bien su dueño había ido a dar un paseo para disfrutar de la naturaleza en la profundidad del bosque. Los Willis se encontraban en su jardín delantero, que estaba como nuevo, hablando o tal vez lamentándose de algo, quizá de un caso de mildiu u otra enfermedad de las plantas. Al ver a Gray, se volvieron dignamente, dándole la espalda.

En el cruce, los coches patrulla habían desaparecido, al igual que el montón de arena. Gray caminó rápidamente hacia la estación.


La luna brillaba sobre Francia. ¿Se habría despejado el cielo de Inglaterra, y brillaría aquella misma luna sobre Epping Forest y Combe Park? Ella y Tiny estarían en la cama, el grueso hombre de negocios con su pijama negro y rojo leyendo las memorias de algún financiero notable, o quizá el *Financial Times*; la esbelta joven con camisón blanco, enfrascada en una novela. Pero en aquella noche de sábado no habría llamadas telefónicas de un desconocido que no decía nada y sólo respiraba pesadamente. Y ella ya no se sentiría sola, sino que estaría pensando en cómo le diría a su marido, al hombre de la cama contigua, que lo iba a abandonar la semana siguiente. Sueña conmigo, Drusilla.

Tras dejar atrás la señalización de *nids de poule*, entró en el dormido Bajon, sorteando el castañar y la casa llamada *Les Marrons*. La luna iluminaba lo suficiente para ponerle de nuevo la funda de nailon al coche sin necesidad de encender otra luz. Pero el vestíbulo de Le Petit Trianon estaba tan oscuro como la boca de lobo. Buscó a tientas el interruptor y tropezó con algo que se encontraba frente a la puerta, un ramo de lirios funerarios metido en un jarrón de plástico. Temiendo que el ruido hubiese despertado a su padrastro, Gray abrió la puerta del dormitorio, que Honoré había dejado entornada.

La pálida luna, que había transformado el circo de gnomos en un ballet fantasma, bañaba de plata los muebles y creaba tenues formas geométricas sobre la alfombra. Honoré, con el entrecano cabello despeinado y revuelto, yacía hecho un ovillo en su propia cama, pero vuelto hacia la que había sido de Enid, salvando con un brazo la distancia entre ambas y con la mano metida bajo la almohada contigua. Dormía profunda, serenamente, casi sonriendo. Gray supuso que siempre habían dormido así, la mano de Honoré estrechando la de Enid, y pensó que, dormido, con la fea realidad anulada por el sueño, su padrastro seguía acompañado por Enid, y que ella seguía con la mano de él bajo su mejilla.

Emocionado por aquella imagen, Gray pensó que él y Drusilla dormirian así, sólo que en la misma cama, siempre juntos. Y durante toda la noche, hasta las ocho, cuando el ladrido del perro del granjero lo despertó, soñó con ella, y sus sueños fueron dulces y tranquilos. Luego se levantó y le llevó café a Honoré, que por las mañanas ya no estaba ni sonriente ni sereno, y cuyo hábito de madrugar parecía haber muerto con Enid.

Apareció Madame Reville y se llevó a Honoré a misa. Gray se quedó solo en casa, con el teléfono a su disposición. ¿Qué hacían Drusilla y Tiny los domingos? Intentó evocar algo que ella le hubiera dicho al respecto, pero no recordó nada. Desde luego, a la iglesia no iban. ¿Jugaría Tiny al golf o bebería con amigotes igualmente acaudalados en el pub que coronaba la cima de Little Cornwall? Cabía la posibilidad de que Drusilla estuviera sola, o incluso de que ya se lo hubiera dicho todo a Tiny. En este último caso, Drusilla agradecería que él la llamase, para darle ánimos y confianza.

Sin dudarlo más, marcó el número. Sonó y sonó, pero

no contestó nadie. Una hora más tarde, cuando volvió a intentarlo, el coche de madame Reville se detuvo en el exterior y Gray tuvo que colgar el teléfono. Bueno, había dicho el lunes y, desde luego, podría esperar hasta entonces.

El día transcurrió lentamente. Cada hora que pasaba sin ella se le hacía eterna. No dejaba de pensar en la escena que, en aquellos mismos momentos, podía estar teniendo lugar en Combe Park: Drusilla manifestando su intención de abandonar a Tiny y éste su decisión de evitarlo a toda costa. Quizá el hombre hasta hiciese uso de la violencia. O quizá la echara de casa. Pero Drusilla tenía su llave y, en caso de necesidad, podría refugiarse en la choza.

Honoré estaba tumbado en el sofá, leyendo las cartas que Enid le había escrito durante el breve período que medió entre el conocimiento de ambos y su boda. Llorando a lágrima viva, Honoré, le leyó en francés algunos fragmentos a Gray.

—¡Ah, cómo me amaba! Pero tenía tantas dudas, mi pequeña Enid... Aquí me dice: ¿qué será de mi hijo, de mis amigos? ¿Cómo aprenderé a vivir en tu mundo, yo, que sólo hablo el francés que aprendí en el colegio? —Honoré se incorporó y señaló a Gray con un índice—. Yo ahuyenté todas sus dudas con mi gran amor. Ahora mando yo, le dije. Tú harás lo que yo diga, y yo digo que te amo y que todo lo demás no importa. ¡Ah, y cómo se adaptó! Aunque ya era mayor —dijo, con franqueza gala—, enseguida habló francés como una francesa, hizo nuevos amigos, lo abandonó todo por estar conmigo. El verdadero amor, Gray, todo lo vence.

—Estoy seguro de que así es —replicó Gray, pensando en Drusilla.

—Tomemos un poco de cognac, hijo mío. —Honoré ató las cartas y se secó los ojos con la bocamanga—. Mañana estaré mejor. Después del entierro, me recuperaré.

Después del entierro, mientras los invitados bebían vino y comían pastel en la sala, Gray se escabulló para telefonear a Drusilla. Ella estaría aguardando impacientemente su llamada, y quizá hasta hubiera intentado llamarlo antes, mientras se encontraban en la iglesia. Seguramente estaría sentada junto al teléfono, sitiéndose sola y asustada porque había tenido una terrible pelea con Tiny y, al no recibir noticias de Gray, temía que su amante también la hubiese abandonado. Marcó el código y el número y escuchó la señal de llamada.

A los seis timbrazos se produjo la respuesta.

—Combe Park.

La ronca voz, de marcado acento cockney, una voz que evidentemente no era la de Drusilla, lo dejó estupefacto. Luego comprendió que debía de tratarse de la mujer de la limpieza. Él y Drusilla habían acordado que si contestaba la sirvienta, colgaría sin decir nada. Pero el acuerdo ya no estaba en vigor, naturalmente.

—Combe Park —repitió la voz—. ¿Quién es?

Era preferible volver a llamar más tarde, no hacer nada que pudiese complicar una situación ya de por sí delicada. Colgó el receptor silenciosamente y con todo cuidado, como si de ese modo se convenciera de que no había hecho la llamada, y luego volvió a la sala en la que todos hablaban en susurros, bebiendo Dubonnet y comiendo *Chamonix oranges*. Inmediatamente, el alcalde lo llevó aparte y le interrogó concienzudamente sobre su visita a Inglaterra. ¿Había tenido oportunidad de asistir a algún partido interesante de criquet o, mejor aún, de hacer una visita a Manchester? Gray respondió que no a ambas preguntas, al tiempo que se percataba de que la mirada de madame Derain no se apartaba de él. Tenía los ojos pequeños, redondos y brillantes, como su hermano, y su misma piel morena, pero en su caso, los pequeños huesos de los Duval quedaban ocultos por una montaña de grasa, y sus facciones estaban abotagadas por el exceso de carne.

Como leyendo el letrero de una tienda, la mujer comentó:

—*Ici on parle français, n'est ce pas?*

Madame Derain se había puesto al frente de la casa. Era

evidente que tenía intención de quedarse, de cambiar su trabajo y su piso sobre la pescadería de Marsella por el relativo lujo y la tranquilidad de Le Petit Trianon. Aún más tacaña que Honoré, ya estaba haciendo planes para realquilar una habitación y hablando de quitar los trípodes y las caléndulas para convertir el patio trasero en una huerta. Y los hijastros ingleses que no contribuían para nada a los gastos de la casa no le resultaban nada simpáticos.

Una copa de Dubonnet por cabeza era todo lo que la mujer permitía y luego los invitados al entierro tuvieron que irse. Gray intentó de nuevo llamar a Drusilla y otra vez contestó la mujer de la limpieza. Su tercera intentona tuvo lugar a las cinco y media, la última segura para llamar, pero no prosperó, ya que madame Derain le arrancó literalmente el teléfono de la mano. No lloriqueó ni habló del *formidable* gasto. Se limitó a afirmar categóricamente que en cuanto pudiera, pediría que les desconectasen el teléfono.

Tendría que volverlo a intentar por la mañana, mientras la hermana de Honoré estaba comprando, pero cuando se hizo de día, y mientras Honoré bebía café en la cocina, Gray entró en el dormitorio y madame Derain ya estaba allí. En apariencia, retirando del cuarto todo lo que pudiera resultarle doloroso a su hermano, pero Gray pensó que lo que en realidad hacía era ver qué ropas de Enid podía aprovechar para su propio uso. A Gray le daba la sensación de que a Honoré le hubiese gustado conservar intacto el cuarto de su difunta esposa, convertido en una especie de templo al recuerdo de la felicidad que compartieron. Pero no era así como madame Derain veía las cosas. Había permitido que su hermano se quedase con la alianza de Enid, aunque no pudo evitar comentar de pasada que sería más juicioso venderla. Honoré sujetaba el anillo en sus callosas y morenas manos, pues era tan pequeño que no le cabía en ninguno de los dedos.

—Quiero devolverte el dinero que me mandaste —dijo Gray—. Aquí tienes: las treinta libras.

Honoré las rechazó, pero sólo de boquilla y por poco tiempo. Gray auguró a su padrastro una vida de mezquinos engaños para conseguir sacarle a su hermana algún dinero, en la que todos los ingresos extra deberían ser cuidadosamente ocultados. Aquél sería el primero de ellos. Honoré se metió el dinero al bolsillo, no sin antes echar una subrepticia y temerosa mirada a la puerta.

—Quédate otra semana, Gray.

—No puedo. He de hacer un montón de cosas. La primera de ellas, cambiarme de casa.

—Ah, te mudarás, y te olvidarás de decirle al viejo Honoré tu dirección, y ya no sabré más de ti.

—No me olvidaré.

—¿Vendrás por vacaciones?

—Cuando tengáis a vuestro realquilado, ya no habrá sitio para mí.

De pronto, Gray se preguntó si debía hablarle a Honoré de Drusilla, contarle una versión censurada de su historia, explicarle que había una chica con la que esperaba casarse en cuanto ella consiguiera el divorcio. Lo cual era cierto. Algún día se casarían. Ahora deseaba que todo fuera así; abierto, claro, visible para todo el mundo, sin más secretos. Miró a Honoré, que comía y bebía mecánicamente, enfrascado probablemente en el recuerdo de su esposa. No, de momento era mejor que todo siguiera en secreto. Pero le resultó extraño que se le hubiese ocurrido sincerarse con su padrastro, con su viejo enemigo. Durante todos aquellos años en que habían podido tener una relación satisfactoria, ambos se obstinaron en llevarse mal, insistiendo cada uno en hablar el idioma del otro. Y ahora, cuando la relación ya concluía, cuando resultaba probable —y ambos lo sabían— que no volvieran a verse, Honoré hablaba en francés y él en inglés, y se comprendían mutuamente, y algo similar al afecto había surgido entre los dos.

Aunque quizá algún día volviese. Él y Drusilla podían pasar la luna de miel en Francia, pasar por Bajon —probablemente, harían el viaje en autostop— y visitar a Honoré...

¿Debía intentar llamar a Drusilla desde el pueblo? ¿Iría a Écu y usaría el teléfono público? Así concretarían una hora para su encuentro y él podría tenerle lista una cena y abrir una botella de vino cuando ella acudiera al fin a su nuevo hogar y a su nueva vida.

Pero su historia resultaría difícil de explicar a Honoré, que vivía con la *idée fixe* de que su hijastro tenía un idilio con una criadora de perros entrada en años. Además, ¿para qué tomarse tantas molestias si en tres o cuatro días ya estaría en Londres?

—Perderás el avión —dijo madame Derain, entrando con una de las bufandas de Enid al brazo. Al verla, Honoré hizo una mueca—. El autobús sale dentro de diez minutos.

—Yo te llevaré en coche hasta Jency, hijo.

—No, Honoré, tú no estás para eso. Iré solo. Quédate aquí y descansa.

—*J'insiste*. ¿Acaso no soy tu padre? Haz lo que te digo.

Así que volvieron a quitarle al Citroën la funda de nailon y Honoré lo llevó a Jency. Allí esperaron, bebiendo café en una terraza, y cuando el autobús llegó, Honoré lo abrazó afectuosamente, besándolo en ambas mejillas.

—Escríbeme, Gray.

—Descuida, lo haré.

Gray saludó desde el autobús hasta que la figura del menudo hombrecillo tocado con boina, el vendedor francés de cebollas, el camarero, el ladrón de su feliz adolescencia, el asesino de su sueño, no fue más que una simple mota negra en la amplia y polvorienta plaza.

## 17

En Londres, la humedad pesaba y resultaba casi irrespirable. Como en noviembre, pensó Gray, sólo que con calor. El cielo era de un uniforme gris pastel, y parecía haber caído sobre los tejados y árboles como una capa de muselina. No había ni un soplo de viento que moviera una hoja, ni hiciera ondear una bandera, ni moviera un pelo de su sitio a una mujer. Era la atmósfera de un invernadero, sólo que sin flores.

Desde la terminal aérea, Gray llamó a Drusilla y no obtuvo respuesta. Probablemente, había salido de compras. No iba a quedarse todo el día en casa, esperando su llamada. La telefoneó de nuevo desde Liverpool Street, y otra vez desde Waltham Cross, siempre con el mismo resultado. En una ocasión o en dos, ella podría haber estado de compras o en el jardín; pero... ¿en todas las ocasiones? Él no le había dicho que la llamaría, pero seguro que Drusilla esperaba que lo hiciera. De todas maneras, no tenía sentido volverse loco y andar metiéndose en cada cabina telefónica que encontraba en su camino. Era preferible esperar llegar a casa.

Pocket Lane había atraído a sus húmedos confines a lo que parecía ser la totalidad de los insectos zumbadores de Essex, que revoloteaban perezosamente sobre la vegetación. Gray se espantó numerosos insectos del rostro y de la bolsa de comida que había comprado en una boutique del gourmet de Gloucester Road: ternera asada y ensalada para la cena, y una botella de vino. Quizá Drusilla no estuviera en casa porque había hecho lo que él ansiaba: huir de Tiny y refugiarse en la choza. No se le había ocurrido llamar a la choza. Drusilla podía estar allí, esperándolo. Pero no, no iba a caer otra vez en lo mismo, en la espantosa pesadilla del sábado de matarse a correr hacia su encuentro para que luego Drusilla no estuviera allí.

Hasta que llegó a la casa y la hubo recorrido palmo a palmo, no logró librarse de la esperanza, que no muere porque uno, racionalmente, se diga que es absurda. Dejó la comida sobre la mesa de patas de hierro y levantó el teléfono. Antes de marcar se dio cuenta de que los palos de golf estaban de pie apoyados de nuevo contra la pared. Pero él le había dado una patada a la bolsa y los había dejado esparcidos por el suelo... ¡Ella había estado allí! Cinco-cero-ocho, y luego los cuatro dígitos. Dejó que la llamada sonase veinte veces antes de colgar el receptor. Decidió tomárselo con calma, actuar razonablemente, y no marcar de nuevo aquel número hasta al menos dos horas después.

Drusilla había dicho el martes, pero no que se pondría en contacto con él antes de ir a la choza. Y había todo tipo de razones que justificaban su ausencia de Combe Park. Quizá incluso hubiese ido al aeropuerto a recibirlo, y no hubiera logrado encontrarlo entre la multitud. Salió al jardín delantero y se tumbó sobre los helechos. Allí el bochorno era menor que dentro de la casa, algo menos claustrofóbico. Pero la atmósfera, densa y caliente, estaba cargada de la tensión característica de ese tipo de clima. Era como si el propio tiempo atmosférico estuviese esperando a que ocurriera algo.

Los pájaros no trinaban. El único sonido era el zumbido de densas nubes de moscas que evolucionaban de un lado a otro. Y en los árboles, cuyos troncos parecían pilares de piedra, no se movía ni una hoja. Gray permaneció tumbado, pensando en ella, desechando las dudas según iban surgiendo, recordándose a sí mismo lo decidida y puntual que era Drusilla; aparte del hecho de que nunca cambiaba de idea. Había dejado la puerta principal entornada para poder oír el teléfono cuando sonase. Se tumbó de costado, y miró por entre los tallos de los helechos, por entre aquel bosque en miniatura, hacia el camino, de modo que pudiera ver la plateada carrocería del Jaguar «E» cuando éste se detuviera bajo los árboles y entre la vegetación. Al cabo de un rato, como hacía calor y ya había logrado tranquilizarse, Gray se quedó dormido.

Cuandó despertó, cerca de las cinco y media, el aspecto del bosque seguía siendo el mismo, y la luz tampoco había cambiado. No había llegado ningún coche, ni había sonado el teléfono. Las cinco y media era la última hora segura para llamarla. Regresó lentamente a la casa y marcó, pero siguió sin obtener respuesta. Drusilla llevaba todo el día fuera, se había pasado fuera todo el día en que debía abandonar a su marido por su amante. Las excusas reconfortantes que había buscado para explicarle su ausencia y su silencio y que le habían permitido dormirse, comenzaron a hacerse cada vez más débiles, y fueron sustituidas por una creciente aprensión. «Yo nunca cambio de idea», le había dicho. Iba a dejar a Tiny para irse a vivir con él. El martes, cuando él, Gray, regresara. Pero también dijo adiós, cosa que nunca antes había hecho. Habrían hablado por teléfono doscientas o trescientas veces; se habían visto en centenares de ocasiones, pero ella nunca concluyó sus charlas ni sus reuniones con una auténtica despedida. Nos vemos, cuídate, hasta mañana, pero nunca adiós...

Sin embargo, dondequiera que estuviese, e independientemente de lo que hubiera estado haciendo durante el día, por la noche regresaría. Tiny exigía que estuviera en casa todas las noches salvo los jueves, cuando él salía. Bueno, volvería a llamar a las seis y media y al demonio con Tiny. Lo intentaría a cada media hora durante la noche. Si ella no llegaba, naturalmente. Siempre existía la posibilidad de que Drusilla le hubiese prometido a Tiny no irse hasta que él regresara.

Aunque no había comido nada desde que abandonó Le Petit Trianon, Gray no tenía hambre y no le hacía gracia empezar la botella de vino que había comprado. Ni siquiera le apetecía un té. Se retrepó en la silla, observando el inescrutable teléfono, fumando sin parar. En el transcurso de una hora encendió, consumió y aplastó cinco cigarrillos.

Tiny ya debía de llevar media hora en casa. Inexorablemente, a no ser que estuviera de viaje —y en ese caso ella se lo habría dicho—, el marido de Drusilla cruzaba las puertas de Combe Park en su Bentley rojo poco antes de las seis. Quizá fuera él quien contestara al teléfono. Bueno, daba igual. Él, Gray, se identificaría, daría su nombre y pediría hablar con Drusilla, y si Tiny quería saber por qué, él le diría por qué, se lo contaría todo. El tiempo de la discreción había pasado. Cinco-cero-ocho... Debía de haberse equivocado al marcar, porque lo único que escuchó fue un agudo zumbido. Lo intentó de nuevo. Probablemente, su pulso no había sido muy firme la primera vez. Cinco-cero-ocho...

Sonó la llamada, dos veces, tres, veinte. Combe Park estaba vacío, los dos habían salido. Pero aquello era imposible. ¿Cómo iba Drusilla a salir con su marido, el marido que estaba a punto de abandonar, el mismo día en que él y ella iban a comenzar a vivir juntos?

«Te amo. Si aún me quieres, dejaré a Tiny y me iré a vivir contigo. En cuanto regreses. El martes.»

Se acercó a la ventana y se quedó ante ella, mirando a través de la maraña de ramas inmóviles. Pensó: «No volveré a mirar por la ventana hasta que haya contado hasta cien.» No: me haré una taza de té, fumaré dos cigarrillos, contaré hasta cien, y entonces ella estará aquí. Hizo lo mismo que había pensado que Drusilla estaba haciendo el sábado, mientras lo aguardaba a él.

Pero, en vez de ir a la cocina, volvió a sentarse y, con los ojos cerrados, empezó a contar. Hacía años que no contaba hasta tan alto; desde que, de pequeño, jugaba al escondite no había vuelto a hacerlo. Y no se pararía al llegar a cien, sino que seguiría adelante obsesivamente, como si contase los días de su vida o los árboles del bosque. Al llegar a mil se interrumpió y abrió los ojos, asustado de lo que le estaba ocurriendo a su cabeza, a él mismo. No eran más que las siete. Levantó el teléfono, marcó el número —que ya le resultaba más familiar que el suyo propio— con unos movimientos que, a esas alturas, eran tan automáticos que podría haberlos hecho a oscuras. Y la llamada sonó una y otra vez, incesante, vacía, inútilmente.

Tiny debía de habérsela llevado. Drusilla se lo habría contado todo y él, estupefacto y furioso, había cerrado la casa y se había llevado a su esposa lejos de la atracción de un joven y ávido amante. A St. Tropez o St. Moritz, a los santuarios turísticos en los que sucedían milagros y donde, en el *glamour* de la buena vida, las mujeres olvidan las cosas que habían dejado atrás. Colgó el teléfono y se pasó una mano por los ojos y la frente. ¿Y si se pasaban fuera semanas, meses? No se le ocurría ninguna forma de averiguar su paradero. No sería lógico interrogar a los vecinos, e ignoraba el número de la oficina de Tiny y la dirección del padre de Drusilla. Se le ocurrió la horrible idea de que si ella moría él no se enteraría; nadie podía darle la noticia de su enfermedad ni de su muerte ya que nadie del círculo de la joven sabía de la existencia de él, y ninguna de las amistades de Gray conocía a Drusilla.

No podía hacer nada salvo esperar..., y cruzar los dedos. A fin de cuentas, aún era martes. Ella no había dicho *en qué momento* del martes. Quizá hubiese dejado para el último minuto contárselo todo a Tiny, puede que se lo estuviera diciendo en ese mismo instante y la disputa fuera tan intensa y los ánimos estuviesen tan exaltados que apenas oyeran el teléfono y mucho menos se entretuvieran en contestarlo. En unos momentos, Drusilla habría dicho todo lo que tenía que decir, y luego saldría de la casa como una exhalación, metería sus maletas —listas de antemano— en el coche, y conduciría a toda velocidad por las carreteras del bosque...

Le parecía que lo estaba viendo todo, siguiendo las fases de la pelea de aquellas dos personas, solas en su hermoso hogar sin amor, cuando aquel teléfono yerto y silencioso, y que parecía que no volvería a sonar nunca, lanzó su hipo preliminar. El corazón le dio un vuelco. Antes de que finalizara el primer timbrazo ya tenía el auricular pegado a la oreja. Cerró los ojos, contuvo el aliento...

—¿Mr. Graham Lanceton?

Tiny. ¿Podía ser Tiny? La voz era gruesa, ordinaria, pero muy firme.

—Sí —dijo Gray, con la mano libre crispada.

La voz dijo:

—Me llamo Ixworth, detective inspector Ixworth. Quisiera hablar con usted, si no tiene inconveniente.

El anticlímax fue tan grande, tan espantoso —mucho peor que cuando había contestado al teléfono de Honoré y era madame Reville— que Gray apenas pudo hablar. Le era tan difícil encontrar palabras como dar con la saliva necesaria en su seca y constreñida garganta para articularlas. Con un hilo de voz, replicó:

—No... no entiendo... ¿Quién... quién dice que es?

—El detective inspector Ixworth, Mr. Lanceton. ¿Le parece que me pase por ahí sobre las nueve?

Gray no respondió nada. Colgó el teléfono y se quedó estremecido, temblando. Hasta cinco minutos después no se repuso del shock de que la llamada no hubiera sido de Drusilla.

Luego, secándose el sudor de la frente, se dirigió a la cocina donde al menos, pensó, no vería el teléfono.

En el umbral se detuvo en seco. La ventana estaba rota y forzada, y la puerta del sótano entreabierta. Todos sus papeles amontonados en una pila tan ordenada que parecía una resma de folios nuevos. Alguien que no era Drusilla había estado allí. Alguien había entrado a la fuerza en la casa. Sacudió la cabeza, intentando recuperar la cordura y el sentido de la realidad. Comenzó a comprender vagamente el motivo de la llamada del detective. La policía había descubierto un robo.

Como algo tenía que hacer mientras ella no telefoneaba o llegaba, decidió echar un vistazo para ver si faltaba algo. Así se distraería. La máquina de escribir continuaba allí, aunque le daba la sensación de que la habían movido. No lograba recordar dónde había dejado la caja fuerte. Tras registrar las habitaciones de la planta baja, subió a los dormitorios. Olía a humedad, a cerrado. Según iba hacia su dormitorio, fue abriendo las ventanas, pero no hacía viento como para expulsar el aire viciado y hacer entrar el fresco. Ansiaba llenarse los pulmones con grandes bocanadas de oxígeno, algo que le aliviase la tensión que notaba en el pecho. Pero cuando asomó la cabeza por la ventana, la atmósfera cargada le irritó aún más la garganta.

La caja fuerte no estaba en ninguno de los dormitorios. Aunque Gray había perdido la confianza en su propia memoria, tenía la certeza de haberla dejado en algún sitio de la casa. ¿Qué otra cosa podía haber hecho con ella? Si no estaba allí, el intruso debía de habérsela llevado. Registró de nuevo el «salón» y la cocina, y luego bajó por la escalera al sótano.

Alguien había revuelto los trastos allí almacenados, y la plancha había desaparecido. Las trébedes estaban sobre un montón de periódicos viejos, pero la plancha que le produjo la quemadura y le había dejado una cicatriz claramente visible en la mano, ya no estaba. Pateó unos trozos de carbón, estupefacto por un robo tan extraño, y vio que a sus pies, sobre las baldosas húmedas, había una mancha parda.

La mancha parecía de sangre. Recordó de nuevo a *Dido* y pensó que quizá la perra, tras conseguir meterse en el sótano, se habría caído por las escaleras o herido al chocar contra uno de los bidones de combustible o contra la bicicleta inservible. Era una idea desagradable, que le hizo fruncir el entrecejo. Subió rápidamente las escaleras. En cualquier caso, la caja fuerte no estaba allí.

En el jardín, la creciente neblina, algodonosa y opresiva, se pegaba a la vegetación. La ventana rota daba a la cocina un aspecto aún mayor de abandono. Puso la tetera al fuego y, mientras esperaba a que el agua hirviese, salió de la cocina. Tras lo ocurrido, no volvería a serle posible permanecer en ese lugar mucho rato, pues veía el fantasma de *Dido* por todas partes. Le parecía escuchar sus tenues pisadas, o notar el contacto del frío morro contra su mano.

Tembloroso, de nuevo echó mano al teléfono y marcó con cuidado pero a la vez rápido. Sabía que si se marcaba demasiado despacio o se hacía una pausa excesiva entre dos de los dígitos, la conexión podía ser incorrecta. Sabía que un grano de arena en un mecanismo... ¿Y si durante todo el tiempo hubiera estado marcando un número incorrecto? Podía ocurrir, provocado por algún extraño acto fallido freudiano. Colgó el receptor, lo alzó de nuevo, y marcó con una precisión deliberada, diciendo en voz alta cada uno de los números. Comenzó a sonar la señal; pero, desde el primer timbrazo, Gray supo que iba a ser inútil. Desiste hasta las diez, y entonces inténtalo de nuevo, y otra vez a medianoche. Si entonces no hay nadie, será seguro que están fuera.

Tras servirse una taza de té, fue con ella al «salón» —pese a la firmerza de su resolución, no soportaba alejarse más de un metro del teléfono— y entonces escuchó el tenue sonido de un coche. Al fin. Al fin, a las ocho y veinte, una hora perfectamente razonable, Drusilla había llegado. La larga y terrible espera había concluido y, como todas las esperas largas y terribles, ahora que lo esperado había llegado al fin, la olvidaría inmediatamente. No correría a la puerta, y ni siquiera miraría por la ventana. Esperaría a que sonase el timbre y entonces iría a la puerta lentamente. Esperaba poder mantener su fachada de tranquilidad incluso cuando tuviera a Drusilla —blanca, rubia y llena de vida bajo la luz del anochecer— ante él. Esperaba ser capaz de dominar sus turbulentas emociones hasta tenerla entre sus brazos.

Sonó el timbre. Gray dejó la taza de té. Otro timbrazo. ¡Oh, Drusilla, al fin...! Abrió la puerta y se quedó rígido y estupefacto; abrió los ojos como platos, pues ante él estaba Tiny. Hasta en el último de los detalles imaginados, aquel hombre era el marido de Drusilla. Desde el corto cabello negro y rizado que coronaba un rostro tosco y surcado de rojas venillas, hasta los zapatos de ante, aquél era Tiny Janus. Llevaba una gabardina blanca, anudada sobre un protuberante estómago fruto de la buena vida.

Se miraron en silencio durante lo que pareció una eternidad pero que, probablemente, sólo duró unos segundos. Al principio Gray, más por instinto que por reflexión, pensó que el otro iba a golpearlo. Pero de pronto vio que la boca, que tan torva y beligerante le había parecido, se curvaba en una burlona expresión que a duras penas podía llamarse sonrisa. Gray retrocedió un paso, porque las palabras que estaba escuchando eran inadecuadas, las últimas que podían esperarse en aquellas circunstancias.

—Llego un poco temprano. —Un pie en el umbral, un portafolios pendiente de su brazo—. Espero no importunarlo.

Todo era absurdo, demencial.

—Yo... no esperaba... —comenzó Gray.

—Pero si le telefoneé. Me llamo Ixworth.

Gray reaccionó al fin, no sin mucha dificultad, asintió con la cabeza y abrió la puerta del todo para que el policía entrase. Hay un límite más allá del cual los anticlímax dejan de ser anticlimáticos. Uno llega a aceptarlos como parte constitutiva e inseparable de la pesadilla. Probablemente, era preferible que aquel hombre fuese cualquiera menos Tiny, pero seguía siendo intolerable que el recién llegado no fuera Drusilla.

—Acaba usted de llegar de Francia, ¿no? —Sin que Gray pudiera decir muy bien cómo, habían pasado al «salón», e Ixworth actuaba con toda naturalidad, como si estuviese familiarizado con la casa.

—Sí, estuve en Francia. —Lo dijo mecánicamente, limitándose a contestar a la pregunta, pero en su réplica debió de percibirse una nota de sorpresa.

—Hemos hablado con sus amigos y vecinos, Mr. Lanceton: es parte de nuestro trabajo. Todo contribuye a la investigación de este tipo de asuntos. Viajó usted a Francia para ver a su madre antes de que muriese, ¿no es así?

—Sí.

—Su madre murió el viernes, y usted vino aquí, en un viaje relámpago el sábado, regresando a Francia aquella misma noche. Debió de tener un buen motivo para realizar ese viaje.

De repente Gray recordó el shock importante y significativo del día y replicó:

—Pensé que venía a hablarme del ladrón que entró en mi casa.

—¿Su casa? —Las pobladas y negras cejas ascendieron—. Tenía entendido que esta cabaña era propiedad de un tal Mr. Warriner, que en estos momentos está en Japón.

Gray se encogió de hombros.

—Vivo aquí. Él me prestó la casa. De todas maneras, no falta nada. —¿Para qué mencionar la caja fuerte, en cuyo caso sólo conseguiría que el hombre se quedase más tiempo?—. No vi a nadie, yo no estaba aquí.

—Pero el sábado por la tarde sí estuvo.

—Sólo durante cosa de media hora. Entonces aún no había entrado nadie. La ventana no estaba rota.

—Quienes rompimos la ventana fuimos nosotros, Mr. Lanceton —dijo Ixworth, tras un leve carraspeo—. Ayer entramos en esta casa con una orden judicial y encontra-

mos el cuerpo de un hombre al pie de las escaleras del
sótano. Llevaba cuarenta y ocho horas muerto. Su reloj
de pulsera se había parado, y las manecillas marcaban las
cuatro y cuarto.

Gray, que se sentía cansado pero había permanecido en
pie con una suerte de indiferencia impaciente, se sentó
lentamente en el sillón marrón. O más bien fue como si el
sillón subiera y lo recibiese en su abultada y desigual
superficie. Lo que Ixworth acababa de decir le había
dejado totalmente estupefacto, con el cerebro en blanco,
pero, como entre brumas, rememoró la visión de un
hombrecillo merodeando por el jardín de la choza.

El ladrón o ladrones, la mancha marrón... ¿Quiénes
habían sido esos intrusos que se colaron en la pesadilla de
Gray y aportaron una incongruente historia secundaria
convirtiéndola en una pesadilla aún mayor?

Como algún comentario tenía que hacer, Gray dijo:

—Ese hombre debió caerse por las escaleras.

—Se cayó, sí. —Ixworth lo miraba fijamente, como si
esperara de él mucho más de lo que Gray podía dar—. Se
cayó después de haber sido golpeado en la cabeza con
una plancha de hierro.

Gray se miró la amarillenta y callosa ampolla de la
mano derecha. La volvió hacia abajo cuando advirtió que
también Ixworth la estaba mirando.

—¿Quiere decir que a ese hombre lo mataron aquí?
¿Quién era?

—¿No lo sabe? Venga conmigo un momento.

El policía lo condujo a la cocina, como si la casa fuera
suya, como si Gray nunca hubiera estado en ella con
anterioridad. Abrió la puerta del sótano, sin quitar ojo a
Gray. El interruptor de la luz del sótano no funcionaba,
así que observaron la mancha marrón a la tenue luz procedente de la cocina.

Era absurdo que se sintiera tan amenazado, tan a la
defensiva, cuando todo aquello no tenía nada que ver con

él. ¿O sería que John Donne tenía razón cuando escribió que «la muerte de cualquier hombre me disminuye»? Todo lo que se le ocurrió decir fue:

—Se cayó por las escaleras.

—Sí.

De pronto, Gray se dio cuenta de que no le gustaba nada el tono inquisitivo del hombre, la nota acusatoria que contenía. Parecía como si Ixworth intentara sacarle algún tipo de confesión, como si, de alguna forma grotesca, la policía no pudiera hacer nada si él no asumía algún tipo de responsabilidad en el asunto. Por ejemplo, no haber tomado las adecuadas precauciones contra los intrusos, u ocultarles deliberadamente información vital.

—Yo no sé nada. Ni siquiera puedo imaginar por qué vino aquí.

—¿No? ¿No le aparece atractiva una bonita cabaña situada en un bosque prácticamente virgen?

Gray se apartó, irritado por una descripción tan inexacta. No quería saber nada más de algo que le era totalmente ajeno. La identidad del intruso, o lo que se trajese entre manos, no eran asunto suyo, y su muerte era un desagradable suceso que Ixworth parecía usar únicamente como una excusa para dedicarle sus miradas inquisitivas y sus frases crípticas.

Ixworth se había mostrado tan amable, tan discretamente inquisitivo , que Gray sintió un sobresalto cuando, tras un breve silencio, el policía le soltó de golpe:

—¿Por qué volvió a Inglaterra el sábado?

—Por una perra —dijo Gray.

—¿Una *perra*?

—Sí. ¿Le importa que pasemos al otro cuarto? —Se preguntó por qué pedía permiso. El policía asintió con la cabeza y cerró la puerta del sótano—. Al irme a Francia me olvidé de que alguien había dejado encerrada en mi cocina a una perra labrador. Al darme cuenta de lo que había hecho, telefoneé desde Francia a unos amigos para que rescataran a la perra y la llevasen al veterinario. Fue un error absolutamente estúpido por mi parte. —De pronto se dio cuenta de lo realmente estúpido que debía de sonarle todo aquello a un tercero—. La perra ha muerto —siguió—, pero... Bueno, antes de eso, el sábado, el veterinario quiso verme. Se llama Cherwell y vive en Leyton, en el 21 de George Street.

Ixworth anotó la dirección.

—¿Habló usted con él?

—No pude encontrarlo. Hable con una mujer en el 49 de George Street, Leyton*stone*. Debió de ser a eso de las tres.

—No acabo de entender lo que dice, Mr. Lanceton. ¿Por qué fue a Leytonstone?

—Por error.

—Parece que comete usted muchos errores.

Gray se encogió de hombros.

—No creo que eso sea un delito. El caso es que no llegué aquí hasta las seis.

—¿Las *seis*? ¿Qué hizo en todo ese tiempo? ¿Almorzó, o se vio con alguien? Si salió de Leytonstone a las tres y media, en autobús habría tardado tres cuartos de hora en llegar hasta aquí.

Con un tono algo seco, Gray replicó:

—Es una distancka larga y no puedo permitirme tomar taxis. Lo que hice fue volver a Londres y coger el tren.

—¿Estuvo con algún amigo, o habló con alguien?

—No, no creo. No. Al llegar aquí hablé con un viejo llamado Mr. Tringham, que vive más arriba.

—Hemos interrogado a Mr. Tringham. Habló con usted a las seis y cinco, lo cual no lo ayuda a usted mucho.

—¿Ah, no? Pues lo siento.

—¿No tiene usted ninguna teoría respecto a lo ocurrido?

—Bueno, había dos hombres, ¿no? Mr. Tringham dijo que vio a otro individuo merodeando.

—Sí, ya nos lo contó. —Ixworth había vuelto a su actitud, indiferente, lacónica. De nuevo parecía no tomarse a Gray demasiado en serio—. En esta época del año, el bosque está lleno de excursionistas —dijo.

—Supongo que deben estar buscando al otro hombre.

—Claro que sí, Mr. Lanceton. —Ixworth se puso en pie—. Estamos en ello, pierda cuidado. Mientras tanto, supongo que no pensará marcharse otra vez a Francia, ¿no?

—No, claro que no —replicó Gray, sorprendido.

Acompañó al policía hasta la puerta. Cuando los faros de su coche hubieron desaparecido, el bosque quedó oscuro como boca de lobo. El cielo sin luna era de color negro azabache, salvo en el horizonte, donde las luces de Londres lo teñían de un sucio tono rojizo.

Eran casi las diez. Gray preparó té y, mientras lo bebía, la entrevista con Ixworth, más irritante y humillante que alarmante, comenzó a difuminarse, dejando de ser un recuerdo próximo para convertirse en lejano. Ahora le parecía menos real que sus propios sueños, pues lo que constituía su mayor ansia y obsesión había vuelto a apoderarse de él.

La bombilla del «salón», una de las pocas de la choza que aún funcionaban, parpadeó, brilló breve e intensamente, y se apagó. Tuvo que marcar el número a oscuras, pero no le costó: los dedos encontraban con facilidad los orificios adecuados.

Nadie contestó, ni tampoco a medianoche, cuando lo intentó por última vez. El martes había terminado.

## 18

Gray, Tiny y Drusilla viajaban juntos en un turismo por una carretera que atravesaba un denso y oscuro bosque. El matrimonio se sentaba delante, y Gray detrás. Ella llevaba el vestido camisero color crema, y en un dedo el anillo de amatista. Su cabello era una flor roja, un crisantemo de pétalos puntiagudos. Él le tocó en el hombro y le preguntó cómo era que llevaba el anillo que había vendido, pero ella no le hizo caso, no podía oírlo.

El bosque quedó atrás, y entraron en una llanura. Por las señales de tráfico, Gray se daba cuenta de que estaban en Francia, pero al llegar a Bajon no se detuvieron frente al Écu, sino ante el Oranmore de Sussex Gardens. En una mano, Tiny llevaba la caja que contenía su colección de monedas, y con la otra enlazaba a la pasiva y mansa Drusilla, y la conducía escalinata arriba. Pasaron bajo el letrero de neón y entraron en el hotel. Él iba a seguirlos, pero las puertas correderas de cristal se cerraron en sus narices. Gray las golpeó con los puños, suplicando que lo dejasen entrar.

Antes de desaparecer escaleras arriba, Drusilla volvió la cabeza y dijo:

—Adiós, Gray. Adiós.

En ese momento se despertó y ya no pudo volver a dormirse. Un sol tenue y difuso bañaba la habitación. Eran las ocho y media. Se levantó y miró por la ventana. La neblina, un velo diáfano atravesado por dorados destellos que cubría un cielo azul y limpio, se estaba disipando.

Poco a poco, lo ocurrido la noche anterior fue volviendo a su memoria. Lo ocurrido y lo no ocurrido. Se desperezó. Las ocho horas de inquieto sueño lleno de pesadillas no lo habían descansado. Bajó al otro piso. La cocina comenzaba a llenarse de la luz del sol tamizado por las ramas de los árboles y, por primera vez, no olía a cerrado. Por la ventana rota, además de sol entraba aire fresco. Gray puso la tetera al fuego. Pensó cuán extraño resultaba que, desde Navidades, los días se hubieran sucedido con una terrible monotonía, sin que nunca ocurriese nada, y luego, en una semana, había pasado todo tipo de cosas desagradables y violentas. ¿No fue Kafka quien dijo que, por mucho que uno se enclaustre en su habitación, la vida acudiría a buscarlo, a ofrecérsele a sus pies en éxtasis? Bueno, mal podía llamársele éxtasis a aquello, tan distante del tipo de vida y de felicidad que él había previsto.

No conseguía entender cómo lograron meterse en la casa los intrusos. Las puertas estaban cerradas, y la llave de repuesto colgando sobre la pila. Probablemente, la policía no volvería a molestarlo ahora que sabía que él no había estado allí y no podía ayudarlos. Era extraño recordar la decepción que había sentido al no encontrar allí a Drusilla. Ahora se alegraba, le daba gracias a Dios de que ella no estuviese allí cuando los intrusos aparecieron.

La telefonearía una vez más y si no recibía contestación, pensaría en el modo de ponerse en contacto con ella. Podía incluso preguntar a sus vecinos. Alguno sabría dónde se habían marchado Drusilla y Tiny. La asistenta iría a Combe Park estuvieran ellos o no, y ella debía saberlo. Marcó el número poco antes de las nueve, escuchó el inútil sonido de llamada sin sentirse excesivamente

decepcionado ni sorprendido, colgó el teléfono y preparó
té. Mientras comía el pan que había comprado untado
con mantequilla, sonó el teléfono.

Debía de ser ella. ¿Qué otra persona sabía que él estaba
en casa? Se tragó un bocado de pan y fue a contestar.

Una voz femenina, una voz que no terminó de reconocer, dijo:

—¿Mr. Lanceton? ¿Mr. Graham Lanceton?

—Sí —replicó él con voz opaca.

—Ah, hola, Graham. No parecías tú. Soy Eva Warriner.

La madre de Mal. ¿Qué querría?

—¿Hola, Mrs. Warriner, cómo está usted?

—Muy bien; pero me llevé un gran disgusto al enterarme de lo de tu madre. Fuiste muy atento al escri-
birme. No tenía ni idea de que estuviese tan enferma. En
tiempos, ella y yo estuvimos muy unidas, y siempre la
consideré una de mis mejores amigas. Espero que no
sufriera.

Gray no sabía qué decir. Tuvo que hacer un enorme
esfuerzo para hablar, para recuperarse de la decepción de
que no fuese Drusilla.

—Algo sí sufrió —consiguió decir—. No me reconoció.

—Vaya por Dios, qué triste debió de resultarte. Como
me decías que ibas a regresar a comienzos de semana,
pensé en telefonearte y decirte que te acompaño en el
sentimiento. Ah, llamé a Isabel Clarion y le conté lo ocurrido. Me dijo que no había tenido noticias tuyas.

—¿*Isabel*? —preguntó, casi en un grito—. ¿Es que Isabel
ha regresado ya de Australia?

—Pues sí, Graham, debe de haber vuelto —replicó
Mrs. Warriner—. No dijo nada de Australia, pero sólo
hablamos un par de minutos. Los obreros que están
remodelándole el piso hacían tanto ruido que apenas
lográbamos oírnos.

Gray se sentó pesadamente, pasándose una mano por la húmeda y ardiente frente.

—Espero tener noticias suyas —dijo débilmente.

—Seguro que sí. Mal regresa en agosto, ¿no te parece espléndido?

—Sí. Sí, es magnífico. Este... Mrs. Warriner... ¿no le dijo nada Isabel acerca de...? Déjelo, no tiene importancia.

—Apenas me dijo nada, Graham. —Mrs. Warriner comenzó a evocar su vieja amistad con Enid, pero Gray la interrumpió lo antes y lo más cortésmente que pudo y se despidió de ella. No colgó el receptor, sino que lo dejó colgando, como solía hacer en el pasado. Aquello detendría por algún tiempo a Isabel, que apenas había estado en Australia una semana. Probablemente, se habría peleado con su antigua asociada, o no le agradó el clima, o algo así. Recordó vagamente que, la terrible noche en que se percató de que *Dido* estaba en la choza, había leído en el periódico de Honoré algo respecto a unas inundaciones en Australia. Aquél debía de ser el motivo. A Isabel le habían intimidado las inundaciones y regresó en el primer avión que pudo. Probablemente, habría regresado el día anterior, y ahora querría recuperar a su perra...

Bueno, contaba con tener que decírselo tarde o temprano, así que más valía que fuera cuanto antes. Pero no hoy. Hoy tenía que arreglar su vida y la de Drusilla, averiguar dónde estaba ella, y rescatarla. Miró el receptor, que seguía oscilando como un péndulo. Merecía la pena hacer un nuevo intento. A esta hora la asistenta ya habría llegado.

Cinco-cero-ocho y los cuatro dígitos. Comenzó a sonar la señal de llamada. A la quinta alguien descolgó. Gray contuvo el aliento, crispando los dedos de la mano derecha, cuyas uñas se le hundieron en la palma. No era ella. Pero era alguien, una voz humana que al fin surgía de aquel silencioso lugar.

—Combe Park.

—Mrs. Janus, por favor.

—La señora no está. Soy la asistenta. ¿Quién habla?

—Un amigo —dijo Gray—. ¿Han salido los señores de vacaciones?

Tras un leve carraspeo, la mujer dijo:

—Bueno, pues... No sé si debo... —Y, al fin—: Mr. Janus ha fallecido.

No registró la noticia. La cabeza se le quedó en blanco y, tras unos instantes, preguntó:

—¿Cómo ha dicho?

—Mr. Janus ha fallecido.

Las palabras parecieron tardar largo rato en llegarle al cerebro, como ocurre con las palabras que anuncian sucesos inimaginables.

—¿Quiere decir que ha muerto?

—No es asunto mío hablar de eso. Lo único que sé es que el señor ha muerto y la señora se ha ido con sus padres.

—Muerto... —murmuró Gray, y luego, con voz más firme—: ¿Sabe dónde viven los padres de Mrs. Janus?

—No. ¿Quién es usted?

—No importa —dijo Gray—. Olvídelo.

Lentamente fue hasta la ventana. Estaba medio ciego y, en vez del bosque, vio un difuso resplandor moteado de sombras azules. Tiny Janus ha muerto, dijo su cerebro. Las palabras viajaron hasta sus labios y las pronunció, pasmado. Harvey Janus, el rico, el otro, está muerto. El marido de Drusilla ha muerto. Las frases, los pensamientos, fueron tomando forma y significado a medida que el primer impacto iba pasando. Comenzó a considerarlas como hechos. Tiny Janus, el marido de Drusilla, está muerto.

¿Cuándo habría ocurrido? ¿El domingo? ¿El lunes? Quizá incluso el martes, el día en que ella debía haberse reunido con él. Ahora comprendía su ausencia, e incluso el hecho de que no hubiese telefoneado. Ofuscado, pero asimilando ya la realidad, intentó imaginar lo ocurrido. Probablemente, Tiny había sido víctima de un infarto. Los hombres gruesos y voluminosos como Tiny, que bebían en exceso y vivían demasiado bien, los hombres de la edad de Tiny, eran propensos a los infartos. Quizá la cosa sucedió en su oficina, o mientras conducía el Bentley, y se lo habían dicho a Drusilla por teléfono, o bien la policía había ido a verla. Aunque no amaba a Tiny, la noticia debió de trastornarla, y más si estaba sola cuando se enteró.

Habría recurrido a sus padres, al padre al que adoraba, y a la madre que jamás mencionaba. Era difícil imaginarse a Drusilla con madre, pues parecía nacida de un hombre. Los padres debieron de llevársela a su casa, dondequiera que estuviese. Se dio cuenta de que no conocía el apellido de soltera de Drusilla, ni tenía idea de dónde vivían sus padres, salvo que era un lugar de Hertfordshire. Pero el hecho de que no le telefonease quedaba explicado. Él, simplemente, tendría que esperar.

«—¿No sería estupendo que se muriese? —había dicho ella—. Podría ocurrir. Podría sufrir un infarto, o estrellarse con el coche.»

Bueno, sus deseos se habían hecho realidad. Tiny estaba muerto y Combe Park y la totalidad del dinero eran suyos. Recordó que ella le había dicho que, cuando recibiera la herencia, le daría a él el dinero, se lo repartirían, lo pondrían en una cuenta conjunta y vivirían felices por siempre jamás. Y él lo había deseado, siempre que pudiera ser suyo más o menos legítimamente. Aquel deseo alcanzó su cenit la pasada primavera, cuando se encontró a las puertas de Combe Park y vio los narcisos, que parecían hechos de oro puro. Era extraño que ahora que lo imposible había ocurrido y Tiny estaba muerto, ahora que todo sería para él y Drusilla, ya no le importaba poseerlo.

Analizó sus sentimientos. No, no se sentía feliz, alegre de que un hombre hubiese muerto. Naturalmente, él no tenía nada que ver con la muerte de Tiny, lo mismo que no tenía nada que ver con la del hombre que cayó por las escaleras del sótano. Sin embargo, sentía sobre sus hombros un peso descomunal, algo similar a la desesperación. ¿Se debía aquello a que, en el fondo, había deseado que Tiny muriese? ¿O era por otra razón que no lograba definir? Las dos muertes parecían aunarse e interponerse entre él y Drusilla como un único fantasma.

Su cuerpo olía al sudor de la tensión. Regresó a la cocina y puso agua a calentar para darse un baño. Esperaba que el alivio y la felicidad por lo ocurrido disipasen su depresión, pero sólo podía pensar en los reiterados shocks que había sufrido. Ya se encontraba al límite. Otra impresión similar, y perdería la cabeza.

Levantó la tapa de la bañera y sacó el revoltijo de sábanas y toallas sucias que olían a humedad. Los pantalones manchados de barro que dejó allí el sábado habían desaparecido; pero no se preocupó por ello, pues eran demasiadas las cosas extrañas que le estaban sucediendo. Echó el agua caliente en la bañera, y luego añadió un cubo de agua fría. Se metió en la bañera y comenzó a enjabonarse, pensando en Tiny. ¿Habría muerto quizá al volante de su coche? Había soñado tantas veces con que el hombre se estrellaba en su coche, sangre y llamas sobre la verde hierba... ¿O habría muerto en la cama, tras beber de más, mientras Drusilla dormía a un metro de él, soñando con su amante?

Había otras muchas posibilidades. Pero la única que Gray lograba imaginar con gran viveza, la única que podía ver como si fuese una imagen real, era la de Tiny muerto al pie de un tramo de escaleras.


Si salía al camino a eso de las doce, quizá pudiera comprarle al lechero una botella de medio litro. El té era lo único que se consideraba capaz de tragar. La comida de la bolsa tenía un olor desagradable, y su visión le produjo náuseas. El piso bajo de la choza parecía saturado de muerte: la del intruso, la de Tiny, la de la perra y, sin embargo, las habitaciones resplandecían de sol. Gray no recordaba la casa tan luminosa y aireada. Pero ansiaba salir de ella. Si salía, ¿tendría el valor de regresar? ¿O se pondría a vagar incesantemente por el bosque, hasta que el agotamiento lo hiciera tumbarse a dormir... o a morir?

Las posibilidades de que Drusilla telefonease le parecían remotas. Podían pasar días antes de que tuviera noticias de ella. No sería capaz de soportar aquellos días vacíos, sin hacer otra cosa que esperar y esperar, cada vez más desquiciado. Antes de que ella llamara, él se derrumbaría.

Fue arriba y se puso la camisa sucia que se había quitado la noche anterior. El lejano sonido del motor de un coche acercándose por el camino hizo que Gray, que se estaba peinando, se quedara inmóvil. Con el peine en el aire, esperó a que el tenue rumor se convirtiese en el potente zumbido de un Jaguar «E». La llegada de Drusilla ya no lo alegraba. Todos aquellos anticlímax, muertes, shocks, y golpes a su cordura lo habían incapacitado para sentir alegría por reunirse con ella. Cuando Drusilla llegase, él se limitaría a tomarla en sus brazos y a estrecharla fuertemente y en silencio, aferrándose a ella.

Pero eso aún no iba a ocurrir. El sonido se había convertido en el ruido del motor de un coche más pequeño. Se acercó a la ventana y miró. Gran parte del camino quedaba oculto por las ramas, pero entre ellas había espacio suficiente para distinguir la forma y el color de un automóvil. El pequeño Mini, de color rojo brillante, avanzaba cautelosamente por el aún embarrado camino y, tras un leve patinazo, se detuvo.

Isabel.

Lo primero que se le ocurrió fue, simplemente, esconderse, meterse en el dormitorio de invitados, tirarse al suelo y quedarse inmóvil hasta que Isabel se fuese. Dentro de cada uno de nosotros existe un niño asustado que intenta salir, y medimos el grado de nuestra madurez por nuestra capacidad de mantener tranquilo, oculto y dominado a ese niño. En aquellos instantes, el niño que habitaba en Gray estuvo a punto de soltarse de sus ataduras, pero el hombre próximo a los treinta años lo sujetó. Isabel podía irse; pero volvería. Si no hoy, mañana; y si no mañana, el viernes. Pese a sentirse débil y tembloroso, debía enfrentarse a ella y confesarle lo que había hecho. Ni ocultarse, ni asumir una actitud retadora y desafiante reduciría la magnitud de su crimen.

Por entre las ramas de los árboles, Gray vio el soleado trecho en que el Mini se había detenido, y a Isabel, vestida con una blusa rosa y pantalones azul claro, apearse del coche. Llevaba gafas de sol de montura tornasolada. Las negras lentes se volvieron hacia arriba, hacia la ventana, de la cual Gray se apartó a toda prisa.

Retrocedió hasta la puerta, junto a las escaleras, y se quedó allí, intentando dominarse, con los puños crispados. Seguía siendo un niño. Llevaba más de la mitad de su vida arreglándoselas solo; había destacado en los estudios, escrito un libro de éxito, fue el amante de Drusilla, pero continuaba siendo un niño. Y lo era más que nunca con aquellos adultos: con Honoré, con la fallecida Enid, com Mrs. Warriner, con Isabel. Incluso cuando se decía que no iba a ceder a sus presiones, ni hacer las cosas como ellos querían, sino que sería honrado consigo mismo, seguía siendo un niño, porque su actitud rebelde y desafiante era tan infantil como la mansa obediencia. Fue consciente de aquello como nunca antes lo había sido. Un día, se dijo, cuando el presente y todos sus horrores fueran ya pasado, cuando hubiera superado su actual situación, recordaría y maduraría...

Descompuesto, notando en la boca el sabor de la náusea, bajó las escaleras y, lentamente, abrió la puerta principal. Isabel, aún junto al coche, estaba inclinada, sacando de la maleta la leche y la comida. Alzó la cabeza y le dirigió un saludo. Gray echó a andar hacia ella.

Cuando apenas había recorrido la mitad de la distancia que los separaba, algo surgió de entre los crecidos helechos y saltó sobre él. La enorme y dorada perra le puso las patas sobre los hombros, y la violencia de su embestida fue mitigada por la cálida humedad de su lengua y el feliz brillo de sus ojos.

## 19

El límpido aire se estremeció. Le pareció que los miles de hojas, de todos los colores, formas y tamaños, se arremolinaban, y la tierra temblaba bajo sus pies. Gray a duras penas consiguió mantener el equilibrio. Cerró los ojos al deslumbrante resplandor, y pasó los dedos por el pelo cálido del animal, estrechándolo contra su tembloroso cuerpo.

—¡*Dido!* —exclamó Isabel—. Deja a Gray en paz, querida.

Gray, se había quedado mudo de estupefacción. Todo lo que sentía y pensaba se condensaba en una sola e increíble frase: está viva, la perra está viva. Pasó las manos sobre la cabeza de *Dido*, sobre sus finos huesos, como un ciego pasa los dedos sobre el rostro de su amada.

—¿Te encuentras bien, Gray? Tienes mala cara. Supongo que ahora empiezas a comprender lo que significa tu pérdida.

—¿Pérdida? —repitió él.

—Tu *madre*, cariño. Mrs. Warriner me lo dijo anoche, y decidí venir a verte hoy a primera hora. Deberías sentarte. Pareces a punto de sufrir un desmayo.

Gray no se sentía de otro modo. Incluso pasada la primera impresión, no lograba recuperarse. Mientras seguía a Isabel al interior de la casa, intentaba aclarar sus pensamientos, comprender lo que estaba ocurriendo. Pero se estrellaba contra un muro. La experiencia y el recuerdo se habían convertido en un territorio desconocido. La lógica se había esfumado y, con ella, los procesos mentales por los que uno dice: puesto que ocurrió tal cosa, sucedió esta y luego la otra. Su cerebro era una página en blanco sobre la que se leía una sola frase: la perra está viva. Y, poco a poco, una segunda frase iba formándose junto a la primera: la perra está viva, Tiny Janus está muerto.

Isabel estaba acomodándose en el «salón», soltando un torrente de lugares comunes sobre la vida, la muerte y la resignación. Gray tomó lentamente asiento en el otro sillón. Debía dirigir con cuidado no sólo su mente, sino también su cuerpo. En ese momento, la precipitación podía ser peligrosa ya que en su interior sentía un alarido pugnando por salir a la superficie. Pasó las manos sobre el pelo de la perra. Era real, de eso no cabía la menor duda. Quizá fuese lo único real en un mundo caótico y vuelto del revés.

—Según como se mire —decía Isabel—, fue una piadosa liberación. —Gray volvió los ojos hacia ella, hacia aquel difuso borrón rosa y azul que era su madrina, y se preguntó de qué estaría hablando—. Veo que ya no tienes el teléfono descolgado. La verdad es que resulta absurdo tener teléfono si lo dejas siempre descolgado.

—Totalmente absurdo —asintió cortésmente Gray. Le sorprendió ser capaz de articular palabras e incluso de formar frases. Siguió hablando sin ton ni son, sólo para demostrarse que podía hacerlo—. A veces me pregunto por qué tengo teléfono. De veras me lo pregunto. En realidad, me daría igual no tenerlo.

Isabel replicó con suspicacia:

—El sarcasmo sobra. No tienes derecho a estar molesto, Gray. Lo primero que hice fue intentar telefonearte. En cuanto decidí que era preferible no viajar a

Australia: o sea, cuando leí la noticia de las inundaciones y Molly me telegrafió para decirme que su casa prácticamente había sido arrastrada por la riada, traté de telefonearte. Eso fue el viernes. Y luego me pasé el sábado intentando comunicar contigo, hasta que al fin me di por vencida. Supuse que, al no presentarme aquí con *Dido*, comprenderías que había cambiado de planes.

—Sí —dijo Gray—. Sí, claro.

—Bueno, la verdad es que fue una suerte que no fuera a visitar a Molly, porque toda la responsabilidad de atender a *Dido* habría caído sobre tus hombros, y bastante tuviste con los de tu pobre madre. (Túmbate, querida, sólo conseguirás acalorarte.) Hoy mismo escribiré al pobre Honoré, y le contaré que te he visto y que estabas muy trastornado. A la gente le anima saber que existen otros que tampoco son felices, ¿no crees?

Aquella muestra de cínica sinceridad, que en el pasado hubiera hecho reír a Gray, ahora le pasó totalmente inadvertida, como el resto de las palabras de Isabel. Mientras ella seguía parloteando, él permaneció sentado, pétreamente inmóvil; ya no acariciaba a la perra, que soñolienta se había hecho un ovillo a sus pies. La memoria comenzaba a regresar, produciéndole dolorosos aguijonazos.

—¿Está muerta? —le había preguntado Gray a Drusilla, confiando en ella, totalmente en sus manos.

—No, estaba viva; pero apenas.

Bajó la mano para tocar a la perra, para sentir su realidad. Y *Dido* volvió la cabeza, abrió los ojos y le lamió la mano.

—Llevé un poco de leche y pollo. Me dio un poco de miedo abrir la puerta de la cocina pero fue un miedo infundado, porque la pobre estaba demasiado débil para moverse. Ojalá te encerraran durante tres días en una celda sin comida ni agua, a ver qué tal te sentaba.

Oh, Drusilla, Drusilla...

—De todas manera, ya da lo mismo. Hay que sacrificar a la perra.

Oh, Dru, no...

—El caso es que ahora ya te puedo devolver la llave —dijo Isabel—. Aquí está. Iré a colgarla de su clavo.

—No, dámela.

Una vieja y ennegrecida llave, gemela de la que él llevaba siempre consigo.

—Y pon la tetera al fuego, Gray. He traído algo de leche por si tú no tenías. Tomaremos un té y luego iré a Waltham Abbey a comprar algo para almorzar. Por lo que veo, no estás en condiciones de cuidar de ti mismo.

No estaba en condiciones...

—Al regresar de la ciudad me pasé por la choza y limpié un poco —había dicho Drusilla.

—¿Por qué lo hiciste?

—¿Por qué hago cualquier cosa por ti? ¿Acaso no lo sabes?

La brillante llave que fuera de Drusilla colgaba del clavo y relucía al sol como si fuese de oro. Había dejado su llave y dicho adiós. A solas, libre de Isabel por un momento, apoyó la frente contra la fría y húmeda pared y el muro de piedra absorbió el mudo alarido de agonía e incompresión.

—Te amo. Si aún me quieres, dejaré a Tiny y me iré a vivir contigo.

Te amo... No, susurró él, no, no. Adiós, Gray, adiós... Yo nunca cambio de idea. Puntual, implacable... Una vez decidía el curso a seguir, nada en el mundo lograba apartarla de él. Pero... ¿aquello? Abrigo de zorro, cabello flameante, el perfume alzándose como una nube de humo, su risa ronca y gutural... Los recuerdos giraban en torbellino, cristalizándose en una última imagen de Drusilla, tan dura e impenetrable como la piedra contra el rostro de Gray.

—Puchero vigilado nunca cuece, cariño —dijo animadamente Isabel, desde el umbral. Escrutó inquisitivamente el demudado rostro de su ahijado—. Acababa de parar un coche frente a la puerta. ¿Esperas a alguien?

Había sido tan absurdamente optimista, al suponer con inquebrantable fe que todo coche que se acercara podía ser el de Drusilla, que cada llamada telefónica sería de ella... Ahora ya no podía hacerse ilusiones y, en su profunda desesperación, comprendió que aquélla y no otra era la realidad. Nunca volvería a verla. Había dejado su llave y dicho adiós. Después de traicionarlo fría y sistemáticamente, quizá para vengarse de algo, Drusilla lo había llevado hasta ese extremo. Sin decir nada, pasó junto a Isabel y le abrió la puerta a Ixworth. En silencio, pero sin sombra de desmayo ni sorpresa, miró al policía, cuya aparición parecía ser el siguiente paso natural en aquella secuencia de acontecimientos. No habló porque no tenía nada que decir, porque hacerlo sería gastar saliva en balde. ¿Para qué decir nada, si las cosas iban a sucederse unas a otras según lo planeado por Drusilla?

Ixworth miró los aplastados helechos.

—¿Ha estado tomando el sol?

Gray negó con la cabeza. O sea que en eso consistía el derrumbamiento mental que había temido padecer durante todos aquellos meses. Nada de histeria, ni de desquiciamiento, ni de dolor insoportable, sino la tranquila y ofuscada aceptación del propio destino. Tras el silencioso alarido liberador, la simple aceptación. Quizá en algunos momentos se sintiera incluso feliz... Contuvo a la perra con suavidad para evitar que saltara sobre Ixworth para hacerle fiestas.

—¿*Otro* perro labrador, Mr. Lanceton? ¿Acaso los cría?

—Es la misma perra.

Gray ni siquiera se molestó en considerar las implicaciones de sus palabras. Giró sobre sus talones, sin molestarse en mirar si Ixworth lo seguía o no, y casi tropezó con Isabel que, toda cordialidad, preguntó:

—¿No nos presentas?

Isabel miraba al inspector con una actitud juvenil que resultaba grotesca. Gray anunció:

—Miss Clarion, Mr. Ixworth. —Vagamente, Gray deseaba que ambos desaparecieran. Que se marchasen y lo dejaran solo con la perra. Tenía ganas de meterse en algún sitio con la amable *Dido*, rodearla con sus brazos y pegar el rostro a su cálido pelaje, que olía a heno.

Ixworth hizo caso omiso de la presentación.

—¿Este animal es suyo?

—Sí, ¿a que es preciosa? ¿Le gustan los perros?

—Ésta parece simpática. —Los ojos de Ixworth se volvieron hacia Gray—. ¿Se trata de la perra que, supuestamente, estaba usted cuidando?

—Estoy segura de que lo hará cuando al fin me vaya. —Isabel parecía encantada de que la conversación tomase aquel rumbo tan agradable—. No pude hacer mi viaje, y la pobre *Dido* se quedó sin sus vacaciones en el campo.

—Ya. Había esperado encontrarlo solo, Mr. Lanceton.

A Isabel le costaba tan poco ponerse digna como estar simpática. Ofendida, levantó la cabeza, y aplastó furiosamente su cigarrillo.

—Dispense, no era mi intención molestar. Lo último que quiero es inmiscuirme. Me voy a Waltham Abbey a por nuestro almuerzo, Gray. Líbreme Dios de estorbaros a tu amigo y a ti.

Ixworth sonrió levemente ante aquellas palabras. En paciente silencio, aguardó a que el Mini se alejase.


Gray observó como el coche desaparecía por el camino. *Dido* comenzó a gemir, las patas sobre el alféizar y el morro contra el cristal de la ventana. Gray pensó que así debió de ocurrir cuando Isabel la dejó sola aquel lunes... Sólo que, en realidad, nunca había sucedido tal cosa. Nada de todo aquello había ocurrido.

—Nada de lo que me contó sucedió realmente, ¿verdad? —estaba diciendo Ixworth—. La historia de la perra fue un invento. Como es natural, ya estamos enterados de que el jueves no llevaron a la consulta de Mr. Cherwell ningún animal que respondiera a la descripción de éste.

Suavemente, Gray hizo que la perra se apartara de la ventana. El brillo del sol le hirió los ojos, y apartó el sillón de los oblicuos y cegadores rayos.

—¿Acaso importa? —preguntó.

En un tono a la vez intrigado e irónico, Ixworth preguntó:

—Para usted, ¿qué es lo que importa realmente?

Prácticamente, ya nada, pensó Gray. Quizá sólo un par de menudencias, preguntas a las cuales él mismo podía encontrar respuesta. A medida que la mente se le despejaba, dejaba al descubierto frías realidades que no provocaban en él ninguna reacción emocional. La perra nunca estuvo allí. Partiendo de aquel dato, el recuerdo de ciertas frases de Drusilla a la luz de aquel nuevo contexto —«Yo nunca cambio de idea, Gray»— le dio la clave para desentrañar la trama que ella había tejido. La estudió sin sentir dolor, objetiva, casi científicamente. Con lentitud, dijo:

—Creía que Harvey Janus era un hombre corpulento, pero la verdad es que jamás lo vi, y creí que seguía teniendo un Bentley, no el Mercedes que dejó en el camino. Es extraño. Supongo que lo llamaban Tiny porque realmente era pequeño. ¿Le apetece un té?

—En estos momentos, no. Prefiero que siga usted hablando.

—No había necesidad de drogarlo, claro. Ahora lo comprendo. Lo único necesario era atraerlo hasta aquí. Y eso no era difícil, porque estaba buscando una casa en el bosque para comprársela a su madre. Y dominar a un hombre tan menudo resultaba fácil. Cualquiera podría haberlo hecho.

—¿Ah, sí?

—Entonces ella tenía su llave. Pero lo que no acabo de entender... —Hizo una pausa, vacilando ante la idea de traicionarla, pese a que ella lo había traicionado a él—. Supongo que habrán ustedes hablado con la esposa de Janus, ¿no? Puede que incluso la hayan... —Suspiró, aunque sin sentir apenas nada—. Puede que incluso la hayan arrestado.

La expresión de Ixworth cambió, y se hizo dura, como la de un policía de película. Echó mano a su cartera, la abrió y sacó un papel de una fina carpeta. El papel resplandeció al sol cuando el hombre se lo tendió a Gray. Las palabras mecanografiadas bailaban ante sus ojos, pero pudo leerlas, pues él mismo las había escrito.

Su membrete estaba en la parte alta: La Cabaña Blanca, Pocket Lane, Waltham Abbey, Essex. Debajo estaba la fecha: 6 de junio. Sin año. Y al pie, bajo aquellas terribles palabras que había creído no volver a ver: Mr Harvey Janus, Combe Park, Wintry Hill, Loughton, Essex.

—¿La ha leído? —preguntó Ixworth.

—Sí, conozco su contenido.

No obstante, Ixworth la leyó en voz alta:

—«Estimado señor, en respuesta a su anuncio del *Times*, creo tener justamente lo que usted busca. Como mi casa está cerca de la suya, ¿tendría inconveniente en venir, para que se la muestre? Las cuatro de la tarde del sábado sería perfecto. Atentamente, Francis Duval.»

Se trataba de la primera carta que habían escrito.

—¿Dónde la encontraron? —preguntó Gray—. ¿Aquí? ¿En su casa?

—Estaba en el bolsillo del muerto —replicó Ixworth.

—*No* puede ser. Esa carta nunca se envió. Mire, intentaré aclararle...

—Ojalá lo consiga.

—Es algo complicado de explicar. Mrs. Janus... —Se interrumpió, intentando encontrar la mejor forma de decir lo que deseaba. Comenzó de nuevo, preguntándose a qué venía el ceño de Ixworth—. La esposa de Mr. Janus ya le habrá dicho que ella y yo fuimos amigos íntimos. En determinado momento, ella quiso que yo la ayudara...

—¿Cómo explicarle a aquel severo e inescrutable juez lo que Drusilla había querido? ¿Cómo hacerle comprender dónde terminaba la fantasía y comenzaba la realidad?—. Quiso que la ayudara a hacerle una jugarreta a su marido —siguió, mintiendo torpemente—. Era para conseguir sacarle dinero. Ella no tenía fortuna propia, y yo estoy permanentemente arruinado.

—Sabemos cuál es su estado financiero.

—Sí, parece que lo saben ustedes todo. Yo escribí esa carta, es cierto. Escribí un montón más que nunca fueron enviadas, y aún las tengo en mi poder. Están...

—¿Sí?

—Ahora recuerdo que las quemé. Pero ésa debió de... ¿Por qué me mira así? Mrs. Janus...

Ixworth recuperó la carta y la volvió a doblar.

—Mientras no mencionó el nombre de la esposa de Mr. Janus, pensé que realmente íbamos a alguna parte, Lanceton. No la meta en esto. Ella no lo conoce. Nunca ha oído hablar de usted, ni como Duval, ni como Lanceton.

La perra se apartó de él, y el hecho le pareció simbólico. *Dido* se tumbó y comenzó a roncar suavemente. Ixworth no había dejado de hablar, y estaba exponiendo metódicamente los detalles de lo sucedido el sábado por la tarde. Eran detalles circunstanciales sumamente precisos, que incluían la llegada de Gray a la choza poco antes de las cuatro para recibir a Tiny Janus, el posterior recorrido que ambos hicieron por la casa, hasta lo alto de las escaleras del sótano. El relato no tenía el menor defecto, salvo que era inexacto en todos sus detalles.

Pero Gray no lo negó, limitándose a decir:

—Ella no me conoce.

—Olvídese de ella. Mrs. Janus se pasó toda la tarde del sábado jugando al tenis con su instructor.

—Fuimos amantes durante dos años —dijo Gray—. Tiene la llave de esta casa. —No, aquello ya había dejado de ser cierto...—. ¿Y ella dice realmente que ni siquiera me conoce?

—¿Tiene algún testigo de que no sea así?

Gray quedó en silencio. No tenía ninguno. Nadie los había visto juntos, así que la cosa nunca había sucedido. Su amor no había existido, lo mismo que la muerte de la perra no se había producido. Y sin embargo... sin acalorarse, sin sentir la más mínima emoción, preguntó:

—¿Por qué, si no por su esposa, iba yo a matar a Janus?

—Por dinero, naturalmente —replicó Ixworth—. No somos niños, Lanceton. Ni nosotros, ni usted. Concédanos un mínimo de inteligencia. Él era muy rico y usted muy pobre. La policía francesa nos ha informado de que con la muerte de su madre no obtuvo usted herencia alguna.

Las cien libras... ¿Habría habido más dinero escondido en la casa?

—Trajo el depósito —murmuró Gray.

—Desde luego. Y usted contaba con ello. Janus tenía la pésima costumbre de llevar encima grandes sumas de dinero, y esas cosas se saben, ¿no? Aún sin verla, estaba casi seguro de que le gustaría esta casa, y quería asegurársela... Dejando una paga y señal en efectivo. —Ixworth se encogió desdeñosamente de hombros—. Dios bendito, y la casa ni siquiera era de su propiedad... Supongo que averiguó cuál era su precio de mercado mirando los anuncios de las agencias inmobiliarias.

—Sé cuál es su precio.

—Diga más bien que sabía cuánto podría sacarle a Mr. Janus. Y también sabía lo que son la codicia y la necesidad humanas. Encontramos las tres mil libras que traía Mr. Janus dentro de la caja de seguridad de usted, junto con un ejemplar del *Times* en el que aparecía el anuncio, marcado con un círculo. La caja estaba cerrada con llave, pero la forzamos.

Suave, desesperanzadamente, Gray murmuró:

—Dios...

—Quizá le interese saber cómo dimos con usted. Se trata de algo obvio. La esposa de Mr. Janus sabía dónde iba su marido y cuánto dinero llevaba. Nos informó de su desaparición, y encontramos su Mercedes en el camino.

Gray asintió con la cabeza. Un plan limpio, inexorable. «Ojalá le encerraran en una celda», le había dicho Drusilla. Y quizá en todo aquel asunto hubiera un elemento de justicia, de pura justicia. Se sabía excesivamente débil e indefenso para discutir, y no iba a hacerlo. Debía resignarse. Cuando escribió aquellas cartas, debió prever cómo terminaría todo, pero no supo, no pudo... o no quiso. Había ansiado la muerte de Tiny y, atrapado en la red de Drusilla, hizo tanto como ella por que aquella muerte se produjera. ¿Quién manejó los hilos del destino? ¿Fue aquel semáforo, o Jeff, o él, que compró los últimos folios? ¿Quién decidió el matrimonio de Honoré, sino la anónima persona que llamó por teléfono de madrugada? ¿Y quién fue el responsable de la muerte de Tiny sino el mismo Gray, cuando conoció a Drusilla aquel día de invierno? ¿Quién, sino lord Sonrisa, su vecino?

—Tiene usted que prestar declaración —dijo Ixworth—. ¿Nos vamos?

Gray sonrió, de nuevo en su pacífico limbo.

—¿Le importa que esperemos a que Miss Clarion regrese?

—Déjele una nota, y la puerta sin cerrar. —El tono de Ixworth, carente de ironía, era comprensivo, casi de simpatía. Miró a la perra durmiente—. Si le parece, podemos encerrarla en la cocina.

# DESPUÉS

En el pabellón Alexander Fleming sólo había seis camas. El parlamentario vaciló en la entrada y luego se dirigió a la cama en torno a la cual las cortinas estaban corridas, pero antes de llegar a ella, una enfermera le salió al paso.

—Mr. Denman no puede recibir visitas de más de diez minutos. Aún está muy delicado.

Andrew Laud asintió con la cabeza.

—No me quedaré mucho rato.

La enfermera levantó una de las cortinas y él pasó aprensivamente bajo la tela, preguntándose qué se encontraría. ¿Un rostro horriblemente desfigurado? ¿Una cabeza envuelta en vendas?

Jeff Denman dijo:

—Gracias a Dios que has venido. Llevo todo el día sobre ascuas...

El parlamentario lo miró al fin. Jeff estaba como siempre, aparte de su palidez y el cabello, cortado casi al cero.

—¿Cómo te encuentras, Jeff?

—Mucho mejor, y me recuperaré del todo. Resulta muy extraño despertarte una mañana y encontrarte con que ayer fue hace seis meses.

La cama estaba cubierta de periódicos, que la enfermera amontonó en una ordenada pila antes de desaparecer tras las cortinas. Andrew Laud vio cómo su propio rostro le miraba desde una de las primeras planas, y leyó: «Miembro del Parlamento interviene en la apelación del asesinato del bosque.»

—La verdad es que mi intervención ha sido mínima —dijo—. Me han permitido ver a Gray un par de veces, pero ese muchacho parece sufrir una especie de amnesia. O no puede, o no quiere recordar nada de lo ocurrido. Sólo habla de salir y de comenzar de nuevo a escribir, aunque, claro, eso depende de que su apelación...

Jeff lo interrumpió:

—Aunque resulte sorprendente, yo no sufro de amnesia. —Se removió en la cama, alzando dolorosamente la cabeza de la almohada—. Pero quizá sea mejor que primero te cuente cómo he llegado hasta aquí.

—Me lo explicabas en tu carta.

—Tuve que pedirle a la monja que me la escribiera, y yo aún no tenía las ideas muy claras. No puedes imaginarte la impresión que me llevé al recuperar la conciencia y leer los periódicos. No podía creer que a Gray lo hubiesen condenado a quince años por asesinato, y dicté la carta de modo muy incoherente. Recé por que me tomaras en serio y vinieses. Dame un poco de agua, por favor.

Andrew Laud le puso el vaso en los labios y cuando Jeff hubo bebido, dijo:

—Ya sé que tu camioneta se estrelló contra un camión en Waltham Abbey el 12 de junio y resultaste gravemente herido. En cuanto leí tu carta, comprendí que tal vez tuvieras algo importante que decirme, pero no me explicabas lo que hacías allí.

—Mi trabajo —dijo Jeff—. Hacía una mudanza, o lo intentaba. —Tosió, llevándose las manos a las costillas—. El domingo anterior, Gray me había pedido que trasladase sus cosas el sábado siguiente. Dijo que si había contraorden me telefonearía (al pobre las cosas suelen complicársele) y, como no lo hizo, fui hasta allí en la camioneta, como había prometido. Fue el día después de recibir la carta en la que me invitabais a cenar. Debió de extrañarte que no aceptase la invitación de tu esposa.

—Eso no importa. Cuéntame qué sucedió.

Lenta, pero clara y coherentemente, Jeff continuó:

—Llegué allí a eso de las tres. Dejé la camioneta en la parte del camino con gravilla, porque todo estaba lleno de barro y temí quedarme atascado. Cuando llegué a la cabaña, la llave estaba en la cerradura de la puerta principal, y también había una nota. Estaba escrita con la máquina de Gray. Yo la conozco. Pero no estaba firmada. Decía algo así como «He salido un momento. Pase y eche un vistazo.» Pensé que era para mí, aunque me extrañó que me tratara de usted.

»Entré y tomé nota mental de las cosas que había que trasladar (pensé que la nota se refería a eso), y luego me senté a esperarlo. Ah, y recorrí toda la casa. Si tienes alguna duda sobre si Gray estaba o no en ella, yo te puedo asegurar que no estaba.

—Lo recuerdas todo con gran claridad.

—El accidente, no —dijo Jeff, con una leve mueca—. De él no recuerdo nada. Pero lo ocurrido antes lo tengo clarísimo. —Tras una pausa, continuó—: En la casa hacía mucho calor y olía a cerrado, así que, cerca de las cuatro, decidí salir a airearme, dejando la llave y la nota donde estaban. Había pensado en sentarme en el jardín, pero la vegetación estaba tan crecida que opté por ir al bosque y caminar un rato. Lo importante es que en ningún momento perdí de vista la cabaña. Me sentía harto de Gray, y quería acabar lo antes posible, en cuanto él regresara.

—¿No apareció?

Jeff negó con la cabeza.

—Me senté al pie de un árbol. Decidí que si en diez minutos Gray no llegaba, me iría. El caso es que, mientras estaba allí sentado, vi llegar a dos personas por el camino.

El parlamentario se acercó más a la cama.

—¿Cómo llegaron? ¿En coche o a pie?

—A pie. Un tipo menudo, de unos cuarenta años, y una mujer mucho más joven. Llegaron a la puerta, leyeron la nota, y entraron en la casa. No me vieron, de eso estoy seguro. Entonces comprendí que la nota no iba dirigida a mí, sino a ellos. Y aquello me pareció sumamente extraño, Andy. Me quedé sin saber qué hacer.

—No entiendo a qué te refieres —dijo el parlamentario.

—Identifiqué a la chica. La conocía. Era una antigua novia de Gray. Y no lograba entender qué hacía allí con un fulano que tenía todo el aspecto de ser su esposo. Tenía pinta de marido. Pensé que tal vez hubieran ido a armarle una escena a Gray. No, no me interrumpas, Andy, déjame que te cuente el resto. —Su voz comenzaba a flaquear. Jeff se recostó contra las almohadas y de nuevo carraspeó dolorosamente—. Te puedo decir con toda precisión cuándo y dónde la vi por primera vez. Gray la llevó a Tranmere Villas. Por entonces, Sally vivía conmigo. Gray la había avisado de antemano, y ella se quedó en su habitación y no los vio cuando llegaron. Pero yo había estado trabajando, no sabía nada y, cuando llegué, abrí la puerta de su cuarto sin llamar. En el periódico de la tarde salía una crítica de su novela, y estaba tan contento, que tenía prisa por enseñársela. Se encontraban en la cama, haciendo el amor. Gray estaba tan... Bueno, supongo que absorto, que ni siquiera advirtió mi entrada. Pero ella sí. Ella alzó la cabeza y me dirigió una sonrisita, como diciéndome «fíjate lo moderna y lo liberada que soy». Salí tan rápida y silenciosamente como pude.

La cortina se descorrió y, sin volverse, Andrew Laud dijo:

—Un par de minutos más, enfermera. Le prometo que no será más.

—Mr. Denman no debe ponerse nervioso.

Cuando volvieron a quedarse solos, el parlamentario dijo:

—El que se está poniendo nervioso soy yo. Volvamos al 12 de junio, si te parece.

—¿Dónde estaba? Ah, sí, sentado al pie del árbol. Al

cabo de un rato, apareció un viejo leyendo un libro por el camino, y luego el tipo que había visto entrar en la cabaña salió y rodeó la casa, mirando las ventanas. Pensé que se marchaban, y esperé a que ella también saliera. Pero no, el tipo volvió a entrar en la casa y unos diez minutos más tarde salió la chica. Sola. La llave ya no estaba en la cerradura, y la nota había desaparecido. Me pareció que la mujer estaba nerviosa, Andy, y su paso era un poco vacilante. Estuve a punto de llamarla y preguntarle si se sentía bien, pero no lo hice, aunque comenzaba a darme la sensación de que todo aquello era bastante extraño. Se alejó por el bosque y al cabo de un rato de irse ella, yo también me fui. Pensé en acercarme a Waltham Abbey, por si podía encontrar a Gray y contarle lo que había presenciado. Cerca de mi camioneta había aparcado un gran coche verde. No me fijé en la marca ni en la matrícula.

»Debió de ocurrir a eso de las cuatro y media, porque, por lo visto, tuve el accidente a las cinco menos veinte. Y eso es todo. Desde entonces he estado en coma, y lo que acabo de contarte ha dormido conmigo. Cristo... ¿qué habría pasado si yo hubiese muerto?

—Ni moriste, ni vas a morir. Tienes que ponerte bien cuanto antes, para que puedas testificar ante el tribunal de apelaciones. Es una lástima que no conozcas la identidad de la chica.

—Pero sí la conozco. ¿No te lo había dicho? —Jeff parecía exhausto, y su rostro ceniciento, pero su voz, aunque débil, era firme—. Hubiera reconocido su rostro en cualquier parte, y ayer volví a verlo. En el periódico había una foto de Mrs. Drusilla Janus, o Mrs. McBride, que es su nombre actual porque, según el *Standard* hace un mes se casó con un instructor de tenis. Ahora es mejor que te vayas, Andy. Manténme informado.

Sonriendo y sintiéndose algo obnubilado, el parlamentario se puso en pie. Jeff sacó el brazo de debajo de las sábanas y, de un modo silencioso y formal, los dos hombres se dieron la mano.

| 231/01 | **JUEGO DE LOS ASTUTOS, EL** |
| 231/02 | **DESPUES DEL ASESINATO** |
| 231/03 | **ADIOS PARA SIEMPRE, UN** |
| 231/04 | **LOBO PARA EL MATADERO** |
| 231/05 | **VIDA DURMIENTE, UNA** |
| 231/06 | **DEDICATORIA MORTAL** |
| 231/07 | **EN LA OSCURIDAD DEL BOSQUE** |
| 231/08 | **FALSA IDENTIDAD** |
| 231/09 | **ALGUNOS MIENTEN, OTROS MUEREN** |
| 231/10 | **DEMONIO PARA MI, UN** |
| 231/11 | **ROSTRO DE LA TRAICION, EL** |
| 231/12 | **MUJER DE PIEDRA, LA** |
| 231/13 | **SEÑOR DEL PARAMO, EL** |
| 231/14 | **UNO HORIZONTAL, DOS VERTICAL** |

BIBLIOTECA DE AUTOR DE

# ANTONIA FRASER

237/01 **MANCHA ROJA, UNA**
237/02 **MONJA SIN ROSTRO, LA**
237/03 **SANGRE AL ALBA**
237/04 **ISLA SALVAJE, LA**
237/05 **ENIGMA DEL VIZCONDE, EL**
237/06 **JEMIMA SHORE, INVESTIGADORA**

BIBLIOTECA DE AUTOR DE

# M. M. KAYE

225/01 **MUERTE EN KENIA**
225/02 **MUERTE EN ZANZIBAR**
225/03 **MUERTE EN CACHEMIRA**
225/05 **SOMBRA DE LA LUNA, LA**